TE
VEO
EN EL
CIELO

.

DAVID OLIVAS

TE
VEO
EN EL
CIELO

PLAZA JANÉS

Penguin
Random House
Grupo Editorial

Primera edición: septiembre de 2023

© 2023, David Olivas. Representado por Agencia Literaria Dos Passos
© 2023, Penguin Random House Grupo Editorial, S. A. U.
Travessera de Gràcia, 47-49. 08021 Barcelona

Printed in Spain – Impreso en España

ISBN: 978-84-01-03123-6
Depósito legal: B-12.197-2023

Compuesto en Mirakel Studio, S. L. U.

Impreso en Liberdúplex
Sant Llorenç d'Hortons (Barcelona)

L031236

A Kilian,
tu corazón late en estas páginas

—No puedo hacerlo sin ti.
—Tú nunca estarás sin mí.

LUCA

I am lost
I am lost, in our rainbow
Now our rainbow has gone.

Estoy perdido,
estoy perdido en nuestro arcoíris,
ahora nuestro arcoíris se ha ido.

THE IRREPRESSIBLES, «In this Shirt»

You showed me colors
you know I can't see with anyone else.

Me mostraste colores
que sabes que no puedo ver con nadie más.

TAYLOR SWIFT, «Illicit Affairs»

La luz inunda la pequeña iglesia de aquel pueblo costero. Poco a poco comienzan a entrar todos los asistentes que se han dado cita en el lugar; sus rostros reflejan una gran tristeza. Nadie puede creerlo todavía, pero allí están. Ha venido todo el mundo. Sus compañeros de universidad, sus amigos íntimos, todos sus seres queridos. Los bancos de madera de la iglesia se llenan en medio de un silencio absoluto. Todos esperan y se miran entre ellos sabiendo que falta alguien: la persona que más ha llorado esta pérdida y para la que a partir de ahora todo será distinto. El cura, amigo de la familia, aguarda atento cerca del altar. Ha oficiado muchas misas, pero sin duda esta será de las más duras. Todos están preparados para despedirle y es, en ese preciso momento, cuando llega aquel al que esperaban. Se queda parado junto al largo pasillo. La gente lo mira con compasión. Él avanza, paso a paso, aplastado por el dolor, mientras las miradas lo siguen hasta la primera fila. Sus ojos están enrojecidos de tanto llorar. Le tiemblan las manos. No estaba preparado para perderle, aunque desde el principio sabía que llegaría este momento. Coge aire y mira al altar a la vez que se rompe por completo. Una corona llena de flores descansa cerca del ataúd. Al lado, una fotografía en la que aparece con esa sonrisa inconfundible y con sus ojos rebosantes de vida. Al observar su rostro, se desmorona. Sabe lo mucho que echará en falta poder mirarlo como solo él lo miraba. Va a extrañar cada segundo a su lado. Cada momento, cada beso y cada despertar junto a él. Y se pregunta por qué se ha tenido que ir tan pronto. El sacerdote rompe ese silencio aterrador y pide a todos que se pongan en pie. Los familiares y amigos saben que ha llegado el momento. Tras unas palabras en su memoria, pide por favor a la persona que más lo ha querido que suba a pronunciar un discurso en su honor. La corta distancia que separa la primera fila del atril se le hace inmensa. Tras subir los escalones, observa de cerca la fotografía. Roza con sus dedos la imagen como si tocara su piel y, al cerrar los ojos, siente como si de verdad pasara la mano por su cuerpo. Está a punto de echarse a llorar, pero tiene que ser fuerte. Se lo prometió. Dirige su mirada hacia el atril y piensa en lo triste y solo que se siente. Piensa en cómo se sigue caminando después de perder a quien te enseñó a andar. Busca en el bolsillo de su chaqueta lo que ha estado escribiendo durante estos días. La gente lo observa con lágrimas en los ojos. Al fin y al cabo, todos conocen su historia. Coge aire y, justo cuando va a empezar a hablar, la luz del sol atraviesa la vidriera circular que preside el altar. Los rayos iluminan algunas de las flores que hay a su lado y también la mano que sostiene el papel. Y entonces sabe que siempre podrá verlo en el cielo, aun cuando el día esté nublado. Dirige su mirada hacia la luz y sonríe. Pero cuando vuelve a la realidad y baja la vista hacia las palabras que tanto le va a costar pronunciar, se dice a sí mismo que tiene que hacerlo. Se lo prometió, recuerda una y otra vez. Y ahí está él, diciéndole adiós a la persona que más ha querido y querrá, en ese lugar tan importante para ambos. Temblando, desdobla el papel y comienza a leer.

Elías ✦✦

Un tiempo antes

Hoy es el día más feliz de mi vida, porque por fin voy a comenzar a vivir. A vivir de verdad. La tibia oscuridad que tiñe aún el cielo de mi minúsculo pueblo da paso al amanecer. El ladrido de un perro suena entre el cacareo de los gallos, y en la granja el mugido de las vacas se mezcla con el relincho de los caballos. El naranja baña los picos de Valle de Toledo y los pinos sacan a relucir su color verde. En una de esas casas, en medio del valle, vivo yo.

Me llamo Elías, tengo veintidós años y llevo muchísimo tiempo esperando este día. Hoy por fin dejo atrás este lugar que poco a poco me ha ido apagando. He desactivado la alarma del móvil antes de que suene; llevo un buen rato despierto. Enciendo la pequeña bombilla de filamento que hay junto a mi mesilla, al lado de una pila de libros que cada vez se hace más y más grande. Todas las veces que dejo alguno nuevo en esa torre pienso que no debería comprar más. Me miro en el espejo de la habitación y sonrío, pero a la vez siento un cosquilleo en el estómago. Todo lo nuevo me asusta, siempre lo ha hecho, pero hoy tengo una sensación diferente y estoy deseando saber qué me deparará un año de estudios en el extranjero. Necesito conocer qué hay más allá de estas montañas.

Siempre he sido diferente, el raro, el niño callado que no armaba follón y que acompañaba a su madre a todas partes, el que se entretenía leyendo un cuento o jugando con sus peluches y figuritas en silencio. Hay pequeños destellos en mi memoria, momentos de mi infancia y mi adolescencia que he preferido olvidar. La mayoría son tristes, algunos incluso violentos. A veces escucho todavía en medio de la noche las risas de los que fueron mis compañeros de instituto y sus insultos al pasar a mi lado: «nenaza», «maricón». Ser el bicho raro en un pueblo tan pequeño es duro, más aún cuando ni tu propia familia te entiende, pero de eso os hablaré después. Por suerte, entre todos esos días nublados a veces también se asomaba el sol. Mi rayo de esperanza ha sido siempre Sari, mi mejor amiga. Fuimos juntos al colegio y después al instituto. Ella, que estudia Psicología, fue la primera en decirme que me vendría muy bien marcharme durante un año, y no solo por lo mucho que aprendería, sino sobre todo por las cosas nuevas que descubriría. Haría amigos, aparcaría a un lado los miedos que me invaden y empezaría a dejarme llevar, algo que no he hecho nunca. Me apetece hacer planes sin sentir que todos me juzgan y opinan sobre mí. Eso ha pasado muchas veces aquí, en el pueblo, pero otras simplemente ha ocurrido en mi cabeza. Ese sudor frío, esa presión en el pecho y el estómago, esas voces en mi cabeza que no dejan de decirme al oído: «Están hablando de cómo vas vestido, dicen que aún eres virgen, dicen que eres gay, que estás hecho un fideo, dicen que nunca te vas a liar con ninguna tía, dicen que morirás solo, dicen que eres invisible». Y así fue como me convertí en mi peor enemigo.

Pasé mucho tiempo sin hablar con nadie; iba a la universidad, cogía apuntes y me montaba de nuevo en el autobús que me traía de vuelta a casa. Comía y me encerraba en mi cuarto a leer hasta el día siguiente. Esto se repitió durante gran parte de mi adolescencia. Gracias a las muchas conversaciones con Sari, y con mi psicóloga, con el tiempo entendí que no todo el mundo es necesariamente mala persona, que en la vida también hay gente buena y que vale la pena. Solo necesitaba saber que estaban ahí.

Y entonces llegó la oportunidad. Un año de Erasmus en otro país. Desde que me concedieron la beca no podía pensar en otra cosa, y cada mañana, nada más levantarme, tachaba un día más en el calendario. He pasado el verano en la piscina municipal cuidando de mis primos pequeños mientras mis tíos bebían cerveza y la gente joven pasaba por delante de mí. Los chicos comenzaban a ponerse fuertes, y yo en cambio cada día estaba más delgado. Los veía saltar al agua y pasárselo bien mientras yo no me sentía parte nada. He pasado los tres últimos meses deseando que llegase este día, y ahora aquí está, frente a mí, rodeado por un círculo rojo.

—Hoy —digo con la mirada fija en el calendario—, hoy, hoy, hoy...

El naranja entra ahora por mi ventana y tiñe la habitación de un color tan bonito que decido hacerle una foto. «Aún es demasiado temprano», pienso. Me acerco de nuevo a la cama y doblo la almohada frente al cabecero, me estiro y repaso la lista de cosas que no debo olvidar. Ropa. Bañadores. Portátil. «Acuérdate del cargador del portátil, por Dios», me digo a mí mismo y compruebo que está en la mochila. La cadena de plata que me regaló la abuela. La cámara analógica. Los carretes. Los libros. «Pero ¿cuántos meto?», me pregunto. No puedo llevarme todos los que quiero porque no habría sitio para nada más. Al final, opto por hacer una pequeña selección de mis imprescindibles, entre los que no puede faltar el de mi autor favorito, Carlos Ruiz Zafón. Repaso los documentos: el pasaporte, el DNI, la tarjeta sanitaria y la cartera. Al lado he dejado las pequeñas libretas donde mi psicóloga me recomendó que apuntase cómo me sentía. Ahora las utilizaré para anotar ideas sobre lo que me gustaría escribir, ya que ese es mi mayor sueño: convertirme en escritor. Sonrío al imaginarme redactando algo en el trayecto de la universidad a la que será mi nueva casa, o por las noches antes de dormir, mientras doy un paseo por aquella preciosa ciudad.

Desde pequeño supe que quería contar historias, me emocionaba el poder que tenían los libros para arrancarte unas lágrimas al terminar cada novela. Para mí eran como ventanas a mundos con posibilidades infinitas. Con los años me acostumbré a visitar la biblioteca del pueblo en busca de los pocos libros que ahí llegaban. También aprovechaba los viajes que mi madre hacía a Toledo para encargarle más libros que devoraba en pocos días. Aunque realmente hubo uno que lo cambió todo: *Marina*. Leí aquella historia de amor y supe que quería ser escritor. Así, cuando me tocó elegir qué hacer al terminar el Bachillerato, lo tuve claro: Literatura General y Comparada. Una carrera que quizá no me haría millonario, pero que me enseñaría mejor qué eran las historias de verdad.

En la universidad, mi tutor me dio un consejo que se me quedó grabado a fuego: la vida es un conjunto de lugares, personas y anhelos; escribe sobre lo que sientes y no te equivocarás. Y llevaba razón. Primero tenía que sentirlo para después poder escribir sobre ello. Cuando les dije a mis padres que quería ser escritor, no les sentó muy bien. Lo primero que hizo mi padre fue soltar una carcajada y mirarme con desdén. Me dijo que me dejase de pájaros en la cabeza y que, por favor, emplease el tiempo en un trabajo de verdad. Se negó en redondo a pagarme la matrícula de una carrera tan inútil, aunque gracias a mi madre al final sí pude cursarla. Ella es la persona más comprensiva del mundo. Me animó con mi sueño y me dijo que llegaría a donde me propusiera. En el fondo, creo que lo hizo porque me había visto pasarlo bastante mal durante mi adolescencia y sabía que lo único que me había salvado de aquel infierno habían sido los libros.

Abro con cuidado la puerta de mi habitación para no hacer ruido. Voy al baño y me lavo la cara. El agua empapa mis ojos cuando de repente noto algo en mis piernas. Al principio me asusto, pero después me doy cuenta de que es Byron, el labrador color canela que le regalaron a mi hermano pequeño en la primera comunión. Roza mi tobillo con el hocico en busca de mimos y caricias.

—Buenos días, precioso —le susurro tras darle un beso. Poco después desaparece. Cuando vuelvo a la habitación en busca de ropa interior lo encuentro tumbado encima de mi cama, hecho un ovillo entre las sábanas. Me mira con cara de pena, por lo que no puedo decirle nada, así que le sonrío y pienso en lo mucho que lo echaré de menos. Cierro el pestillo del baño y me desnudo. Cuando el agua cae sobre mi cabeza está sonando una canción que me encanta: «Resurrección», de Amaral. El agua desciende con fuerza. Me quedo unos segundos inmóvil con la cabeza hacia abajo mientras la presión masajea mi pelo y recorre mi espalda. Y entonces escucho la letra. «Siento que mi alma se encuentra perdida». Cojo el bote de gel y me echo un poco sobre las palmas de las manos. «Siento que, si te veo, terremotos recorren todo mi cuerpo». Mientras extiendo el jabón por mi piel pienso que mañana, cuando se repita este momento, ya no estaré aquí, sino muy lejos. Sonrío lleno de ilusión por llegar y ver qué me deparará esta aventura. «Me devuelves de nuevo a la vida. Antes de llegar siquiera a conocerte». Me imagino paseando por la ciudad que va a acogerme mientras el sol cae. Me siento libre y sin miedos. Sigo sonriendo mientras el agua me resbala por la cara. Entonces me imagino qué sentiré cuando deje atrás este pueblo, cuando ya no viaje en el bus más de cuarenta y cinco minutos cada mañana para llegar a la universidad. Pienso en la nueva vida que abrazaré. La de verdad. Pero no puedo evitar pensar en eso que intento evitar a toda costa, en si llegaré a enamorarme. «Quiero un mundo nuevo. Quiero palmas, que acompañen a mi alma». La canción llega al clímax, la gente aplaude al son de la música y, antes de que suene de nuevo el estribillo, solo puedo imaginarme al protagonista de esta historia, que soy yo, al llegar al aeropuerto cargado de ilusión y ganas de ser feliz. Entonces miro la pantalla en la que aparecen todos los vuelos y veo el mío. ¡Ahí está! Frente a mí, casi puedo rozarlo con las manos, cuando de repente...

—¡Joder, Elías! —exclama una voz muy grave desde el pasillo. Mi hermano intenta entrar—. Como me dejes sin agua caliente antes de irme a trabajar te mato.

Él es David, mi hermano pequeño. Tiene dos años menos que yo y ya tiene claro que no quiere ir a la universidad. Prefiere trabajar en el pueblo con mi padre; juntos se encargan de cuidar los animales de la granja familiar. Su única aspiración es poder quedarse aquí, comprar una casa junto al arroyo y casarse con alguna chica de su pandilla, algo que todavía no comprendo en una persona tan joven como él. Yo siempre he intentado hacerle entrar en razón, le digo que fuera de este pueblo hay muchas más oportunidades, pero, aunque soy el hermano mayor, él es más alto, más fuerte y con mucho más genio.

Agarro la toalla y me envuelvo en ella, conecto el viejo secador que hay en casa y antes de secarme el pelo me fijo en el reflejo del cristal. Nunca he sido de comer mucho, podría decirse que mi metabolismo funciona rápido. Muy rápido. Tanto que siempre he tenido que escuchar los típicos comentarios de mis tíos, primos y, por supuesto, de mi hermano burlándose de mí. Llegué a escuchar tantas veces lo mismo que un día llegué a desear ser invisible. En el reflejo observo mis brazos e intento sacar músculo, pero no ocurre nada. Suspiro cabizbajo mientras considero quizá hacer deporte y comer un poco más de ahora en adelante. Cuando abro la puerta encuentro a David con el móvil sentado en la cama de su habitación.

—Buenos días —le digo mientras me dirijo a la mía.

Él simplemente me ignora, pasa por mi lado y entra en el baño dando un portazo. El golpe estremece el cuadro que cuelga en el pasillo. Para el avión decido ponerme una camiseta de mi serie favorita, *Stranger Things*, unos vaqueros desgastados y mis Air Force. En la cocina encuentro a mi padre colocando los mantelillos sobre la mesa.

—Buenos días —saludo, y me acerco a darle un beso. Mi padre me lo devuelve con tibieza.

—¿Y tu hermano? —pregunta—. ¿Se ha ido ya?

—No, está en la ducha.

Mira el reloj que hay en la pared de la cocina y suspira. Saca la leche del frigorífico para mi hermano y le pone dos rebanadas de pan en la tostadora.

—Buenos días. —Mi madre, Carmen, aparece en la cocina junto con Byron, que la sigue. Me da un beso y me sonríe—. ¿Con ganas? —dice mientras se dirige hacia la cafetera. Ella sabe lo mucho que ansiaba el día de hoy. Ha vivido conmigo la cuenta atrás. Me roza la barbilla y pone la cafetera al fuego. Yo abro el frigorífico y cojo el zumo para echarme un poco en mi vaso. Al pasar cerca de mi padre me toca el pelo con mala baba.

—A ver cuándo te pelas.

—Papá —protesto, y aparto su mano con brusquedad—, ya vale. Ni el último día vamos a tener la fiesta en paz.

Mi madre se gira y me pide con un gesto que me calme un poco. Según mi padre, mi hermano es el único que hace lo correcto: aportar dinero a casa, trabajar en el pueblo y estar cerca de sus padres. Yo, en cambio, estudio una carrera con la que no saben cómo voy a poder ganarme la vida.

—¿Y David? —pregunta mi madre mientras sirve el café.

—En la ducha —contesta mi padre—, nos vamos pronto.

Anoche, antes de dormirme, oí la discusión que mantuvieron mis padres en su cuarto. Mi madre le preguntaba cómo no iba a ir a despedirme al aeropuerto, que por mucho trabajo que tuvieran en la granja, hiciese un esfuerzo para acompañarme todos juntos. Mi padre, alterado, le gritaba que quien había decidido irse era yo, y que por la tontería del viaje no iba a perder todo un día de trabajo, que gracias a él entraba el dinero en casa, y que la culpa de todo era de mi madre por permitirme hacer semejante locura. Ella, por más que intentaba calmarlo, no lo conseguía. Y yo, desde mi habitación, comprendí muchas cosas. Pasé unos minutos con la cabeza hundida en la almohada para dejar de oírlos, pero un rato después me levanté de la cama sin hacer ruido y salí al balcón de mi cuarto. Esa era una de las pocas cosas que me gustaban del pueblo, la facilidad que tenía para encontrar paz y calma cuando la necesitaba. Me puse los auriculares y miré a las estrellas mientras pulsaba el play. Sonó «A Sky Full Of Stars», de Coldplay. Y mientras se me escapaban unas lágrimas me prometí a mí mismo disfrutar del momento y no sentirme culpable por irme. Necesitaba hacerlo, me lo debía; no podía seguir hundiéndome más y más.

Hacía tiempo que sabía que algo en mi interior no iba del todo bien, pero cuanto más pensaba en ello, más deseaba eliminarlo de mi cabeza. Una noche sufrí un fuerte ataque de ansiedad. No podía evitar pensar que, si no era capaz de encontrar la solución a todos esos pensamientos negativos y a la angustia, quizá lo mejor fuera acabar con el problema. Y el problema era yo. Escribí una nota de despedida y saqué la silla de mi escritorio; pasé el cinturón a través de la barra de la cortina y me lo ajusté al cuello. Miré al frente. Podía ver las estrellas a lo lejos. Estaba a punto de cerrar los ojos, decidido a saltar y acabar con todo, cuando una estrella fugaz cruzó el cielo entre la sombra de las dos montañas que hay en el valle. Suspiré y me quedé quieto. Era como si algo o alguien me estuviese diciendo «no lo hagas, hay otra manera, te mereces ser feliz». Lloré sin consuelo. Pocos meses después de aquella noche Sari me habló de los plazos de solicitud de la beca Erasmus. Hablé con un profesor de la universidad que siempre me había ayudado y cuando todavía no me lo había terminado de creer, la idea de viajar, de empezar de cero, de estudiar fuera, se convirtió en una realidad.

En un faro de esperanza.

—¿Cuántas horas de vuelo son? —me pregunta David mientras se pone las botas de trabajo.

—Dos y media —contesto con una tostada en la boca.

—Hay que ver lo que son las cosas; mientras yo me lleno de mierda, tú te vas de vacaciones por ahí.

—No me voy de vacaciones —respondo de inmediato.

—Ya. Claro. Que te crees que no sé de qué va todo eso. Con la excusa de estudiar se pegan las fiestas más grandes, y luego vuelves sin haber sacado nada de provecho y habiéndote gastado el dinero de la familia. No sé cómo lo habéis consentido.

Mi padre asiente en silencio, orgulloso. Mi madre hace un gesto de pena.

—Mi expediente es el mejor de la clase —le digo—, y por eso me han concedido la beca. Me lo he ganado.

La conversación comenzaba a ponerse tensa.

—Si fuera por mí, te quedarías con nosotros en la granja. Eso sí te haría espabilar.

Mi madre se acerca a la mesa.

—¿Podéis parar de una vez? —protesta—. Quién diría que sois hermanos.

—Tú estás en la granja porque así lo has querido —añado.

—Hombre, alguien tenía que ayudar a papá. ¿O lo ibas a ayudar tú? —dice él cambiando el tono de voz—. Con esos bracillos de risa que tienes.

—¡David, ya! —grita mi madre.

Yo me limito a mirar en silencio el plato de tostadas que tengo delante y no entro en su juego. Aprieto tan fuerte los dientes que me hago daño. Pero aguanto para no contestarle. Solo pienso en las pocas horas que faltan para dejar todo esto atrás. Mi hermano se acaba las tostadas y coge deprisa y de mal genio las llaves del coche. Levanto la cabeza pensando en que, al menos, se despedirá. Pero él mira a mi madre y le da un beso.

—Nos vemos luego, mamá.

Y después solo se oye el golpe de la puerta de casa al cerrarse. Un portazo que me deja un poco más roto por dentro.

Siempre había querido tener un hermano pequeño. Cuidarlo, protegerlo y ayudarlo en todo lo que estuviese en mi mano. Le enseñé a dar sus primeros pasos en el bosque que hay detrás de casa. Le cogía sus pequeñas manos y no dejaba que se cayera. Le prestaba todos mis juguetes y me convertí en su protector. Pero todo cambió cuando creció. Desde que empezó en el instituto me di cuenta de que no era el mismo. Era duro con sus compañeros, se burlaba de los que estaban gordos, de los que estaban flacos, de las chicas con granos y de todos los que llevaban gafas. Yo habría sido víctima de su acoso de no haber sido su hermano. Una vez, su tutora citó a mis padres porque se había liado a puñetazos con un compañero de clase. A mi padre no le pareció raro; al contrario, dijo que eso denotaba carácter, autoridad.

Las notas de David al final de cada trimestre eran pésimas. A menudo se saltaba las clases y los profesores acudían a mí extrañados. No comprendían que yo fuese tan aplicado, que no faltara ni un solo día a clase y que mi hermano fuera justo lo contrario. Algunas veces, antes de entrar en casa, le decía que por favor se dejase de tonterías, que se pusiera las pilas, que la vida que estaba llevando no era la vida de verdad, la que se iba a encontrar ahí fuera. Mi hermano contestaba con risas y me preguntaba que quién me creía que era yo para aconsejarle. Y así fue como poco a poco lo fui perdiendo. Y la idea que había en mi cabeza sobre él: viajar juntos, llamarnos si había algún problema, querernos el uno al otro. Todo eso se esfumó y ahora solo quedaba rencor y distancia.

—Hijo —dice mi padre mientras se acerca a la mesa de la cocina con el mono blanco de trabajo puesto. Por su cara, sé perfectamente lo que va a decirme. Mi madre lo mira desde el lateral de la encimera mientras se muerde un poco el labio por los nervios.

—No vienes al aeropuerto, ¿verdad? —pregunto, aunque conozco la respuesta por la gran discusión que tuvieron anoche.

—Me habría gustado, Elías, pero verás, hoy tenemos que hacer el cambio de los abrevaderos y tu hermano solo no puede…

En mi interior, una presión me obliga a frotarme las yemas de los dedos y a pellizcarlas para no llorar, algo que solía hacer de pequeño cuando la situación estaba a punto de sobrepasarme.

—No te preocupes. Está bien —le aseguro con una sonrisa.

—Ten cuidado por allí y estudia mucho. No te metas en líos, y cualquier cosa nos llamas.

Asiento con la cabeza y se acerca a mí, pero en lugar de abrazarme me esquiva y da un par golpes en mi hombro antes de darse la vuelta y salir de casa.

—Nos vemos esta noche —añade, cogiendo los dos bocadillos que mi madre les ha hecho—, prepara algo rico para cenar, anda.

El sonido de la puerta al cerrarse es lo que hace que me rompa por completo. Yo no era lo que él esperaba, eso lo supe enseguida; mi hermano, en cambio, sí lo era. Yo era el defectuoso, el rarito que se pasaba los días leyendo y no le interesaba el fútbol. Recuerdo todo eso de pronto y mis ojos se llenan de lágrimas. Por más que me aprieto las yemas de los dedos me es imposible evitarlo. Me levanto de la mesa y me acerco a mi madre, que aún mira a la puerta.

—Termino de repasar la mochila y nos vamos ¿vale? —digo, intentando recomponerme.

Ella sonríe como puede ante la situación y me aprieta el brazo para demostrarme que ella sí está ahí, a mi lado.

—¿Qué voy a hacer yo un año entero sin ti? —me dice con los ojos húmedos cuando vuelvo con las maletas.

Un puño me aprieta en las entrañas.

—Ay, mamá, no…

—No es nada, hijo; si yo sé que tienes que irte. Aquí ya sabes lo que te espera —añade. Abre y señala con los ojos la puerta por la que se han ido mi padre y David.

—Tú entiendes que mi lugar no está aquí, ¿verdad? —susurro. Nos miramos y sé que comprende lo que nunca me he atrevido a decirle. Ella asiente, me coge de la mano y me acaricia los dedos—. Te llamaré todos los días, te lo prometo —termino.

—Lo que tienes que hacer, Elías, es no pensar en nosotros y dejarte llevar, soñar, enamorarte. En definitiva, vivir de verdad.

—¿Y cómo se vive una vida de verdad?

Mi madre me aprieta más fuerte las manos y veo cómo sus ojos brillan por las lágrimas.

—Si amas mientras vives, siempre te recordarán, aunque ya no estés aquí. Te encontrarán en cualquier recuerdo, en alguna canción o hasta en el aroma de una prenda. Son esas cosas sencillas las que llenan un corazón, Elías, y las que lo hacen latir hasta la eternidad.

Me quedo sin palabras delante de mi madre, que me sonríe mientras una lágrima recorre su mejilla. Se la quito con el dedo y pienso en esa última frase. Amar mientras viva para que siempre puedan encontrarme. ¿Encontraría el amor en el lugar al que me dirigía?

—¿Listo? —pregunta mi madre con las llaves del coche en la mano.

Un escalofrío me recorre todo el cuerpo. Cojo aire. Todo comienza aquí.

—Listo.

Antes de que el coche atraviese la gran verja que separa la casa del camino de tierra vuelvo la mirada y sonrío a la casa. Dirijo la vista hacia la ventana de mi habitación, en la que tantas horas he pasado. Ese ha sido mi refugio, mi escondite, y donde he soportado tantas noches en vela mirando al techo preguntándome qué era lo que me ocurría. Me voy con el deseo de ser una persona distinta cuando vuelva. Dejo la mochila a mis pies y me acomodo en el asiento del copiloto. Mi madre me toca la rodilla y acelera. Los árboles van uniéndose a medida que el coche avanza. Cuando miro por el espejo retrovisor veo mi casa haciéndose más y más pequeña. Suena una canción en la emisora favorita de mi madre. Muchos pensamientos se cruzan en mi cabeza, pero solo me sale sonreír. Aquí estoy, este es el día y lo he conseguido. Y la felicidad es tan palpable que hasta mi madre se da cuenta. De repente, la alarma de mi móvil suena de nuevo. Había puesto muchas por si me quedaba dormido. La apago. Ya son casi las diez de la mañana. Ahora empieza todo.

Enzo

Son casi las diez de la mañana. La alarma sonó a las nueve, pero la apagué para seguir durmiendo. Ahora me han despertado varios mensajes de mis colegas, algunas notificaciones de las redes sociales y varias llamadas de mi entrenador. A las once tengo que estar en la piscina junto con mi equipo o me aniquilará. La cuenta atrás para el campeonato mundial de natación ya ha comenzado y todos los nadadores estamos intentando mejorar nuestras marcas para ser seleccionados y representar al país.

Salgo de la cama y camino por casa; la luz que entra por las ventanas lo convierte en uno de mis momentos favoritos del día. Este ático fue el regalo que me hizo mi padre, Lorenzo, cuando conseguí la medalla de oro en los campeonatos nacionales de la pasada temporada. Digamos que tampoco le supuso un gran desembolso, porque según la revista *Forbes Italia* mi padre forma parte del *top ten* de los más ricos del país desde que dirige el grupo audiovisual líder de audiencia.

El piso está en el centro de Roma y cuenta con una terraza enorme y las mejores vistas de toda la ciudad al Vaticano. Voy en calzoncillos, hace un calor horrible. Me meto en la ducha mientras suena una canción de Bad Bunny. El agua cae por mi cuerpo y me relaja tanto que podría volver a quedarme dormido. Me encanta la ducha con efecto lluvia. Con la toalla sujeta a la cintura, voy a la cocina y coloco un bol sobre la encimera de mármol para preparar mi desayuno estrella: tres yogures griegos, trocitos de fresas y plátanos y un buen puñado de avena con bayas y frutos rojos. Un chorreón de miel y listo. Saco el zumo de naranja de la nevera y salgo con el plato a la terraza. Luego subo las escaleras de caracol y me siento en la parte superior de la casa, donde todas las flores que planté al inicio de la primavera han florecido. Hago una foto de mi desayuno, mis flores y las vistas a Roma. La comparto en las historias de Instagram y a los pocos segundos ya la han visto más de doscientas personas. Me fijo en las que subí ayer, que cada vez llegan a más y más gente. Ocurrió sin darnos cuenta, la verdad. Hace un par de temporadas pasamos de ser desconocidos a convertirnos en famosos en cuestión de meses, y todo porque mi padre firmó un acuerdo con la Federación de Natación para dar cobertura a nuestros campeonatos. Peleó con uñas y dientes y hasta se reunió con el ministro de Deportes para conseguir que Roma fuese la sede de los próximos mundiales de natación. Se comenzó a hablar de nosotros cada día en casi todas las televisiones, redes sociales y foros. Querían saberlo todo de nosotros. La gente veía nuestras fotografías y los entrenamientos en los informativos y nos buscaba en Instagram para seguirnos. Sobre todo la gente joven. Aunque, ahora mismo, lo único que me importa es ser uno de los elegidos para competir en el mundial. Mi padre me recuerda cada día lo que hay en juego: un contrato millonario, su reputación al saberse que es el padre de uno de los nadadores que optan a competir. Solo de pensarlo se me acelera el corazón.

Le doy un trago al zumo mientras publico una fotografía que me hizo un fotógrafo durante el último entrenamiento, justo antes de saltar al agua desde el trampolín. Miro las respuestas y ya hay varias chicas que me han dejado unos cuantos emojis de fuegos, corazones y hasta anillos. Me río y le devuelvo la llamada a mi entrenador, que me ha telefoneado varias veces.

—*Coglione*, Enzo! ¿Qué *cazzo fai* con el teléfono? —me pregunta soltando una retahíla de tacos nada más contestar.

—Perdón, me he dormido.

Massimiliano Castellini ganó los Juegos Olímpicos de Seúl del 88 y es famoso por su carácter duro y su mal genio.

—Termino de desayunar y voy para la piscina —le prometo.

—Si es así como quieres conseguir ser seleccionado lo tienes muy jodido, Magnini —responde, llamándome por mi apellido—. Ponte las pilas de una santa vez, *porco*.

Y cuelga. Me llama cerdo y me deja con la palabra en la boca. Me quedo mirando las azoteas de Roma mientras termino de desayunar. Estoy cabreado. Conforme nos acercamos a la fecha del mundial la tensión crece por momentos. En pocos días se hará pública la lista de los nadadores que competirán por Italia. A las expectativas de seguidores, fans, amigos, familiares, entrenadores y compañeros se suma las de mi padre, que ha convertido mi carrera deportiva en su pasión personal. Nadar es mi vocación, pero a veces un miedo súbito a decepcionar a todo el mundo me domina y siento que no lo voy a conseguir, que no voy a ser seleccionado.

Agarro las llaves de casa, cojo el casco y bajo por el ascensor. Miro el móvil y veo que me han etiquetado en varias fotografías en Instagram. Algunas son dibujos, otras son collages con muchas de mis fotos en competición. Les doy varios likes y comparto el dibujo que más me gusta en mi historia junto a un mensaje que dice «Muchísimas gracias» y un corazón naranja. Salgo de casa y voy hasta mi moto, una Yamaha R125 de color negro. Me la compré con mi primer sueldo del equipo. Mis padres no están muy contentos con la decisión, pero era uno de mis sueños desde pequeño.

Nuestro único día libre es el domingo. Entonces aprovecho para llenar el depósito de gasolina e irme lejos, con una mochila, un libro y el viento atravesándome el pecho a medida que acelero más y más. Porque si hay algo que me gusta más que el agua y nadar es sentirme libre, a toda velocidad, ver esas curvas y estar seguro de que puedo llegar adonde yo quiera. Nadando, conduciendo, sintiendo; viviendo, al fin y al cabo. Aunque cada día tenga más miedo a dejar de vivir después de lo que me ocurrió.

Arranco y acelero, las palomas se asustan cuando paso y recorro a gran velocidad la ciudad, que comienza ahora a llenarse de turistas de camino a la plaza de San Pedro. Serpenteo entre los coches. Al girar en una de las calles principales descubro el castillo de Sant Angelo, uno de mis rincones favoritos. Cuando crees que conoces Roma como la palma de tu mano, aparece algo que no habías visto antes y te deja con la boca abierta. Así es esta ciudad.

Sigo por la avenida que da al río Tíber y me dirijo a la piscina construida hace apenas un año y que nosotros mismos estrenamos hace un par de meses con una gran fiesta de inauguración. En apenas veinte minutos llego al aparcamiento de mi universidad, la Sapienza de Roma, una de las más conocidas del mundo. Están preparando las instalaciones para las jornadas de bienvenida a todos los nuevos estudiantes, algunos venidos de fuera del país. Me quito el casco y saco mi mochila de nadar del baúl de la moto. En los vestuarios ya están las de mis compañeros. Me quito la camiseta deprisa, me pongo el bañador con mi dorsal, saco el gorro con el estampado azul y naranja que tanto me gusta, las gafas y algunas cosas más que he traído para entrenar hoy. Al girar el pasillo previo a la piscina, me topo con Massimiliano.

—Por fin, *cazzo* —exclama nada más verme—, venga, tira al agua. Hazte cuarenta largos de inicio sin pausa y me dices tiempos. Y ya sabes, si sientes cualquier pinchazo… —añade, mirándome al pecho— sales del agua, que no quiero sustos.

—Vale —contesto con gesto serio, consciente de que no vomitaré de milagro todo el desayuno que me he metido hace apenas veinte minutos.

Veo a mis compañeros de equipo calentando junto a la piscina antes de saltar al agua. Todos se giran cuando me ven.

—Buenos días, chavales —saludo nada más verlos.

—¡Qué pasa Enzo! —responde Pietro—, ¿preparado para ser seleccionado?

—Se te han pegado las sábanas, ganador —sigue Francesco.

—Callaos ya y empezad a nadar antes de que Massimiliano nos ahogue a todos.

Ellos se ríen y saltan al agua. Yo apoyo las pesas y las cuerdas cerca de mi calle; suelo usarlas para ponerme más peso en los pies, a veces incluso las ato a mis tobillos y nado solo con los brazos, lo que me hace ganar resistencia. Estiro y hago movimientos circulares para que los hombros no se me pincen, giro de izquierda a derecha el cuello y pongo en punta los pies para evitar calambres. Miro mi reloj y pongo el cronómetro a cero. Cuarenta largos. Dos mil metros. Y tengo que intentar hacerlo en menos de siete minutos. Cojo aire una última vez, me impulso con los pies en mi calle y nado a toda velocidad. Una y otra vez, mis brazos entran y salen del agua, al igual que una parte de mi cabeza, para respirar. En el agua me siento rápido, igual que cuando voy en la moto. Cuando compito, siento los ánimos de mi familia, de los amigos y de la gente que viene a vernos a las competiciones, y es realmente motivador. Siempre estoy muy concentrado en la respiración, hay que controlar cuándo entra y cuándo sale el aire para así poder nadar más y más rápido, pero a partir de cierta distancia, la fatiga muscular comienza a afectarme y empiezo a sentir pequeños calambres en el empeine del pie, sin embargo, tengo que seguir. Tengo que mejorar mi tiempo. Sigo nadando más y más rápido y ahora escucho algunos ánimos de mis compañeros de equipo, que a veces se paran para ver si consigo superar la marca del día anterior. Oigo sus gritos y sus palmas y me río dentro del agua, y sigo y sigo más y más rápido. Los calambres llegan al hombro; ahí son mucho más fuertes. Intento no pensar en ello y concentrarme en tocar la pared de la piscina una vez más. Y otra vez. Y otra más. Solo me quedan dos largos para llegar a los cuarenta. Siento que todos mis compañeros están unidos, animándome para que lo consiga. Toco la pared y me impulso una última vez para hacer el último e infinito largo. Los calambres se han extendido al otro hombro y al cuello, cada vez me cuesta más mover los pies y los brazos, creo que no podré llegar a la meta. Y es entonces cuando me imagino levantando la copa. Cuando leo mi nombre grabado en la medalla de oro. Todo mi cuerpo se llena de fuerza y consigo dar las últimas brazadas hasta tocar la pared. Apoyo los brazos en el bordillo y saco la cabeza. Toso y cojo aire. Los aplausos y los vítores de mis compañeros rompen el agua y salpican casi toda la piscina. Yo me tumbo boca arriba. Ni siquiera he mirado el reloj. Abro los ojos y me encuentro a Massimiliano con su cronómetro en la mano.

—Seis cuarenta y cinco. Buen tiempo, Magnini —dice apartándose—. ¡Y vosotros, *ragazzi*, venga, y dejar de nadar como *bambini*!

Sigo boca arriba, cojo aire y noto cómo mi corazón palpita una y otra vez tan fuerte que me miro el pecho y veo que la piel se contrae al contacto con el corazón. El entrenador me mira de reojo y me sonríe mientras les grita a los demás. Sabe que he cumplido, que, a pesar de dormirme y hablarme así, supero mis tiempos cada día y soy su apuesta fundamental para el mundial.

—Tienes que aguantar —me digo a mí mismo mirándome el pecho y pidiéndole a mi corazón, que, por favor, no me falle.

Ayudo a Massimiliano a recoger las cosas de la piscina mientras los demás van a ducharse al vestuario.

—¿Cómo te encuentras, Magnini?

—Bien, muy bien —le contesto—. Estoy mejorando los tiempos y no paso de las ciento sesenta pulsaciones.

—Eso está bien —aprueba él—. Tienes que controlarte. Cualquier mal hábito, agobio, sorpresa o no dormir bien hará que te vuelvas a sentir mal, lo sabes ¿no? Tienes que cuidarte. Por ti, por mí, por tu padre, ¡por Italia! La selección final de candidatos será cuando menos lo esperemos, debe de estar al caer y no podemos relajarnos, tienes que estar atento, tranquilo, fuerte. ¡Concentrado, *coglioni*! Lo que pasó... lo superaremos juntos, *¿va bene?*

—Sí, entrenador.

El accidente ocurrió hace apenas unos meses. En uno de los entrenamientos, después de un día de fiesta, sin haber casi dormido y sin nada en el estómago, vine a nadar con el equipo. No podía llegar tarde y por eso salí de casa en ayunas. Los días anteriores habían sido horribles; había descubierto que mi ahora exnovia me era infiel. Discutimos y descubrí que había estado a mi lado por quién era, por formar parte del equipo nacional, por ser famoso. Estuve varios días sin dar señales de vida, hasta que Alessio, mi mejor amigo, vino a casa a buscarme, me sacó de la cama, me obligó a ducharme y me preparó la comida después de una larga charla sobre qué funcionaba en mi vida y qué no. Cuando volví a entrenar no tenía fuerzas suficientes, y desde hacía un par de semanas, cuando subía a casa por las escaleras en lugar de usar el ascensor, notaba una serie de pinchazos en el pecho. Una de las reglas más importantes que tenemos en el club es que, ante cualquier cosa rara que notemos, debemos avisar para que nos hagan los pertinentes chequeos. Pero yo no lo dije por miedo a que Massimiliano, después de casi cinco días sin aparecer por la piscina, se pusiera a vocearme delante de todos. Cuando salté al agua y comencé a nadar todo era normal, pero cuando llevaba unos cuantos largos, los pinchazos en el pecho volvieron. Y eran cada vez más fuertes. Supuse que era un calambre más, como los que estaba acostumbrado a sufrir cuando la intensidad del entreno aumentaba, pero no, esto era otra cosa. Algo mucho más grande. Llevaba unos cuantos largos sintiendo los pinchazos cada vez más y más fuertes en la parte izquierda del pecho, pero no quise parar. Necesitaba hacerle ver a mi entrenador que seguía siendo bueno, que seguía siendo rápido. Nadé y nadé, y entonces ocurrió. De repente noté como si un rayo me partiese en dos desde el pecho hacia fuera, se me nubló la vista y comencé a tragar agua. Los demás estaban en la otra punta de la piscina, pero vieron que algo pasaba. Massimiliano se lanzó al agua y nadó lo más rápido que pudo hasta alcanzarme. Me cogió en brazos y me puso boca arriba en el bordillo. Me dijeron que estaba con los ojos en blanco y que el entrenador llamó a la ambulancia. Yo no recuerdo nada, salvo mucho ruido y que me sentía aturdido. Dos días después abrí los ojos en la UCI del Hospital San Pedro de Roma. Había sufrido una miocardiopatía dilatada. Digamos que mi corazón es más grande que el de los demás. Puede parecer gracioso, pero no lo es. Lo que le ocurre es que ese alargamiento extra lo hace más débil y no puede bombear sangre al resto del cuerpo con normalidad. Algo muy peligroso para un chaval de mi edad. Podía seguir viviendo con él, pero quizá llegaría un día en el que se pararía y no volvería a funcionar. O lo que es lo mismo, que en cualquier momento podía morir. La solución para los médicos estaba clara: comenzar el tratamiento cuanto antes, cuatro pastillas al día y bajar el ritmo de entrenamientos. Y si eso no funcionaba, tendría que esperar un trasplante. De hecho, nos recomendaron entrar cuanto antes en la lista de espera, ya que era un proceso muy lento. A los médicos les encanta hablar de probabilidades. La probabilidad actual de encontrar un corazón como el que yo necesitaba era del 2,2 por ciento que, traducido a la vida real, era como si un bebé naciese el 29 de febrero. Al ser bisiesto, esa posibilidad solo se daba cada cuatro años durante veinticuatro horas. Y aun así, encontrar un corazón apropiado para mí no era lo más complicado, sino los riesgos del trasplante de corazón en sí. Llegado el momento, deberían pararme el corazón y sustituirlo por el sano. En el momento que el mío se detuviera, solo tendrían sesenta y ocho segundos exactos para trasplantar el otro corazón y hacerlo latir. Si pasados esos sesenta y ocho segundos no hubiera bombeo, todo se complicaría mucho más.

Cojo mi bolsa de deporte de la taquilla y miro el teléfono. Tengo varias notificaciones y un mensaje de Alessio: «*Questa notte*, fiesta en el Piper. Son las bienvenidas de la Sapienza, va a estar genial y vienen unas cuantas amigas». Bloqueo el teléfono y salgo con el macuto al hombro en busca de mi moto. Arranco y acelero en dirección al norte de la ciudad. Siempre que voy en esa dirección, sonrío. El día es tan soleado que el asfalto arde, no hay ni una nube en el cielo y pienso que me encantaría poder ir a mi lugar favorito en el mundo. Un lugar secreto que no he compartido nunca con nadie. Quizá vaya pronto, pero antes… Salgo por el desvío y desciendo hasta un edificio frente a un gran parque. Quiero darle una sorpresa, porque ella dice que le encantan las sorpresas, sobre todo las mías. Abro la puerta y la chica de recepción, que ya me conoce, me señala la habitación del fondo, donde se encuentra una sala común. Y entonces la veo, igual de guapa que siempre, igual de elegante y con esa luz en su mirada imposible de apagar.

—¡Abuela!

Ella, que contempla el paisaje desde la ventana sentada en su silla de ruedas, se sobresalta nada más verme.

—¡Ay, no puede ser! —exclama abriendo los brazos—. ¡Pero si es mi Enzo! ¡Mi niño!

—¡Hola, *mia nonna*! ¡He venido a comer contigo!

—Pero por favor… qué sorpresa y qué alegría tan grande, cariño mío. —Mientras me habla, me coge la barbilla y me mira de arriba abajo—. Qué alto estás, y bello, *bellissimo*. El otro día saliste en la televisión entrenando y no veas cómo me puse, ¡casi dando saltos! —se ríe—. Les dije a todos que eras mi nieto y algunos no me creían. Me decían, sí, hombre, va a ser tu nieto ese. ¡Pues mirad! —exclama ahora más fuerte—, ¡aquí lo tenéis, el mejor nadador de toda Roma y de todo el planeta!

Yo me río y me emociono al verme allí a su lado y de verla a ella tan feliz.

—¡Abuela, no! —le digo—, qué vergüenza. ¿Vamos al comedor y comemos juntos? —le pregunto mientras me coloco en la parte de atrás de la silla.

—Sí, mi niño, vamos para allá, que me tienes que contar muchas cosas.

En el fondo, ella era mi conexión con la realidad, pero no con la de los flashes, los seguidores, las fiestas y los duros entrenamientos. Ella y mi abuelo fueron quienes me criaron, ya que mis padres trabajaban todo el día. Ellos se encargaban de todo, de recogerme del colegio, hacerme la comida, la merienda y la cena, contarme los cuentos cuando no podía dormir y arroparme cuando me destapaba en las noches de invierno. Tras la muerte de mi abuelo, mi abuela se quedó muy triste. Ella no quería estar en su casa, decía que todo le recordaba a él, que la almohada aún olía a su marido. Les pidió a mis padres que vendieran la casa y la llevaran a una residencia donde pudiera hacer nuevas amistades.

Sin duda alguna, es la persona más buena del mundo. Yo vengo todo lo que puedo a visitarla. Aquí juega a las cartas con sus amigas, a las que ya conocía, les preparan actividades conjuntas y salen a menudo a pasear. En su habitación hay recortes de los periódicos en los que han publicado alguna vez mi fotografía con las medallas ganadas, o en el podio del campeonato de Roma, cuando me seleccionaron para el equipo nacional.

—¿Cómo va todo, abuela? —le pregunto mientras cojo la bandeja con la comida que han preparado hoy. Se la acerco y le coloco el babero para que no se manche la blusa roja tan bonita que lleva.

—Todo va bien, hijo. Aquí la vida pasa tranquila. Veo en la televisión cómo está el centro de la ciudad, abarrotado de gente haciendo fotos y fotos.

—Sí, abuela, lo está.

—Y tú, ¿qué tal estás? —me pregunta—. En la tele dicen que te van a seleccionar.

—Bueno, todavía no se sabe. El campeonato está cada vez más cerca y hay que seguir entrenando.

—¿Te has echado alguna novia?

Yo me río, porque seguro que ha visto algo en la televisión o las revistas.

—De momento no, abuela; solo tengo amigas. Desde que me llevé el susto, valoro mucho más otras cosas.

—Ay, hijo… Y de eso, ¿sabes algo? No hay día que no pida por tu trasplante al Cristo de los Milagros de Roma.

—Va lento, abuela, pero ojalá llegue pronto.

—Llegará, y espero estar aquí todavía para verlo.

Ahora deja la cuchara, me coge la mano y me sonríe.

Elías

El aeropuerto de Madrid nos recibe con su gran pasarela de arcos coloreados hasta el final de la terminal. La última vez que viajé en avión fue hace muchos años, cuando fuimos a Tenerife un verano. Vinieron hasta mis abuelos y mis tíos. Recuerdo que me asusté tanto que una de las azafatas tuvo que traerme una libreta con pegatinas para entretenerme durante las turbulencias que pasamos a mitad del vuelo.

—Vamos bien de hora, ¿no? —pregunta mi madre mientras subimos unas escaleras mecánicas.

—Sí. Falta todavía una hora y media para el embarque —contesto—. Espero que no haya mucha cola para facturar.

—¡Mira, es allí! El 305 —exclama mi madre.

Aprovecho para mandarle a Sari un selfi con las pantallas del aeropuerto de fondo.

—¡La cuenta atrás ha llegado a cero! —le escribo. Ella aparece conectada al instante y me contesta:

—Aaah. ¡Grito de los nervios!

Sonrío y cojo del brazo a mi madre mientras avanzamos juntos por la terminal en la dirección que nos indica la azafata del mostrador. Mi madre no dice nada, está seria y se limita a agarrarme fuerte de la mano. Al fondo se vislumbra el largo pasillo en el que se encuentra el control de seguridad, donde sabemos que tendremos que despedirnos. En ese momento los dos aminoramos el paso. Va a ser muy duro para ambos, pero quizá más para ella. La observo y me da la impresión de que en cualquier momento se va a derrumbar. Llegamos a pocos metros del control y nos detenemos.

—Ay, hijo…

La miro y ella arquea las cejas.

—No te preocupes, mamá. De verdad.

—Algún día lo entenderás.

Y entonces hice lo que necesitaba, abrazarla sabiendo que estaba aquí gracias a ella. Gracias a ella podía irme de Erasmus, estudiar Literatura, encontrar las ganas para seguir escribiendo y no tirar la toalla. Ella sí creía en mí.

—Bueno…

—Llámame de vez en cuando ¿vale? —me pide con una sonrisa mientras cae la primera lágrima.

La besé mientras nos abrazábamos, notando cómo sus lágrimas me empapaban la cara.

—No llores, mamá…

Ella negaba con la cabeza.

—Es de felicidad, sé cuánta ilusión te hace esto. Con todo lo que hemos pasado, me da miedo que te pongas mal, o que te sientas solo… pero sé que no va a ser así. Las chicas del piso parecen muy agradables y están deseando recibirte. Si necesitas cualquier cosa, llámame a mí o a Sari, estamos siempre para ti… Ojalá tu padre y tu hermano pudieran ver como yo lo especial que eres.

Estoy sin palabras. Al separarnos veo que mi madre sonríe, a pesar de tener las mejillas húmedas por las lágrimas. Ahora suspira y se seca los ojos con la mano.

—Gracias por todo —digo apretándole la mano—, sin tu ayuda no lo habría conseguido.

—Avísame cuando llegues ¿vale? —susurra ella con el hilo de voz que le sale mientras me abraza de nuevo—. Y ten mucho cuidado, por favor. Necesito que estés bien.

—Sí, mamá, te lo prometo. Voy a estar bien.

—Escribe —insiste—, escríbelo todo y mándamelo. Quiero leerte, quiero ver cómo te conviertes en el escritor que quieres ser.

Con el corazón encogido en el pecho me deshago de sus manos y atravieso el detector de metales. Me separo de ella, que se queda al otro lado del aeropuerto y del mundo. En la distancia me dice adiós con los ojos y con los labios. Yo le hago un último gesto y, justo entonces, recojo mi equipaje y atravieso el umbral de mi nueva vida.

Llego a la zona de la terminal donde están todas las puertas de embarque con la letra B y busco la número 75. Frente a ella, los asientos están ocupados por los pasajeros que se subirán al mismo vuelo que yo. Busco un sitio libre y apoyo la mochila para sacar el libro que me he traído para el viaje. En ese momento recibo un mensaje de mi madre. «Ya te echo de menos. Te quiero». Sonrío y le contesto al instante que yo la quiero más. Decido leer hasta que abran la puerta de embarque. Levanto la cabeza un momento en mitad de la historia y allí está, encima de una mujer que lee una revista del corazón, el monitor en el que aparece el nombre de la ciudad a la que volamos. Me recorre un cosquilleo que me hace sonreír de inmediato. En pocas horas estaré paseando por sus calles, conociendo a mis compañeras de piso, haciendo amigos en la universidad y ojalá que allí nazca la historia que quiero escribir. Me acerco al monitor y le saco una foto con el móvil, abro la aplicación de Instagram y la cuelgo con la frase: «Lo más difícil de escribir un libro, es el principio. Allá vamos». Me aseguro de que se ha compartido en mi perfil y bloqueo el teléfono, pero las notificaciones no tardan en llegar.

—Maldito seas, ¡Roma! —aparece en la pantalla del teléfono.

Abro el mensaje y me río. Es Sari, cómo no, que me llama al instante. Descuelgo y sonrío.

—¡No me lo puedo creer! —grita desde el otro lado del auricular—, ¡no puede ser!

Me río nada más escucharla.

—¡Roma! —le grito—. ¡Era Roma! ¡Acertaste!

—Dios mío, Elías, qué fuerte. ¡Roma es una ciudad increíble! Te va a encantar, por Dios —me dice.

Yo sigo sonriendo. El sonido de las notificaciones se solapa con la voz de Sari. Estoy recibiendo un montón de comentarios en la foto de compañeros de clase, gente de mi familia y mi madre.

—Lo sé, pero estoy cagado, Sari, la Sapienza es de las universidades en la que más cuesta entrar, sobre todo en Literatura y Traducción. ¿No te parece increíble que me hayan cogido? Estoy en una nube —le grito.

—Jo, vas a disfrutar muchísimo. Y bueno, yo iré a verte de cabeza. Faltaría más. Te lo mereces, Elías, ¿me oyes? Si alguien se merece vivir esta aventura y empezar de cero, ese eres tú.

Sari siempre ha sido mi salvavidas. Desde que nos conocimos en el colegio, más tarde en el instituto y ahora que estamos a punto de terminar la universidad. Vivimos muy cerca el uno del otro en el pueblo y hemos pasado muchas noches en su patio o en el mío, viendo las estrellas en silencio. Muchas de esas noches le contaba cómo me sentía, perdido, sin rumbo. Pero nunca me atreví a decirle lo que tanto miedo me daba verbalizar. Nos tenemos ese cariño especial que se tiene por quien está a tu lado en los peores momentos de cada uno. El último fue hace muy poco, cuando el abuelo de Sari murió de repente. Estaban muy unidos y fueron días realmente tristes para ella. Fuimos muchas tardes a pasear, porque le venía muy bien despejarse y tomar un poco el aire. Nuestro pueblo era perfecto para eso, ya que podías encontrar paz y silencio en casi cualquier rincón. Subimos hasta uno de nuestros lugares más bonitos y especiales. La Ermita de la Virgen era uno de los puntos más altos del pueblo, y desde allí podía verse todo el valle de Toledo, y contemplar cómo el sol se ponía entre las dos grandes montañas que había al fondo del horizonte. Sentados sobre una parte escarpada, comenzamos a hablar mientras el cielo comenzaba a teñirse de todos los colores.

—¿Cuándo te vas? —me preguntó.

—El lunes que viene. —Sari miró de nuevo al frente en silencio—. ¿Por qué?

—Me vas a faltar muchísimo aquí.

Entonces me apoyé sobre su hombro.

—A mí me da miedo saber que no vas a estar cerca —contesté.

—¿Por qué?

—Ya me conoces, me da miedo todo.

Ella suspiró y me rozó la rodilla mientras yo miraba al frente.

—Ya hemos hablado de esto muchas veces, tienes que superar el miedo a la incertidumbre, a lo que se escapa a tu control. —Mientras hablaba me miraba a los ojos. Yo tenía la vista clavada en el reflejo del atardecer en el pequeño lago que había a los pies de la montaña—. Lo que piensen los demás no debe importarte.

—Lo sé —contesté. Habíamos tenido muchas veces esta conversación.

—Pues si lo sabes, déjalo ir, porque no te está haciendo bien. ¿No lo ves?

—No es tan fácil, Sari —dije sincero—. No todos somos tan seguros y valientes como tú. Yo… no sé lo que se siente al besar a una persona, no sé lo que se siente al estar enamorado, ni al llorar porque te han roto el corazón —continué—, y aunque tú me digas que no hay que tener prisa con esas cosas, mi cabeza me dice que soy el raro, la excepción. Es… como si no fuera suficiente para nadie, ni para mis padres, ni para el pueblo, ni para mí mismo. ¿Quién se enamoraría de alguien tan decepcionante?

Sari negó con la cabeza y fingió darme una colleja.

—No deberías hablar así de mal de ti mismo. Eres una persona excepcional, Elías. Creo que tienes que empezar a vivir tu vida, no la que los demás quieren que vivas. Ni la vida que tu hermano o tu padre quieren que lleves. Coge todo eso y quémalo, por favor. No estamos aquí para siempre —siguió ella con la mano en la medalla de oro que le había dejado su abuelo antes de morir.

Los dos mirábamos al sol que estaba a punto de esconderse. Ningún atardecer era igual, pero este era sin duda uno de los más bonitos que habíamos visto allí.

—Te prometo que lo voy a intentar —le aseguré—, esta vez de verdad.

De repente, los altavoces de la megafonía del aeropuerto empiezan a sonar.

—Pasajeros del vuelo UX521 destino Roma, en breves momentos comenzará el embarque.

Cuelgo el teléfono y veo que la gente comienza a ponerse en la cola para embarcar. Yo me quedo un rato más leyendo, y cuando todos empiezan a pasar, voy para allá. Estoy nervioso, y compruebo si el DNI está en vigor, si llevo la cartera, si mi billete tiene los datos correctos. Avanzo poco a poco. Antes de darme cuenta ya he llegado a la puerta del avión y estoy buscando mi asiento. El 28K. No tardo en encontrarlo. Me siento y poco después, mientras ojeo la pantalla, llega una mujer de la edad de mi madre, la misma que tenía frente a mí en los asientos de la terminal. Bajo el brazo, su revista del corazón ya está un poco arrugada. Lleva un maletín que deja sobre el asiento y una maleta pequeña. Me levanto de inmediato para ayudarla a subirla a los compartimentos.

—¡Ay! —dice ella—. Mil gracias, guapo. No sabes lo que pesa esto.

—De nada...

Antes de volver a ponerme los cascos, me mira con curiosidad y me pregunta:

—¿De vacaciones?

—¡No! —exclamo—. Me han admitido en la Universidad de Sapienza. Voy a estudiar allí un año.

—¡Qué suerte! La Sapienza es de las mejores universidades. Mi hijo estudió allí.

—Tengo muchas ganas de llegar, la verdad. También porque creo que la ciudad me encantará.

—Te vas a enamorar. De la ciudad y de todo. Cada paso que das es un pie que pones en la historia, la gente, el bullicio, los cientos de iglesias, el sol colándose entre las calles y reflejado en las fachadas envejecidas de color naranja... Todo es especial. Por más ciudades en las que he estado, siempre anhelo volver a mi casa en medio del Trastévere.

—¿Llevas mucho tiempo viviendo allí? —le pregunto curioso.

—Cerca de diez años. Fui por trabajo y acabé conociendo al que ahora es mi marido. Y tuvimos a nuestro hijo, Dante. La vida a veces no avisa y te cambia todos los planes... Ahora vuelvo de visitar a mis padres, que ya están un poco mayores, y a mis hermanos, que siguen viviendo en Madrid. ¿En qué zona vas a vivir?

Miro mi libreta. En una esquina, rodeado con un círculo y varios asteriscos, está el nombre del barrio.

—Bolonia.

—¡Qué bien! —exclama ella—, sin duda, la mejor elección. Está lleno de estudiantes, harás amigos muy pronto. Me llamo Regina, por cierto, encantada.

—Yo Elías, ¡un placer!

—Mira, este es mi hijo, Dante. —Amplía una fotografía que lleva en el móvil. Su hijo aparece montado en un descapotable rojo y sonríe con unas gafas de sol—. Su padre y yo le hemos regalado el coche hace nada. ¡Menos mal que va a venir a recogerme al aeropuerto cuando lleguemos, porque con todo lo que llevo!

Nos reímos y miro hacia el pasillo. Parece que todo el mundo ha encontrado ya sus asientos. Una azafata anuncia el cierre de las puertas del avión y dice algo así como *cross check*, cuyo significado desconozco. Poco después el avión comienza a moverse y entonces enderezo la espalda en el asiento, me ajusto el cinturón a todo lo que da y suelto un gran suspiro. Regina guarda su móvil, se santigua y besa el collar que lleva puesto.

—Tripulación de cabina, preparados para despegue. —La voz del capitán me hace tragar saliva y noto cómo el corazón comienza a bombear más fuerte.

No tengo miedo. Al contrario, tengo muchas ganas de que este viaje comience. Busco una canción, me pongo un auricular y dejo el otro colgando en mi camiseta. Veo la canción que había descargado y pulso play a la vez que el avión comienza a coger velocidad por la pista.

«Él corría, nunca le enseñaron a andar. Se fue tras luces pálidas». El sonido del motor de la aeronave impresiona y aterra a la vez, es como si fuesen a lanzar un cohete. «Aeropuertos unos vienen y otros se van, igual que Alicia sin ciudad». Comenzamos a recorrer la pista cada vez más rápido; la terminal va desapareciendo a medida que el avión coge más y más velocidad. Este es el momento que siempre imaginaba, el día que pudiera marcharme y sentirme libre. Y está ocurriendo. «El valor para marcharse, el miedo a llegar». El avión asciende y nosotros con él. Miro a Regina, que me sonríe. Con su mano señala la ventanilla del avión, donde ahora todo es más pequeño. «Dejarse llevar suena demasiado bien, jugar al azar, nunca saber dónde puedes terminar. O empezar». Dejamos Madrid y atravesamos las nubes más altas del cielo. Me quedo boquiabierto ante aquel mar blanco de algodón. Es tan bonito. «Ella duerme tras el vendaval, se quitó la ropa, sueña con despertar. En otro tiempo y otra ciudad». El avión se estabiliza y pone rumbo hacia la ciudad que me acogerá un año entero. Apoyo la cabeza en la ventanilla y mientras la canción termina, busco mi pueblo desde las alturas. Pero no hay nada, ni rastro de San Pablo de los Montes, y en parte sonrío al no poder encontrarlo entre ese mar de nubes. «Dejarse llevar suena demasiado bien…». Vuelvo a apoyar la cabeza junto a la ventana y siento que mi vida, está a punto de cambiar. Que donde siempre hubo oscuridad, ahora comienza a vislumbrarse un poco de luz.

Enzo

Salgo a toda velocidad de la oscuridad del túnel de la autovía y la luz del sol me ciega. Hace un día increíble. Me apetece mucho aprovechar la tarde. Un buen plan sería llegar a casa, ponerme cómodo y salir a la terraza a leer un poco mientras tomo el sol y oigo música. Eso sería un planazo. Antes de llegar paro en uno de mis locales favoritos y pido un zumo de frutas. Lleva mango, kiwi, piña, fresas y plátano. Llego a mi edificio bajo un sol abrasador. Una gran puerta de color verde con una enorme enredadera que cae alrededor de la fachada preside mi portal. Vivo en el número 180 de la calle Borgo Pio. Es una de las calles más bonitas de Roma, muchos turistas vienen a visitar la fuente que hay pegada a mi casa, construida en piedra y con los emblemas de la Ciudad del Vaticano. La calle es tan icónica y bonita, con los restaurantes y las fachadas cubiertas de plantas trepadoras, que aquí se han rodado muchas escenas de series y películas.

Subo a casa y me desnudo, abro todas las ventanas para que corra el aire y cojo el libro que estoy leyendo. Es un autor español que me recomendó una seguidora por Instagram, busqué la traducción al italiano y comprobé que la habían publicado hace unos años. Me acerqué a una de las librerías Feltrinelli, las más conocidas en Italia, y lo encontré. Tiene la portada en blanco y negro. En la terraza el sol cae de lleno.

Hace un par de meses, antes de que llegase el verano, compré dos tumbonas y las puse en la parte superior. También compré una gran hilera de luces que enredé a lo largo de toda la barandilla. Me relaja muchísimo salir aquí por la noche. La basílica de San Pedro siempre está iluminada y a menudo me quedo aquí fuera intentando ver algunas estrellas o constelaciones en el cielo entre el gran silencio.

Al poner música relajante veo que tengo unas cuantas notificaciones de aplicaciones que ya no uso, pero leo por encima los mensajes de Alessio, que dice que van a ir todos a casa de Pietro a cenar y a beber. Me cita allí a las ocho y media. En Instagram veo varias de las nuevas fotos en las que me han etiquetado. Algunas son dibujos; otras, fotografías que han subido cuentas como @alwaysenzomagnini, @oficialmagnini-fans, etc. Bajo a mis etiquetas y veo que me han hecho fotos cuando volvía por la calle con el zumo en la mano. Ni me había dado cuenta. Ya las han colgado y algunas cuentas comentan mi look, analizan mis zapatillas, los colores que he elegido, si estoy enviando un mensaje privado a alguien, cuando la realidad es que apagué la alarma y he tenido que ponerme lo primero que he pillado para llegar a tiempo al entrenamiento. Ni mensajes secretos, ni estar de luto por mi exapareja, como afirman ya varios comentarios por haberme puesto una camiseta básica negra. Me río al ver todas las teorías y comentarios, pero en el fondo intento mantener la calma y no enfadarme al enterarme de que había fotógrafos abajo esperándome.

Algunos de mis compañeros están muy cómodos y a gusto con que ciertas marcas les manden ropa o regalos a cambio de subir algunas fotos. Pero a mí esas cosas no me van mucho. Prefiero comprarme lo que de verdad me gusta y no rendir cuentas a nadie, ir a mi bola y sin ataduras. Me cuesta mucho atarme a algo o a alguien, nunca lo he ocultado. Aunque también pienso que todavía no ha llegado esa persona especial que hace que todo cambie. Mientras tanto, disfruto muchísimo haciendo planes solo, me encanta viajar y dedicarme tiempo a mí mismo. Es en esos momentos, en los que te encuentras a solas con el mundo, cuando realmente ves tus debilidades, lo que te da miedo, lo que no quieres afrontar. Se lo recomiendo a todo el mundo: coger un tren o un vuelo y viajar solo. Sin nadie más. Pienso que, de hacerlo, mis amigos aprenderían mucho sobre ellos mismos. Algunos se ríen cuando lo digo y me llaman en broma «el místico Magnini». Pero me da igual lo que diga el mundo, lo importante es lo que yo sienta en mi interior. Si yo lo tengo claro, me basta.

Leo unos cuantos capítulos del libro al que estoy enganchado. Se desarrolla en Barcelona y va sobre un amor especial de verano. Mientras lo leo, pienso que este verano no ha sido nada del otro mundo y que tampoco he conocido a nadie especial, como los protagonistas de esa historia. Desde que me rompieron el corazón he tenido miedo de conocer a más chicas. Aunque, para ser sincero, nunca me he enamorado al cien por cien. Ni siquiera de Chiara. He llegado a pensar que quizá nunca podré entregar mi corazón plenamente a alguien. Mis amigos me dicen que ya llegará esa persona que me hará cambiar de opinión y me enamoraré hasta las trancas y no querré otra cosa que pasar tiempo con ella, pero, siendo realista, no creo que nadie pueda hacerme sentir tan vivo en un momento tan difícil.

Son casi las tres de la tarde. Voy a la cocina a por un helado de vainilla y lo rechupeteo mientras me asomo por la terraza. Estarán cayendo casi cuarenta grados en la ciudad. Les echo un poco de agua a las plantas que tengo fuera y siento que me amodorro. Saco el móvil para subir una historia del cielo y mencionar el terrible calor que aplasta la ciudad. Justo cuando voy a hacerla, me fijo en que un avión está pasando por encima. La estela blanca que deja queda preciosa en la foto y la capturo. Añado los grados y la subo a la historia acompañada de unas llamas de fuego.

Bostezo y me dejo caer en la cama, donde la luz pasa por la ventana y se queda en mi espalda iluminando todos mis lunares. Pienso en lo grande que es esta cama para uno solo y en lo agradable que sería ver una película con las vistas de la ciudad al fondo, quedarnos dormidos y despertarnos cuando el amanecer se cuele entre los grandes ventanales. Preparar el desayuno para ella y besarla, besarla muchas veces. Aunque después suspiro, consciente de que hay algo dentro de mí que no va bien. Intento eliminarlo de mi cabeza, pero lo único que consigo es descargarme aquella aplicación que nunca pensé que tendría. Mis dedos tiemblan y cuando la descarga se completa, me registro y personalizo mi perfil. Tengo que elegir mi nombre. Veo uno de los libros que tengo en mi mesita. Es de mitología griega, y entonces, lo tengo claro; leí su nombre en uno de los últimos capítulos la pasada noche. Completo todos los datos que me piden y mi perfil en la red social para ligar queda activada. Ya puedo hablar con quien yo quiera.

Elías

Un golpe brusco me asusta. Acabamos de aterrizar después de sobrevolar todas las azoteas de Roma. Regina extiende un brazo hacia el asiento que tiene delante, el bebé que viaja unas filas más atrás rompe a llorar. El avión pierde velocidad poco a poco y sale de la pista. Me asomo por la ventana y mis ojos se iluminan. El cielo está completamente despejado, hace un día radiante.

—*Buona sera*, señoras y señores pasajeros. Acabamos de aterrizar en el aeropuerto de Roma Ciampino antes de la hora prevista. La temperatura local es de treinta y cuatro grados y el parte meteorológico para todo el día es de cielos despejados. En nombre de toda la tripulación les agradecemos su confianza con nosotros y esperamos verlos de nuevo a bordo. Recuerden que la cinta para recoger su equipaje facturado será la número ocho. Muchas gracias y que tengan una feliz estancia.

Madre mía. Ahora sí. Ya estoy aquí. El avión se detiene por completo y las hebillas metálicas de los cinturones empiezan a sonar. La gente se levanta aprisa y Regina, que sigue a mi lado, me mira.

—Siempre igual… no aprenden —me dice haciendo un gesto de desesperación—. Por cierto, apúntate mi móvil por si necesitases algo en la ciudad —añade señalando a mi teléfono, que está sobre mi rodilla.

—¡Ah! —exclamo—. Sí, por supuesto. A ver…

Desbloqueo el teléfono y voy hasta añadir contacto.

—Mira es: +39 —comienza a la vez que yo anoto cada dígito— seis, cuatro… —Mientras recita los números, mira hacia arriba intentando acordarse ella también—. Ahora venían dos cincos… —Yo me río a la vez que termino de apuntar— y ya está. Ese es.

—Perfecto. Muchísimas gracias, Regina —le digo con sinceridad.

—Ya sabes, cualquier cosa que necesites, márcame —me sonríe—. A mí también me gustaría que hiciesen lo mismo por mi hijo si se fuera lejos —concluye.

Miro por la ventanilla; el cielo es de un azul inmaculado. El calor se siente por toda la explanada del aeropuerto y el horizonte reverbera ante el calor sofocante que sube de la pista del aeropuerto.

—Qué buen tiempo hace —me atrevo a decir.

—Aquí siempre sale el sol —contesta ella—, hasta en los días nublados.

La gente comienza a salir del avión. Poco a poco los pasajeros avanzan por el estrecho pasillo y yo me incorporo del asiento cuando Regina puede salir de la fila y recupera su maleta del compartimento superior. Al colocarla en el suelo me mira y me sonríe.

—*Arrivederci, bello* —dice con una gran alegría.

—*Arrivederci*, Regina! —contesto yo feliz.

Cojo mi maleta y salgo enseguida del avión. Veo cómo poco a poco la mujer desaparece entre la gente por la terminal de llegadas sin saber que cuando la vuelva a ver me ayudará en un momento muy difícil.

Sabía que la opción más sensata para llegar al centro de la ciudad era el autobús, lo había comprobado estando aún en el pueblo. Me dirijo a las cintas para recoger mis dos enormes maletas mientras pienso en cómo voy a poder subir yo solo todo eso a la casa en la que iba a quedarme. En cuanto desactivo el modo avión comienzan a entrar un sinfín de mensajes en el móvil. Además de lo buenos deseos de rigor de mis tíos, mi madre o Sari, hay algo que llama mi atención. Alguien me ha añadido a un grupo de WhatsApp. El grupo se llama Bolonia 10 y tiene un montón de emojis. Entro y veo una fotografía de dos chicas con una botella de vino en la mano. En el mensaje añaden: *Benvenuto, Elías!!* Una sonrisa ilumina mi cara cuando entiendo que son Silvia y Giorgia. Una maraña de nervios me recorre el estómago y llega hasta la nuca. En una escala de felicidad rozaría el máximo. Es maravilloso sentirse así por primera vez.

Mientras espero las maletas vuelvo a abrir el chat. Observo la foto que me han enviado y la amplío. A la derecha veo una chica rubia, de un año o dos más que yo, con el pelo corto y los ojos claros. Viste una camiseta con dibujos de flores. La otra chica tiene gafas y lleva un moño; parece más joven. Lo que más me llama la atención son sus brazos, cubiertos de tatuajes pequeños y grandes. En ese momento no puedo evitar pensar en mi padre, que se escandaliza cada vez que ve a alguien en la televisión con tatuajes por el cuerpo. Me río y me doy cuenta de que en el brazo derecho tiene dibujada la ilustración que aparece en la portada de uno de mis libros favoritos, *Llámame por tu nombre*. Las dos parecen encantadoras. Tecleo: «Solo sé un poco de italiano, pero gracias, ¡ya he aterrizado y estoy deseando llegar para conoceros! Hasta ahora». Y un par de emojis también, el de la sonrisa, el de los aplausos y el del tubo de confeti.

Cuando levanto la mirada mis dos maletas gigantes están pasando justo por delante de mí. Me lanzo a por ellas para salir cuanto antes del aeropuerto. Nada más cruzar la puerta de la terminal, localizo la empresa de autobuses que me llevará hasta el centro. Me acerco a la taquilla más cercana y pago por un billete sencillo. El conductor me ayuda con las dos maletas, las coloca en la parte lateral del autobús y comprueba mi billete. Luego sonríe y subo de inmediato. Dejo la mochila en el asiento de al lado y suspiro. Tengo ganas de saber cómo es mi habitación y la casa en general, también de conocerlas a ellas. He idealizado vivir en Roma, y me da miedo llevarme un chasco y que no sea como espero. Me gustaría tener un balconcito en casa donde salir a desayunar antes de ir a clase o donde leer los domingos mientras cae el sol.

Apoyo la cabeza contra la ventana del autobús, que en pocos minutos se llena de los últimos turistas de este largo y caluroso verano. El conductor arranca e inicia su camino. Mientras avanzamos por la autovía observo los aviones que pasan por encima de nosotros. Mire hacia donde mire me quedo embobado con cada coche, anuncio o cartel que aparece en la carretera. Me encanta fijarme en los detalles, por si luego escribo sobre esto. Me fijo en que la mayoría de los coches llevan las ventanillas bajadas; son tan antiguos no están equipados con aire acondicionado. En general son modelos pequeños, algunos diminutos con capacidad para solo dos personas. Entonces caigo en la cuenta de que las calles de Roma son demasiado estrechas como para que un coche largo pueda pasar por ellas. Me acuerdo de varios consejos que leí en foros y artículos que decían que la mejor manera de conocer la ciudad era perdiéndote por su laberinto de callejuelas. Y eso era lo que tenía pensado hacer en cuanto dejase las maletas en casa: dar un primer paseo por el centro de la ciudad.

Cierro los ojos y ya me imagino por sus calles empedradas, yendo a presentaciones de libros e incluso empezando a escribir el mío propio. De pronto, el autobús desciende por un carril que se abre a una avenida algo más estrecha. La calzada debe de ser empedrada porque el autobús tiembla como si fuese a desarmarse en cualquier momento. Mi asiento y yo botamos sin parar, y el amasijo de hierros produce un ruido ensordecedor. Cuando quiero darme cuenta, el autobús se detiene de golpe y a los turistas se les escapa un leve grito mientras se agarran a las manillas de los asientos delanteros.

—*Roooma Termini!* —exclama el conductor.

Menos mal, pienso. Con tanto bote se me ha revuelto el estómago. Bajo del autobús y saco las dos grandes maletas. Según el navegador del móvil, desde esta misma estación puedo acceder al metro y en solo tres paradas estaré allí. Me quito la chaquetilla que llevo puesta y la meto en la mochila; hace un calor sofocante y no tengo ni una botella de agua. El barrio de la estación es un caos. Mucha gente va y viene, los edificios están destartalados y la mayoría lucen carteles en los balcones anunciando pensiones u hostales de una estrella que seguramente son la opción más económica para quedarse en la ciudad. El ruido es atronador. Algunos vagabundos caminan descalzos y de un altavoz custodiado por cuatro jóvenes en la acera de enfrente sale una música a todo volumen. Recupero mis dos maletas y me dirijo a las escaleras mecánicas que sostienen una gran M de metro encima.

Cuando estoy a tres paradas les escribo a Silvia y a Giorgia. Bloqueo el móvil y lo vuelvo a abrir al recibir un mensaje de una de ellas. Lo sé porque al final de su largo número de teléfono aparece su nombre: Silvia. Me dice que van a bajar al portal a recibirme y ayudarme con el equipaje. Sonrío como un idiota. Pienso que son majas, son buenas personas. En menos diez de minutos, la megafonía del tren anuncia mi parada.

—Bolonia —se escucha.

Salgo del tren y coloco las dos grandes maletas en las escaleras mecánicas. Poco a poco se ve la luz del cielo y aparecen los primeros grandes edificios abalconados con las persianas venecianas típicas de Italia, muchas de ellas de madera de distintos colores, marrones en su mayoría, pero otras son blancas y algunas azul cielo.

La parada del metro está en la misma plaza y el navegador me indica que el piso está justo enfrente de la salida. Noto los nervios por todo el cuerpo, desde la espalda hasta la punta del dedo meñique del pie. Hace un calor infernal. Tengo gotas de sudor en la frente y en la espalda, que noto encharcada. La plaza es preciosa, poblada de árboles y con mucho tráfico. La policía italiana controla los pasos de peatones y que ningún coche se quede atrapado entre el ir y venir de vehículos. Giro sobre mí mismo para encontrar la dirección exacta del piso. Plaza Bolonia número 10. Me detengo frente a un edificio amarillo con las ventanas pintadas de verde y con un gran arco de flores y enredaderas en la puerta. Levanto la cabeza y me llevo un susto de muerte.

—¡¡Elías!! —Las dos están en el recibidor del portal. Silvia aplaude y ríe y Giorgia me graba con su móvil. Son ellas, sin ninguna duda; las mismas que aparecían en la foto.

—¡¡Hola!! —digo saludando con la mano.

Ambas acuden rápido a ayudarme con las maletas.

—*Ciao, bello, come stai!* —dice una de ellas—. Yo soy Giorgia, ¡por fin nos conocemos en persona! —exclama mientras coge una de las maletas. Nos damos dos besos y me presento también.

—Y yo soy Silvia —aclara la otra, que lleva el mismo moño que en la foto. Cuando me ayuda con la otra maleta veo sus brazos cubiertos de tatuajes.

—¿Qué tal el viaje? —pregunta Silvia cuando Giorgia introduce la llave para abrir la gran puerta del portal.

—Muy bien, aunque ahora mismo vengo ahogado de calor, la verdad —respondo riéndome—, no imaginaba que haría más que en Toledo en pleno agosto.

—¿Torledo? —dice Silvia—, ¿qué es Torledo?

Me río al escuchar su pronunciación.

—Toledo. Toledo —la corrijo—. Es de donde yo vengo. Está cerca de Madrid. Allí también hace mucho calor, pero lo de aquí es otra historia. —Suspiro y muevo las manos en busca de un poco de aire fresco que no llega.

—Prepárate para el calor —me avisa Giorgia—, esta ciudad es un horno. Por suerte, nuestra casita está a una altura considerable y por eso es fresca, pero, aun así, no te recomendamos salir a la calle antes de las siete de la tarde —añade entre risas mientras llama al ascensor.

El recibidor del edificio tiene una luz bestial que entra por un gran ventanal trasero que comunica con un patio. En la parte central se encuentra el ascensor y en uno de los laterales están los buzones llenos de panfletos de publicidad. El ascensor llega y Silvia abre las dos puertas para que entremos Giorgia y yo. Dejamos las maletas al fondo y nosotros tres nos apretamos. Giorgia, casi pegada a la pared, pulsa el número cinco.

—Vaya, un quinto.

—Lo mejor es salir a desayunar al balcón —propone ella.

—Y a tomar el sol —añade Silvia.

—¿Hay balcón?

Ellas se ríen.

—Claro, nosotras solemos desayunar allí las mañanas de verano.

Un escalofrío de felicidad me recorre de arriba abajo. El ascensor llega a la planta quinta y abrimos las puertas para salir de allí antes de morir asfixiados. Silvia saca las llaves de su bolsillo y abre la puerta de madera que tiene encima la letra I.

—Bienvenido a tu nuevo hogar —dice Giorgia detrás de mí cuando Silvia abre la puerta de la casa.

Escuchar eso me hizo sonreír mucho, tanto que hasta me lo notaron. Sentir la palabra hogar de una forma tan bonita estando tan lejos de casa era algo mágico. Me quedo fascinado cuando entro en la casa. A primera vista parece inmensa, con los techos tan altos que parecen no tener fin. Las paredes están pulidas con relieves en los laterales que la hacen más señorial, como una clásica vivienda romana, pero a la vez es moderna y acogedora. A la izquierda, una doble puerta blanca deja entrever una habitación preciosa.

—Esta es mi habitación —dice Giorgia desde la puerta. Me asomo y veo que tiene un burro de ropa a un lado con las sudaderas ordenadas por colores, y un escritorio impecable, un jarrón con tulipanes recién comprados y la cama, de matrimonio, con cojines y una colcha finita beis. Tiene varias polaroids alrededor de la pantalla de su ordenador. La mayoría, con amigas por diferentes lugares del mundo, algunas de fiesta y otras en Roma.

—Es preciosa —le digo.

—Lo mejor es la luz que hay en esta casa. Todas las habitaciones son exteriores, y al ser un quinto… En Italia no se llevan bien con las persianas, así que tenemos luz a todas horas.

—¿Y eso? —pregunto señalando una silla de la que cuelga una bata blanca que casi roza el suelo. Hay que decir que Giorgia no es muy alta.

—Estoy en quinto de medicina —responde—, de ahí que casi no tenga tiempo libre. Mira, ven por aquí —añade abriendo camino por el pasillo—. Esta es la cocina; como ves, nada del otro mundo. Eso sí, a mí me encanta y a Silvia la pasta le sale de ensueño. Su madre nos envía muchas recetas para que probemos a hacer cosas.

—Genial, la cocina es una de mis tareas pendientes, ¡así aprenderé de vosotras!

—Y esta de aquí es mi habitación —anuncia Silvia abriendo dos puertas idénticas a las de Giorgia. La habitación de Silvia es aún más grande. Tiene una estantería llena de libros junto con un caballete.

—¿Lees y… pintas? —pregunto, acercándome con cuidado a la librería. Echo un vistazo a los lomos de los libros. Muchos de ellos ya los he leído. Sonrío al encontrar títulos con los que me he emocionado este mismo verano.

—Exacto. Leo y pinto.

—Tienes libros preciosos aquí —le digo, acariciando algunos de ellos.

—Te puedo dejar los que quieras —me ofrece—. Y por cierto, vamos a ir juntos a la misma clase. El caballete es porque en mis ratos libres me suele inspirar mucho a la hora de pintar con acuarelas.

—¿Vamos juntos a la misma clase? —exclamo emocionado—. ¡Qué bien!

—Sí —ríe ella—, te va a encantar todo lo que vas a aprender sobre literatura y escritura. Además, las bibliotecas de la Sapienza son alucinantes, ya verás cuando empiecen a mandarnos trabajos y no pares de encontrar más y más obras y autores que nombrar y estudiar… ¡Es imposible parar!

—Solo os pido que no traigáis más libros. Estamos enterrados en ellos —apunta Giorgia.

—Que te lo has creído —replica Silvia.

Nos reímos y me quedo un poco más embobado mirando las montañas de libros, muchos de ellos viejos, arañados y castigados por el tiempo, pero delicados y únicos, auténticas joyas a solo unos metros de mi cuarto…

—Vaya pasada, Silvia —comento.

La luz ilumina toda la habitación y el blanco de las paredes y el techo resalta por completo. Tiene varios de sus cuadros colocados en el suelo, apoyados contra la pared junto con pequeños montones de libros que también se acumulan por huecos de la habitación, como ocurre en la mía en San Pablo de los Montes. No tienen ningún orden y eso hace que queden increíbles. De vez en cuando, me gusta volver a consultar las notas que he ido dejando sobre los libros, pensamientos y sensaciones que he ido viviendo con cada historia. Me gusta poder abrirlos de vez en cuando y ver qué me produjo en ese momento específico del tiempo.

—Y si vienes por aquí… —sigue Giorgia—, esta es tu habitación.

La chica abre las dos puertas que quedan a la derecha del final del pasillo central de la casa, cerca del baño. La habitación es muy grande, con luz natural que viene de dos ventanas, como en la habitación de Giorgia. Es toda blanca, de paredes lisas y con el detalle de los azulejos hidráulicos con patrones azules. Miro hacia arriba. Los techos me parecen infinitos, y sonrío al pensar que tengo que hacer mía poco a poco esa habitación. Dejar mis libros, pegar algunas ilustraciones y notas, organizarla de manera que me sienta cómodo al estar allí.

—Comparado con las vuestras está muy vacía —digo.

—No te preocupes, nosotras las hemos ido haciendo nuestras poco a poco —responden cogiéndome cada una de un hombro.

—Se me ocurre una buena forma de empezar —propone Silvia, que se dirige hacia el salón—. ¡Ahora vuelvo! —Giorgia y yo nos quedamos extrañados y ella levanta los hombros sin saber qué va a hacer ella. Silvia vuelve al poco tiempo con una cámara polaroid blanca. Sonríe mientras se arregla el pelo—. Vamos a hacernos una foto del primer día juntos.

Solo puedo sonreír. La verdad, creo que no hay mejor manera de empezar a decorar mi nueva habitación que con la foto que nos vamos a hacer. Nos juntamos los tres, Silvia saca la lengua, yo sonrío mientras guiño el ojo y Giorgia pone morritos. El flash se dispara y la foto comienza a salir poco a poco. Silvia la coge y la guarda en su bolsillo mientras nuestras caras comienzan a revelarse.

—Si quieres, deja las maletas y ponte cómodo; hemos hecho comida para tres —dice mientras regresa al salón.

—Vaya. Muchísimas gracias de verdad. Voy a darme una ducha rápida y enseguida voy.

Las dos se dirigen al salón y yo meto las maletas en mi habitación. Me quito la camiseta y abro la primera para coger ropa limpia y mi neceser. Me voy para el baño y me meto en la ducha. Mientras el agua cae sobre mi cabeza recuerdo un momento similar de esta misma mañana, tan temprano, pero tan lejos de aquí. Estaba en el pueblo y sentía que los nervios iban a salir por mi boca. Tenía miedo de cómo serían ellas, y ahora no puedo dejar de sonreír mientras el agua cae sobre mis hombros.

Silvia y Giorgia son encantadoras. Estoy seguro de que esta foto será el inicio de algo muy especial. Termino de enjabonarme y me quedo como nuevo. Lo cierto es que, aunque corre algo de corriente por la casa, la sensación de calor es extrema. Ya mucho más cómodo, me dirijo al salón con el móvil para enviar algunas fotografías del piso a mis padres. Y también a Sari, que contesta al segundo diciendo que es una preciosidad. En el salón, Silvia y Giorgia se han tumbado en un gran sofá para ver una serie.

—Mejor, ¿no? —me dicen al verme aún con el pelo mojado.

—Muchísimo mejor.

Silvia me sonríe. Me quedo parado frente a la pantalla de televisión.

—¿Qué serie es? —pregunto curioso.

—*Anatomía de Grey*. Estoy literalmente enganchada por culpa de esta petarda —dice Silvia señalando a Giorgia—. Ven aquí y la ves con nosotras.

—Lo mío es muy fuerte ¡eh! —exclama Giorgia—. No tengo bastante con ver el hospital cada día, que es llegar aquí y ponerme una serie sobre hospitales.

—¡Es que para qué me la enseñaste! —le responde Silvia incorporándose—. Ahora te jodes y te la tragas de nuevo conmigo.

Yo me limito a reírme.

—¿Es la primera temporada? —pregunto—, quizá me puedo enganchar yo también.

—Bueno, lo que nos faltaba. ¿Podemos comer, por favor? —propone Giorgia—. Creo que la pasta está ya lista.

Giorgia se levanta y va a la cocina; Silvia y yo la seguimos y juntos traemos todo a la mesa que hay junto a una de las ventanas.

—Fue una suerte dar contigo en ese chat de Facebook —comenta Silvia—. En el momento que vimos tu foto y tu descripción tuvimos un presentimiento. ¿Verdad que sí, Giorgia?

Se refieren al post que publiqué en una página de Facebook para buscar compañeros de piso en Roma. Una chica lo recomendaba en YouTube como la mejor forma de alquilar una habitación en la capital, sobre todo para los Erasmus como yo. Y eso fue lo que hice. Elegí uno de los trescientos selfis que me hice y añadí una breve descripción: «Hola, soy Elías, tengo 22 años y voy a estudiar en la Sapienza. Aunque soy un poco tímido, estoy deseando conocer gente y pasar tiempo juntos. Dadme una oportunidad».

—Me encantó vuestro mensaje. Bueno, de hecho, solo me contestasteis vosotras, pero cuando empezamos a hablar supe que iba a estar bien aquí.

—¡Y esto no ha hecho más que empezar! —exclama Silvia—. Nos encantaría que formases parte de nuestros planes.

—Yo... yo... Nada me haría más ilusión.

—¿Por qué elegiste Roma? —me pregunta Giorgia mientras sirve la pasta.

—La Sapienza es una de las universidades referente en lo que se refiere a escritores y escritoras, por eso la elegí. Además... bueno, no he hecho muchos amigos ni en el instituto ni en la carrera, en parte porque he estado bastante apartado de la gente, no me encontraba a gusto, tenía miedo de... no gustar a los demás. Pero eso se ha terminado.

—¿Quieres ser escritor?

—Me encantaría, pero es algo muy complicado.

—Aquí seguro que te inspiras, lo tengo claro. Y además, te podremos presentar a todos nuestros amigos. ¡Son encantadores! —dice Silvia—. A mí me gustaría ser editora, mi madre lo es en Milán y desde siempre me ha inculcado la pasión por los libros. Mi casa es como una gran biblioteca.

—Qué pasada, Silvia —respondo fascinado al conocer a alguien que entiende mi sueño.

Giorgia nos mira desde la cocina mientras sirve la pasta de la gran olla a los platos.

—Por fin alguien a quien le gusta leer —comenta Silvia mirando mal a Giorgia—. En esta ciudad hacen muchas presentaciones y congresos literarios, ya te irás dando cuenta. Aunque es verdad que la gente de nuestra facultad, los de literatura, no socializa mucho ¿no, Giorgia? —pregunta ahora a ella.

—Es verdad. Yo solo hablé con uno anoche en el Piper.

Levanto las cejas sin tener ni idea de qué están hablando.

—¿Dónde? —pregunto.

—El Piper Club —explica Giorgia— es el sitio de moda entre los estudiantes de la Sapienza. Los jueves, la mayoría de los que van a nuestra universidad van allí. Y adivina —añaden mirándome.

—¿Qué pasa? —respondo entre risas—. Me dais miedo.

—¿Qué día es hoy?

Me quedo mirándolas y caigo en la cuenta de que sí. Hoy es jueves.

—Jueves.

—¡Exacto! —gritan ambas—. Hoy se celebran las bienvenidas universitarias para todos los que habéis llegado de fuera y para los alumnos de primer año, y va a ser una fiesta increíble.

—¿Vais a ir? —pregunto cogiendo mi plato de pasta.

—Querido Elías —dice Silvia pasando por mi lado—, habíamos pensado en ir contigo. —Y entonces, me sacan una entrada junto con la foto que nos acabamos de hacer.

—Los tres juntos —me sonríe Giorgia.

—Pero… pero si es mi primer día aquí. Yo no sé si…

—Por eso mismo —me corta Giorgia cortándome—, no creo que tengas un plan mejor que conocer a la gente de la universidad. No sabes lo que se mueve en la Sapienza —añade mientras le sonríe a Silvia.

Por un momento pienso en rechazar el plan, me da mucho vértigo irme la primera noche de fiesta con toda la gente nueva que habrá allí. Miedo de qué pensarán al verme, de qué dirán; miedo de si estaré a gusto, de cómo podría irme de allí si me sobreviene un ataque de ansiedad. Pero entonces me vienen a la cabeza las palabras de mi amiga Sari: vive la vida que tú quieres vivir. Y cuando las veo a ellas dos sonriéndome, no lo dudo. Me están ayudando sin que ellas mismas lo sepan. Me están cogiendo de la mano para que dé el paso que nunca me atrevía a dar. El paso de olvidar el miedo y recordar la vida.

—Contad conmigo.

Después de comer aprovecho para deshacer las maletas y colocar toda mi ropa en el armario, doblando con cuidado cada una de mis camisetas y pantalones. Dejo los libros en la mesita de noche, saco el ordenador y lo coloco en el escritorio, y pongo también al lado todas mis libretas y mis bolígrafos para escribir cuando lo necesite. Poco a poco la habitación se va completando y deja de ser un lugar desangelado. Pongo las sábanas nuevas, enrollo unas luces que he traído en mi mochila para colocarlas alrededor del cabecero de la cama y que emitan una luz cálida por la noche que me ayude a ver mejor mientras leo en estas últimas noches de verano. Saco la fotografía que me han regalado las chicas y la apoyo en la pared que hay frente al escritorio. Sonrío al mirarla y después meto las dos grandes maletas debajo de la cama y miro el reloj de nuevo. Son las cinco de la tarde. Cojo mis llaves de encima de mi mesa, el teléfono y los auriculares. Giorgia está hecha un ovillo en el sofá con todas las ventanas abiertas de par en par para que entre el aire. Cierro la puerta con cuidado y salgo de la que es mi nueva casa en dirección a la parada del autobús.

Miro el mapa en el móvil y memorizo el itinerario que me ha aconsejado Silvia. Es una ruta rápida para echar un primer vistazo a la ciudad que tanto he soñado con descubrir. El autobús no tarda en llegar y me siento pegado a la ventanilla. Pulso el play y en mis auriculares comienza a sonar «All Too Well», de Taylor Swift, una de mis artistas favoritas. Solía escuchar su música cuando paseaba solo por mi pueblo y necesitaba desahogarme. Sentía una conexión especial con sus letras porque de alguna manera, en el fondo, yo también quería emocionar con mis historias, escribir un libro que verdaderamente tocara el corazón de cada persona que lo leyera. Y siento que este es el primer paso para escribirlo.

Apoyo la cabeza en el cristal y me voy fijando en las fachadas descoloridas, los grandes portales, la gente leyendo, fumando o tendiendo en los balcones, otros en las terrazas brindando y muchos turistas cámara en mano. Me gusta la sensación de ver este lugar por primera vez y encontrarlo tan lleno de vida. También me fijo en aquello que no quería fijarme. No puedo evitar ver a un chico esperando a que alguien le deje pasar en el paso de peatones. Tiene el pelo largo y un poco rizado, habla por teléfono mientras espera. Sonríe y el autobús frena, y entonces puedo ver lo bien que viste. Suspiro por dentro y el autobús vuelve a arrancar. Una mujer pulsa el botón de parada y me doy cuenta de que es la de Barberini. La canción, que dura diez minutos, llega a su fin. Me quito los auriculares y bajo del autobús. Y entonces la realidad me golpea. El bullicio, el tráfico y mucha gente en grupos junto con los guías turísticos. El calor es abrasador. La gente viste ropa de tirantes, se refresca con abanicos y algunos turistas llevan hasta paipay. Según mi móvil, hoy la temperatura de la ciudad llegará a los treinta y nueve grados. Pero eso también forma parte de Roma. El contraste de la calma y el silencio de mi pueblo con el ajetreo y el gentío yendo de un sitio a otro. Nada más bajarme del autobús giro en redondo sobre mí mismo para contemplar el lugar. Me rodean varios edificios, la mayoría de un color naranja suave o, mejor dicho, amarillo descolorido por el sol y por el paso de los años, lo que hace que el paisaje tenga ese encanto tan especial. Todo el mundo se dirige a la fuente que preside el centro de la plaza. Caminando llego hasta la vía del Tritone, una de las arterias principales de la ciudad, donde hay muchas tiendas y boutiques italianas. Me adentro por una calle a la izquierda de la avenida y camino hacia el bullicio capitaneado por guías turísticos armados con banderolas. Es una calle preciosa, me fijo en el cartel: Borgo Pio. Sigo avanzando y oigo el sonido del agua al caer. Al girar descubro una fuente muy pequeña pegada a una casa con una gran enredadera verde a lo largo de toda la fachada. Me quedo embelesado. Saco mi móvil y capturo aquello para después compartirlo en mi Instagram.

Avanzo en dirección al centro de la ciudad cuando un grupo se arremolina frente a un callejón pequeño, no entiendo muy bien por qué. Mucha gente lleva helados en la mano y les pegan lengüetazos a la vez que beben agua fría que han comprado en las tiendas de souvenirs, que tienen los frigoríficos repletos. El sol de media tarde se refleja en los escaparates. Estoy ya casi al final de la estrecha callejuela cuando escucho el rumor del agua cayendo.

Al final de la calle me quedo sin habla. La Fontana di Trevi me recibe. Colosal y rodeada de cientos de personas. Cientos de *paloselfis* y monedas volando hacen que me quede inmóvil. No puedo creer que esté frente a uno de los monumentos más conocidos del planeta. No me imaginaba en ningún momento que estuviera ahí, al final de ese pasadizo. Camino alrededor de la fuente contemplando su faraónica belleza y pienso en lo mucho que he soñado con ese momento. Con estar ahí delante. Quizá con menos gente, pero ya es algo que me hace sentir bien. Pienso en sacar el móvil para hacer una fotografía, pero no lo hago. Quiero capturarla un día que no haya tantísima gente. Quizá una noche, dando un paseo de madrugada, pienso.

Camino por los huecos que hay entre los baldosines para acercarme poco a poco. Los turistas que ya se han hecho sus fotografías abandonan la gran obra de Nicola Salvi y yo cada vez estoy más y más cerca del agua. Por fin llego hasta el borde. El agua roza la piedra que está junto a mí y acerco la mano para acariciarla con los dedos. Cierro los ojos y por un momento el sonido se desvanece, solo oigo el agua retumbar, pero estoy solo junto a la Fontana. Y me siento inmensamente afortunado.

La gente sigue haciéndose fotos y se marchan a toda prisa porque su tiempo en la ciudad es limitado, un par de días seguramente. Pero para mí es distinto. Tengo mucho tiempo por delante. Me quedo un rato más observando la Fontana y aprovecho para enviarles un selfi a mi madre y a Sari. Les digo que estoy muy feliz de estar aquí y que las echo mucho de menos. En cambio, de mi padre y mi hermano no tengo ni un mensaje. Miro la imagen que les he mandado y después de pensarlo más de diez minutos, la cuelgo también en mi historia de Instagram, donde comienzan a reaccionar compañeros de la universidad, poco acostumbrados a ver mi cara en redes sociales.

Poco después me levanto y dejo la plaza abarrotada de turistas. Sigo mi ruta y paso por el Panteón y por la plaza Navona, donde aprovecho para mandar una foto al grupo de Bolonia 10 en el que se encuentran Silvia y Giorgia. No tardan mucho en contestarme diciendo que es una de las plazas más bonitas y especiales de Roma y de paso me recomiendan varios lugares secretos, como pequeñas tiendecitas con encanto y algún callejón bonito para sacar fotos. Me levanto de la plaza Navona y me encamino hacia la del Popolo, donde no tardo mucho en llegar. La plaza es preciosa, inmensa y verdaderamente espectacular. Me fijo en la colina que hay a la derecha; allí está el mirador desde donde me encantaría ver caer el sol. Subo todas las escaleras hasta llegar allí. Son las ocho y media de la tarde en Roma. Busco un banco donde poder sentarme a escribir tranquilamente en la libreta que he traído conmigo. Los turistas se arremolinan en la parte central del mirador, móviles en mano esperando a que el sol comience a esconderse. Estoy sentado en uno de los bancos que hay en los laterales del mirador. Saco mi cuaderno y lo abro. Cojo mi bolígrafo de tinta azul y apunto la fecha de hoy y el lugar en el que me encuentro: 26 de agosto, 20.35 h. Jardines Pincio.

Me quedo mirando un largo rato el papel en blanco y pienso en cómo comenzaría esta historia. Quiero escribir una historia de amor, pero no un amor de verano ni un amor fugaz. Un amor especial, diferente, profundo y sincero. Un primer amor. Escribo algo que podría ser el inicio de una novela. Hago tachones y flechas, las ideas vuelan de un lugar a otro, pero todo confluye en el mismo lugar: el primer amor.

El sol comienza a caer. Levanto la vista de la libreta y me acerco a un extremo del mirador. No hay nadie en esa parte ya que todos esperan la mejor foto desde el frontal, pero bajo un gran árbol se abre un hueco entre las ramas. Es el lugar perfecto. Me meto la libreta entre los pantalones y la camiseta y me encaramo al bordillo para poner un pie en el tronco del gran árbol. Apoyo las manos y avanzo hasta situarme en el extremo. Me agarro fuerte con las manos y me siento en un espacio perfecto del tronco. Dejo caer las piernas y ahí estoy, frente a uno de los atardeceres más bonitos del mundo en una de las ciudades más especiales del planeta. La cúpula de la basílica de San Pedro se encuentra ante mí y el sol justo detrás haciendo de aquel momento un recuerdo inolvidable. Es entonces cuando siento en mi interior una fuerza que me llena el pecho mientras el corazón bombea más y más fuerte. Siento cómo debo comenzar esta historia. Y con el bolígrafo en la mano, mientras los rayos del atardecer rozan las páginas de mi libreta, escribo el principio de una historia que comienza con un amanecer, en un lugar muy lejos de aquí.

Vuelvo a casa en metro, junto a mis auriculares, y observo que muchos jóvenes van ya preparados para salir de fiesta. Me pregunto si algunos irán a mi universidad. Aprovecho el camino para llamar a mi madre.

—¡Hijo! —exclama nada más sonó un par de tonos.

—Hola, mamá —digo sonriendo en el reflejo del vagón—, ¿qué tal estás?

—¿Qué tal estás tú? —grita ella—. He visto las fotos del piso, es superbonito y parece que tiene mucha luz. ¿Qué tal tus compañeras? ¿Son majas? ¿Te tratan bien?

—Espera, espera, mamá. Tranquila.

A medida que habla, aumenta de velocidad.

—Ay, hijo, perdona.

—Todo está bien. La casa es preciosa y muy grande. Y mis compañeras son un encanto. Se llaman Giorgia y Silvia, una es médica y la otra va a ir conmigo a clase y esta noche iremos a una especie de fiesta de bienvenida a los nuevos universitarios.

—¿A una fiesta? —pregunta—. ¿Ya, tan pronto?

Yo me río.

—Sí… es para que nos podamos conocer todos, supongo.

—Ah, bueno. Ten cuidado igualmente hijo, que estamos muy lejos —añade con la voz cortada.

—¿Qué tal mi padre y mi hermano? —pregunto.

—Están aquí, ¿quieres… hablar con ellos?

Dudo un momento.

—Sí, claro —termino contestando.

Tras unos segundos de silencio vuelvo a escuchar la voz de mi madre.

—Oye, Elías, que tu padre está en la ducha, no lo había oído entrar —me dice con una risa falsa.

—¿Y David? —pregunto.

—Acaba de salir, ha quedado con una amiga —vuelve a mentir.

—No te preocupes, mamá. ¿Tú cómo estás?

El silencio llega de nuevo.

—Yo, bien —contesta tibiamente—, echándote mucho de menos, pero sé que estás feliz y eso me hace feliz a mí también.

Me quedo mirando al frente. Veo a una mujer con su hijo dormido en brazos mientras ella sigue haciéndole caricias en las manos, tal y como mi madre me las hacía a mí.

—¿Sabes qué, mamá?

—Dime, hijo.

Sonrío antes de decirlo.

—Hoy he tenido la primera idea sobre lo que escribir. Y estoy muy ilusionado, ha sido llegar aquí y encontrar la inspiración.

—¡Hijo! —exclama—, pero qué sorpresa. ¡Qué bien! —dice entusiasmada—, cuánto me alegro. ¿Me dejarás leer algo pronto?

—En cuanto lleve unas poquitas páginas te las mandaré para ver qué te parecen.

—Qué bien, Elías, qué bien —insiste—. ¿Tienes ganas de empezar las clases?

—Muchas. Estoy deseando —le aseguro—. Oye mamá, te dejo que tengo que irme ya para casa. Te quiero mucho y me acuerdo mucho de ti.

—Y yo también a ti, hijo. Mucho, lo que más en el mundo.

Me quedo mirando al teléfono antes de colgar y me siento muy bien por haberle contado a mi madre que he comenzado a escribir. Ella siempre me animaba a que lo hiciera, pero nunca encontraba realmente el punto de partida. Nunca sabía cómo vencer el reto de la página en blanco, tenía ideas en mi cabeza de historias que podían ser interesantes, pero a todas les faltaba lo mismo: verdad.

Salgo del autobús y subo las escaleras ilusionado por el plan de esta noche junto a Silvia y Giorgia. Abro la puerta de casa y me llevo un susto de muerte. Todas las luces de la casa están encendidas, las puertas abiertas, Giorgia corre al baño en bragas con un bote de laca en la mano, Silvia lleva dos platos en la mano y una torre de vasos hacia el salón, junto con una bolsa enorme de patatas.

—¡Elías! —exclama Silvia nada más verme—. Por el amor de Dios, ven y ayúdame.

Corro hacia el salón y ayudo a Silvia con la torre de vasos antes de que se caigan en el suelo.

—Pero ¿qué es todo esto? —pregunto llevando los vasos a la mesa, donde hay unas cuantas botellas de alcohol.

—Giorgia —grita ahora para que lo oiga también ella, que se encuentra en el baño—, que ha tenido la brillante de idea de sugerir que por qué no venía a casa media facultad de Medicina para echar un trago antes de ir a la discoteca. ¡Media facultad!

—¡Qué exagerada! —grita Giorgia desde el baño—; vienen diez como mucho. ¡Si además los conoces a todos! —Ahora ella se acerca al salón—. Nos lo pasaremos genial. Jugaremos al verdad o reto, como siempre, beberemos un poco y nos vamos para allá. Además, así Elías también puede ir conociéndolos.

—Mañana recogerás tú todo, Giorgia —amenaza Silvia.

—¡Te lo prometo! —se oye mientras vuelve al baño.

Giorgia suspira y se sienta en el sofá.

—Está enamorada de uno de su curso y ya no sabe qué más hacer, la pobre. ¿Qué tal tu paseo? —me pregunta a continuación.

Aprovecho el hueco y me siento a su lado en el sofá.

—Ha sido increíble. Vi la Fontana, el Panteón, la plaza Navona y después me fui a ver el atardecer a la colina de al lado de la plaza del Popolo. Esta ciudad es mágica.

—La verdad es que lo es. Pero por la noche tiene un encanto aún más especial, hoy te darás cuenta. Las calles parecen sacadas de una película, y lo más guay es que los monumentos se vacían de turistas y puedes verlos sin que molesten —añade.

—Estos días aprovecharé para pasear por la ciudad e intentar conocerla mejor —contesto—, porque después imagino que iremos bastante apurados en la universidad con las entregas y los exámenes.

—La verdad es que sí, la Sapienza es muy exigente, pero tú no pienses ahora en eso —dice tocándome el hombro—, hoy es tu primera noche aquí y la vas a disfrutar a lo grande.

Estaba ilusionado, y creo que Silvia lo notó. Había leído que cuando estás realmente emocionado con algo tu mirada cambia, el brillo de tus ojos se vuelve como un faro. Entro en mi habitación y me pongo la ropa que me había dejado preparada, una camiseta blanca con un corazón rojo en el lado izquierdo, mis pantalones cortos y las Air Force blancas que me había regalado Sari antes de irme del pueblo. Algo por dentro me dice que hoy es el comienzo de algo especial. Lo que nunca pude imaginar es que aquella noche cambiaría mi vida para siempre.

—¡Qué guapo! —exclama Silvia nada más verme salir de la habitación—. Me encanta la camiseta.

—Muchas gracias —contesto sonriendo y un poco colorado—, me gusta mucho el color del vestido que te has puesto.

Ella lleva un vestido corto naranja suave con un collar de una mariposa superbonito y unas Converse altas negras.

—Siento mucho decir, querido —canturrea Giorgia cuando sale de su habitación—, que espero que no vaya nadie como yo. —Extiende una mano a cada lado para que se la agarremos. Se gira sobre sí misma y la verdad es que está muy guapa. Lleva una camiseta de tirantes con transparencias, un collar de pequeñas perlas blancas con dibujos de margaritas y un pantalón de tiro alto por encima del ombligo. Nos acercamos al espejo de la entrada para vernos los tres y Giorgia saca una foto. La comparte en una historia de su Instagram y ambas me siguen para que pueda compartirla también en mi cuenta.

—Vas increíble, Giorgia —reconoce Silvia.

—Superguapa —confirmo yo, fijándome en cada detalle.

En ese momento suena el timbre y Giorgia pega un grito.

—¡Ya han llegado! —exclama, y se gira para ir al telefonillo de la puerta.

—Viene Valerio, ¿verdad? —pregunta Silvia.

—Tú que crees —responde ella.

—¿Quién es Valerio? —pregunto.

—Ahora lo conocerás. Mi futuro marido y padre de mis hijos —dice Giorgia abriendo la puerta.

Me echo a reír ante su respuesta y Silvia niega con la cabeza y se ríe al mismo tiempo. La miro y pienso que en esta casa me voy a reír mucho con estas dos. La puerta de entrada se abre y antes de que lleguen me apoyo en el hombro de Silvia, que está junto a mí en el pasillo.

—Estoy nervioso. ¿Les caeré bien? —le pregunto en un susurro.

—Eres un cacho de pan, ¿a quién no le vas a caer bien tú? —responde rozándome la barbilla con gesto cariñoso.

Poco a poco comienzan a llegar todos, unos por las escaleras y otros en el ascensor. Giorgia los abraza y todos van a abrazar también a Silvia, que sigue a mi lado.

—Este es Elías, nuestro nuevo compi de piso —me presenta.

—¡Elías! —exclama el primer chaval con un gran acento italiano—. ¡Bienvenido! Me llamo Valeeerio —añade acentuando la e.

—Hola, Valeeerio —repito con su misma entonación. Era él. Normal que Giorgia quiera que sea su marido. El segundo llega y también me aprieta la mano.

—Encantado, soy Massimo —se presenta, mucho más tímido.

—¡Hola, Elías, yo soy Marzia! —exclama una chica superguapa antes de darme dos besos.

—¡Y yo Daniela! —dice la que llega junto con ella, que sonríe y abraza a Silvia, que sigue a mi lado.

—Yo soy el hermano de Daniela, Augusto. —Es el más alto de todos. Nos estrechamos la mano. La suya es gigante, el doble que la mía.

Giorgia cierra la puerta y de camino al salón intento retener toda esa ristra de nombres. Massimo. Daniela. Valerio. Marzia, o era Marta. Augusto. La gente sigue llamando al timbre. Poco a poco el salón se va llenando y todos se acercan al frigorífico a dejar sus bebidas y prepararse los primeros cubatas de la noche.

—¿Qué bebes, Elías? —Me pregunta desde un extremo Valerio, el chico que le gustaba a Giorgia.

—Eh… —titubeo— ginebra con limón, creo. —Hacía tanto tiempo que no me tomaba un cubata que había olvidado hasta qué me gusta.

—¿Crees? —contesta riéndose.

—Sí, ja, ja, ja. ¡Tú echa!

—Es guapo, ¿eh? —comenta Giorgia cuando llega a donde nos encontramos Silvia y yo.

—Es muy guapo —responde ella.

Lo miro y la verdad es que lo es. Tiene el pelo largo, lleva una camisa ajustada y no para de mirar a Giorgia mientras le sonríe.

—¿Os habéis besado ya? —le pregunto.

—No. Pero espero que ocurra esta noche —susurra ella dándome un codazo.

Los nuevos que van llegando traen patatas y algo para picar, además de unas pizzas que tienen una pinta increíble. En el salón comentan lo que han hecho este verano. Me sorprende que algunos incluso han visitado España. Marzia ha estado en la costa de Almería con sus padres, otros han visitado las islas Cíes y los demás, que han hecho rutas por los interiores de la Toscana, enseñan fotografías de pueblos increíbles, con grandes caserones en medio del campo y otros a pie de playa con las tumbonas de colores. Se me pasa por la cabeza hacer ese plan con Silvia y Giorgia algún fin de semana de buen tiempo o cuando nos den algunos días libres en la universidad. Los demás me preguntan por mi pueblo, cómo es y si es bonito. Les digo que la parte del valle es increíble y que los atardeceres desde allí dejan sin palabras, pero que el pueblo en sí no tiene mucho más.

Poco a poco siento que voy participando más en las conversaciones, todos se interesan por las costumbres españolas y están pendientes de mí, de que me encuentre a gusto. Silvia y yo nos hemos sentados juntos, Daniela está a mi otro lado y me pregunta qué es lo que estudio. Le cuento que me encantaría ser escritor y que por eso he elegido letras, que espero escribir pronto mi primera novela, que irá sobre lo especial que es el primer amor. Le gusta mucho la idea, le digo que quiero abordar sobre todo cómo el primer amor marca a las personas para el resto de su vida. Y cómo, a pesar de que sus vidas sigan, siempre guardan un recuerdo especial de ese momento en el tiempo.

La noche avanza y todos me hacen sentir como nunca antes me había sentido. Estoy tan cómodo que me tomo otro cubata junto con Silvia y Daniela mientras me cuentan anécdotas de su vida y Giorgia me sonríe desde el otro lado del salón.

—¿Jugamos a verdad o reto? —pregunta Valerio. Veo a Giorgia morderse los labios.

—¡Sí, por favor! —exclama Giorgia—, me encanta saber todo lo que hacéis por ahí.

—Venga, va. Rellenad los vasos.

Todos lo hacen, incluido yo, que ya llevo el cubata por la mitad.

—Vamos allá —dice Massimo mientras termina de apuntar todos los nombres en la aplicación con la que suelen jugar a este juego—. ¡Giorgia! —exclama a continuación—, ¿verdad o reto?

Giorgia duda.

—¡Verdad! —contesta al fin.

—¿Cuál es el lugar más extraño en el que has tenido sexo? —pregunta Massimo.

—¡Bravísimo! —exclama Valerio al oír la pregunta.

Giorgia se ríe mientras mira a la ventana.

—En un fotomatón de la calle.

Silvia y Daniela se quedan con la boca abierta y otros se ríen. Ella cierra los ojos y brinda al aire con su cubata en la mano, para poco después darle un trago.

—Empezamos fuerte —me dice Silvia.

—¡Elías! —exclama esta vez Massimo—, ¿verdad o reto?

Todos dirigen la mirada hacia a mí y miro a Silvia pensando en qué contestar.

—Reto —digo.

—¡Vamos! —exclama Massimo.

—A ver qué es lo que sale. —Mira la pantalla del móvil y espera—. Elías, debes descargarte la aplicación Romeo y hablar con alguien.

—¡Uooo! —un chico se levanta y aplaude.

—¿Romeo? —pregunto a Silvia en busca de ayuda. No tengo ni idea de lo que me hablan—. ¿Qué es eso?

—Es una aplicación de ligar —me dice ella—, pero lo más guay es que no puedes poner fotografías de ti, solo puedes hablar por texto, para que así, si realmente crees que encajas con alguien será por la conversación y no por el físico. Mira, déjame el móvil. —Ella busca la aplicación y la descarga. Cuando ya la tiene, la abre y me da de nuevo el móvil—. Primero tienes que elegir un alias o seudónimo que no contenga tu nombre real. —Los demás siguen con el juego mientras Silvia me ayuda con la dichosa aplicación—. ¿Se te ocurre algo?

Me quedo mirando pensativo la pantalla del móvil sin que nada se me venga a la cabeza. Y entonces, miro a Silvia.

—Puedes probar con Byron.

—¿Byron?

—Sí, es el nombre de mi labrador —contesto entre risas.

—Perfecto… pues Byron. Ya está. —Toca la pantalla del teléfono—. Ahora hay que elegir uno de estos avatares y hacerlo lo más parecido a ti posible.

Silvia le añade el color de pelo moreno, una sudadera y una sonrisa.

—¿Le tengo que hablar a alguien esta noche? —pregunto.

—Sí, es el juego. Vale, ya está. Ahora tienes que elegir tus gustos —continúa ella mirándome mientras me enseña la pantalla de mi móvil, en la que aparecen sobre recuadros tres opciones: chicas, chicos, ambos.

—¿Le has hablado ya a alguien, Elías? —pregunta Giorgia desde el otro lado del salón.

—Voy, voy —protesto mientras cojo el teléfono.

Marco la opción de chicas y la aplicación se va a una interfaz con muchísimos avatares donde cada cuadrado es un perfil. Cientos de esos muñequitos, que además se mueven, empiezan a saltar ante un nuevo perfil, el mío.

—Ya está. Puedes empezar a hablar con quién quieras, pero no sabrás cómo es hasta que no quedéis en persona. Es la magia de esta aplicación —dice Silvia devolviéndome el móvil.

—Pues a ti mismo —digo pulsando una de las casillas con una muñeca en la que aparecía una chica con el pelo corto y camiseta azul. Pienso que, aunque le hable ahora, no seguiré la conversación. Abro su chat y tecleo: «hola, ¿qué tal?». Envío el mensaje y bloqueo el teléfono.

Enzo

—¡Hola! —exclamo nada más ver a Pietro—, ¿qué tal? —pregunto mientras lo abrazo.

La casa de Pietro está frente al Coliseo.

—¡Enzo! —me grita—, siempre el último. Pasa, están todos en el salón.

Atravieso el largo pasillo de la casa de Alessio. En el salón encuentro a todos mis amigos, algunos de ellos compañeros de natación.

—¡Ueee! —gritan al unísono conforme aparezco en la casa.

—Hola, capullos —les contesto.

Fabio, Alessio, Ángelo, Ricciardo y Leonardo son mi grupo de amigos. Los inseparables. Nos conocimos cuando la selección italiana nos fichó como suplentes del equipo nacional. Poco a poco, cada uno de nosotros nos hemos ido ganando nuestro lugar en el equipo titular. Desde pequeños, llevamos el agua en la sangre y nos encanta vernos también fuera de la piscina, celebrar triunfos, y esta noche, en parte, queríamos reunirnos antes de que la lista de seleccionados se hiciese pública, conscientes de que a unos pocos de nosotros nos cambiaría la vida para siempre.

—¿Cómo estás? —me pregunta Alessio—. Vas a bordarlo en el mundial, tengo claro que te van a seleccionar y Massimiliano te dejará para el final. Eres su apuesta.

—Qué va, ¿tú crees? —le pregunto—. Pienso que apostará más por Pietro, es más rápido.

—Sí, pero bajo presión no importan los tiempos, jugándotelo todo a la última carrera influye absolutamente todo.

—Y tú, ¿qué tal estás?, ¿todo bien con Adriana?

—Genial, Enzo —responde con una sonrisa mientras me enseña su fondo de pantalla en el que se besan frente a un atardecer—. Nunca pensé que podría enamorarme así de alguien. Es buena, me cuida, me comprende y hace que todo sea más fácil.

—No sabes cuánto me alegro, te merecías a alguien como ella.

—¿Y tú…? ¿Estás bien? ¿Sabes algo de…?

Ya sabía a lo que se refería. Habla de mi corazón y de la infinita lista de espera en la que sabía que me encontraba.

—De momento no. Los médicos nos dicen que el día menos pensado sonará el teléfono y será porque hay un corazón para mí. Me piden que sea paciente, dentro de la gravedad de la situación. Y que delante de mí solo hay una chica, con lo cual, después de que le llegue el turno a ella, yo estaría el primero para la operación.

—Pues solo queda esperar, hermano —me dice—. Ese corazón llegará, lo tengo claro. Cada día lo pienso, y rezo por ti, para que te llegue esa llamada de una jodida vez.

—Gracias por hacerlo, tío. —Y lo abrazo.

Comemos algo de los platos que ha servido Pietro, unos minimontaditos con huevo y jamón, que están de muerte.

—¿Y qué tal vas de amores? —me pregunta entonces.

—¡Eso! —exclamó Ángelo—. ¿Estás con alguien ahora, Magnini?

Termino de comerme el montadito.

—No, ahora mismo no. Después de lo de Chiara me apetece pasar un tiempecito solo —digo riéndome—, aunque la chica de debajo de mi casa, Milena, la que lleva el restaurante, nos solemos saludar cada día y me parece muy guapa.

—Pues un día la invitas a subir a tu casa, esa terraza enamora a cualquiera —indica Leonardo.

—¿Y vosotros qué, cabrones? Tú, Leonardo, tenías mucho interés en salir hoy —digo dándole un codazo.

—A ver...

Los demás se pegan a él.

—¡Cuenta, cuenta! —le gritan.

—A ver... hay una chica, va a Literatura. El otro día coincidimos en la fiesta del semáforo y me la presentaron. Nos seguimos en Instagram y me parece muy guapa.

—¡Enseña foto, tío! —exclama Pietro.

—Es esta. —Selecciona la última fotografía que ha colgado en Instagram. La chica lleva una bata blanca y el fonendo en el cuello.

—¿Cómo se llama? —pregunto.

—Silvia —contesta él.

Seguimos hablando durante un buen rato, contándonos anécdotas de verano, de cuando fuimos juntos en barco a Amalfi y los fotógrafos intentaron pillar a todas las chicas que invitábamos a subir a bordo. Fueron unos días increíbles, aunque de mucha fiesta y descontrol. Llegábamos cada mañana al amanecer a la villa que habíamos alquilado; la casa estaba hecha polvo, llena de botellas, cervezas, latas, cigarros, la ropa de todos desparramada por cada habitación. Una de esas noches, mientras todos dormían, yo me acerqué a la parte de arriba y observé cómo salía el sol desde el mar. Fue un momento precioso, aunque iba muy borracho. Bebí porque me apetecía olvidar todo lo que había vivido en las últimas semanas. Las discusiones con Chiara, con mis padres, con mi entrenador. Estaba harto. Y en aquel momento, mientras salía el sol, sentí paz. Mucha paz. Alessio se acercó hasta donde yo me encontraba.

—¿Estás bien? —me preguntó.

Yo no podía quitar la mirada del amanecer.

—No, la verdad.

—¿Qué pasa? —siguió él.

En silencio, levanté la cabeza y miré al frente.

—¿Por qué me siento tan perdido, Alessio? —le pregunté—. Tengo mensajes de cien chicas en Instagram y no quiero contestar a ninguno.

—Tío… —murmuró él mirando también al frente—. Tienes que darte tiempo. Lo de Chiara está muy reciente y debes respetar el proceso de curación de las heridas.

—Es que no es eso —le dije—. En realidad, dejar a Chiara fue un alivio. Me di cuenta desde el principio de que no sentíamos al mismo nivel.

—Eso no lo sabía —comentó rozándome el hombro—. ¿Y por qué aguantaste tanto tiempo?

—Pues por lo de siempre. Por no defraudar a mi padre. Tenían una relación muy buena, y cada vez que Chiara venía a casa era una alegría tremenda para ellos.

—Joder, Enzo —suspiró—, creo que lo mejor que puedes hacer ahora es quedarte un tiempo solo; haz planes con la moto que te acabas de comprar y disfruta de la vida sin necesidad de estar con nadie. Y cuando menos te lo esperes llegará alguien. Estoy seguro.

—¿Tú crees?

Él se rio.

—Eres muy buena persona, Enzo. Y a las buenas personas la vida les pone en el camino gente que suma y no que resta. Te llegará, no sé cuándo ni cómo, pero lo sabrás.

—Perdona por tanta pregunta, pero ¿cómo supiste que Adriana era ella? Quiero decir, la persona que la vida te había mandado.

—Es difícil de explicar tío, pero me di cuenta de que, desde que la conocí, el sol brillaba de otra manera. Aunque te parezca una cursilería, me di cuenta de que hasta las flores tenían un color más intenso y el cielo era de un azul más brillante.

Fue como que, cuando Adriana llegó a mi vida, lo embelleció todo.

Me quedé callado y Alessio me abrazó.

—Llegará esa persona, Enzo. Date tiempo.

—Gracias por todo, hermano.

Después de aquel abrazo me quedé unos minutos más mirando cómo el naranja del amanecer acariciaba las olas. Las gaviotas sobrevolaban la orilla y era el momento de despertar y dejar a un lado la oscuridad y los malos pensamientos. Era válido y era alguien que de verdad valía la pena.

—¡¿Vamos o qué?! —pregunta Pietro desde el pasillo.

Las luces naranjas del Coliseo me devuelven al presente. El Piper Club es el pub de moda de la noche romana. Voy hasta el espejo de la entrada y me arreglo un poco la camisa, me retoco el pelo, que está recién rapado, miro mi teléfono y no hago ni caso de las notificaciones. Todos nos acercamos al espejo y nos hacemos una foto que compartimos en Instagram y que, a su vez, es compartida por todas las cuentas de fans de los demás. En apenas unos segundos la fotografía cuenta con casi diez mil likes y cientos de comentarios. Hablan de mi pelo, de lo guapo que sale Alessio, de que si a Pietro le sienta genial esa camisa. Nos reímos con algunos comentarios y bajamos a la calle, donde unos arrancaron sus coches y Alessio se sube conmigo a la moto. No estamos muy lejos de la discoteca. Sabemos que habrá fotógrafos en la puerta esperando a que lleguemos, así que decidimos aparcar unas calles más atrás e intentar entrar por otra puerta, pero es imposible. La fiesta está hasta arriba de gente. Han avisado a los chicos de seguridad y abren un hueco para que podamos entrar. Los flashes comienzan a disparar conforme doblamos la esquina. Me ciegan y agacho la cabeza. Al día siguiente me veré fatal en todas, lo único que destacaré será que mis ojos azules parecen grises con tanta luz. Algunas chicas que hay en la cola nos llaman por nuestros nombres y se impacientan por entrar cuanto antes al vernos llegar. Los dos guardias de seguridad abren las grandes puertas del teatro y la música inunda mis oídos. Suena una de mis canciones favoritas: «Ridere», del grupo italiano Pinguini Tattici Nucleari.

Elías

—¡Me encanta esta canción! —grita Silvia cuando suenan las primeras estrofas de una canción en italiano en el salón—. «Ridere» es mi canción sin duda de este verano —dice.

Todos se saben la letra. Los demás siguen con las preguntas y yo me entero de todos los líos que ha habido entre ellos en estos últimos años, romances fallidos, mentiras y anécdotas en aparcamientos de centros comerciales, ascensores y casas cerca de la playa. Me gusta formar parte de este grupo que, además, recuerda mi nombre y hacen bromas conmigo. Seguimos bebiendo un rato más. Ya llevo tres cubatas en el cuerpo antes de salir de casa para marcharnos a la discoteca. Todos cogen sus cosas y van bajando hacia el metro. Antes de salir vuelvo a mi habitación, me echo colonia y cojo la cartera. Silvia y Giorgia me esperan en la puerta de casa. Agarro las llaves que están en la entrada y cuando vamos a salir, Giorgia nos frena.

—¡Espera, espera! —grita mientras vuelve a la cocina—. ¡Venid!

Escuchamos que abre un armario, saca tres vasos pequeños y los rellena de una especie de licor rojo.

—Giorgia no, por favor —suplica Silvia.

—Vamos, es nuestra primera noche con él. Hay que brindar —protesta ella repartiéndonos un vaso a cada uno. Pienso que hoy acabaré vomitando, hace mucho tiempo que no bebo tanto alcohol. Pero da igual, quiero dejarme llevar y me siento tan a gusto ahora mismo… tanto…

—Chinchín —brinda Giorgia—, os quiero.

—Os quiero —dice Silvia.

Antes de beber, cuando los vasitos están chocando en el aire, soy el último en pronunciar las mismas palabras.

—Os quiero —y conforme lo digo, nos tomamos de un trago el chupito de licor.

El líquido entra como una llama por mi garganta y hace que me estremezca. Silvia suelta un gruñido y Giorgia se ríe. Los tres salimos de la cocina aún algo aturdidos por la fuerza del licor que guardaban en el armario de la cocina. Todos nos esperaban abajo y aplauden cuando nos ven aparecer. Juntos llegamos a la boca del metro. Giorgia baja las escaleras hacia el andén y comienza a bailar y a pegar saltos. Silvia le sigue y yo me quedo atrás, observando la estampa junto a todos sus amigos.

—Agárrame por favor —pide Daniela, que lleva unos tacones bastante grandes.

—Voy borracho, Daniela. Nos vamos a caer los dos.

Ella se ríe y me agarra fuerte del brazo.

—En qué hora me puse esta mierda —farfulla ella, que también ha bebido unos cuantos cubatas—. ¿Me estás grabando? —grita al verme subir una historia a mi Instagram.

—Daniela, por favor, esa lengua.

—Nos vamos a matar de verdad con la tontería, Elías.

Llegamos por fin a los andenes de la estación y todos nos echamos a reír. Somos doce personas esperando al tren que no tarda en llegar. Al subir me doy cuenta de que todo el vagón va lleno de jóvenes que posiblemente vayan a la misma fiesta que nosotros, ya que, según me ha dicho Silvia, el Piper es uno de los clubes más de moda en la ciudad. Un jueves de cada mes se celebra la famosa Noche de la Sapienza, donde solo puedes acceder si estás matriculado en esa universidad.

—¿Preparado? —me preguntan Silvia y Daniela—. Te va a encantar.

—Espero saberme alguna canción —bromeo.

—Te sacaré a bailar —promete Silvia guiñándome un ojo—. No estás preparado para ver cómo se mueve Daniela. Vas a alucinar.

Todos se ponen en pie cuando la megafonía del metro anuncia la siguiente parada y yo intento quedarme cerca de Silvia para no perderme entre tanto gentío saliendo a la vez. Caminamos por el centro de la gran avenida. Al fondo se ven unas luces de neón rojas y una muchedumbre en la puerta. El Piper Club es una especie de antiguo teatro que aún se conserva en perfecto estado. Se construyó en la antigua Roma en medio de un barrio residencial de la ciudad. Las grandes puertas negras, custodiadas por dos enormes y robustos seguratas, dan a un jardín que conecta con la entrada al teatro.

—¡Vaya! —digo nada más ver el lugar—, esto es increíble.

—Espera a que lo veas por dentro —responde Silvia mientras saca su documentación.

Los de seguridad, van comprobando listado en mano que todos los que allí se encuentran son estudiantes matriculados en la Sapienza. Cuando llega mi turno les cuesta un poco encontrar mi nombre, ya que todavía no figuro en la lista oficial de la universidad, pero puedo justificarlo con los correos que he intercambiado con el departamento estudiantil. Los demás me esperan en la puerta de entrada al teatro para que no me pierda. En cuanto llego, abren las grandes puertas de ese lugar. El sonido retumba en mis oídos. Hay muchísima gente ya dentro, la música suena muy fuerte y los asistentes llevan pulseras de colores alrededor de los brazos. No hay mucha luz, pero los focos que giran sobre sí mismos arrojan destellos de colores por las gruesas y altas paredes del lugar. El teatro está dividido en diferentes pisos. La parte de abajo, la central y donde más gente hay, es la única que tiene pista de baile; en la primera planta hay dos reservados para la gente más popular y con más dinero de la ciudad y, por último, las plantas superiores tienen pequeñas salas con otro tipo de música.

El techo del teatro es lo más bonito sin duda de la discoteca. Tiene una especie de cúpula acristalada por la que estoy seguro de que al amanecer pasarán los rayos del sol. Silvia y yo vamos a pedir a la barra. Nos sirven dos cubatas y el DJ de turno empieza a pinchar reguetón, lo que hace que toda la pista se anime aún más. A mí lo de moverme no se me da especialmente bien, pero ahora que voy un poco animadillo creo que puedo hacerlo bien. Los tres, cubata en mano, nos dirigimos al centro de la pista, donde están los demás. Algunos ya lo están dando todo a nuestro alrededor y la gente de otros grupos los saluda. Yo miro a tantísima gente pensando en cómo había cambiado mi vida y mi realidad en apenas veinticuatro horas. Hace nada me sentía la persona más solitaria del mundo en mi pequeño pueblo. Y ahora me encuentro en una de las discotecas más increíbles de Italia, rodeado de gente majísima que estoy deseando conocer más en profundidad. Y ya no me siento invisible. Me están viendo. Y estoy aquí.

Me giro de nuevo para contemplar la parte del teatro. Repaso lo que veo y me detengo en los reservados de la primera planta. Está comenzando a llegar gente; dos hombres de seguridad se sitúan uno en cada lateral y miran al frente mientras los invitados llenan el reservado. En su mayoría son chicos jóvenes, engominados y con polos y camisas de marcas caras, algunos acompañados de chicas muy arregladas. Silvia y Daniela me ven mirando en esa dirección.

—Ya han llegado —comenta Silvia mientras da un sorbito a la copa y mira a Daniela.

—¿Quiénes son? —pregunto sin quitar ojo del reservado.

—Son del equipo nacional de natación, los *popus* de Roma —bromea Daniela—. Algunos estudian en mi facultad. A otros simplemente les dejan pasar por tener tantos seguidores.

—¿Son famosos?

—Muy famosos. Sus cotilleos salen casi siempre en la televisión y abundan las noticias que se publican de ellos en las webs de rumores de gente conocida de Roma. Los fotógrafos los suelen seguir para cazarlos con sus nuevas novias, los viajes que hacen y hasta dónde les gusta ir a cenar. Algunos restaurantes los invitan con tal de que cuelguen un par de fotos, y días después están a tope de reservas solo porque ellos han estado antes. Todos son guapísimos y la gente de aquí llena el estadio para verlos competir, se compran las camisetas con sus nombres, las toallas y cosas así. Y al equipo todo esto le beneficia. Por eso las marcas siempre les envían ropa y ellos la cuelgan en sus cuentas de Instagram —le cuenta Silvia—. Mira, por ejemplo, ese es Alessio Ricci; no es el mejor del equipo, pero a todo el mundo le cae bien. Su novia es la que está al lado. Y ese que está a su derecha… Enzo Magnini —suspira Silvia—, el favorito de todos. Dicen que será el ganador del mundial. Es sumamente guapo, aunque a mí no me lo parece tanto.

—¡Venga ya, por favor! —se burla Daniela—. Pues para mí. —Sonríe y le da un sorbo más al vaso sin quitar ojo del reservado.

Estoy mirando hacia aquel chico y justo en ese momento uno de los focos ilumina su figura. Es un chaval no muy alto, con el pelo rapado y la mandíbula muy marcada. Me quedo mirándolo un rato. Me fijo en sus labios, en sus bonitas y pequeñas orejas, repaso cada trazo de él hasta que de repente sus ojos se clavan en los míos durante unos segundos. Nos miramos fijamente el uno al otro unos segundos eternos. Luego el chico se gira y yo bebo un trago de mi copa nervioso. Bajo la cabeza en cuanto me doy cuenta de que me ha pillado.

Entonces noto algo en mi interior. Aparto la vista de allí arriba y bailo con los demás, con Silvia, con Daniela y también con Giorgia y Valerio, aunque es difícil seguir el ritmo que llevan. Uno del grupo me acompaña a pedir una copa y me recomienda algunas zonas de Roma que debo visitar. Perderme por el Trastévere, comer en el Chianti. Abro una de las notas de mi móvil y apunto como puedo cada plan que me recomienda; aunque no atino mucho con las letras, escribo algo que creo que al día siguiente podré entender. Cuando volvemos, todos han decidido subir a la planta de arriba para ver qué música están pinchando allí. Voy muy borracho cuando empiezo a subir las escaleras. Los escalones comienzan a girar y no veo la diferencia entre uno y otro. Llegamos a la parte de arriba y la música es todavía más cañera, casi todas canciones en italiano que no he escuchado nunca antes.

Todos se vuelven locos cuando suena una de las canciones más famosas actualmente en el país. Silvia y Giorgia me agarran y perreamos juntos formando una especie de sándwich. Algunos nos sacan fotos y las cuelgan en sus historias. Siento que en cualquier momento puedo desplomarme del mareo que llevo. Cuando la canción termina me acerco a los cristales que separan la sala de lo que ocurre fuera. Nada más acercarme me doy cuenta de que estamos justo al lado de los reservados que ocupa el equipo de natación. Y ahí está él. El chico del pelo rapado, bailando con dos chicas, una muy alta y de pelo larguísimo y otra que no deja de hacerse selfis con él y con los demás.

—Qué guapo es —suspira Daniela acercándose al cristal—, es el crush de media universidad.

—¿Va a la Sapienza? —pregunto sin dejar de mirar por el cristal.

—Sí. Va a mi clase, aunque nunca he hablado con él; no suele venir mucho. Empezamos ahora el último año.

—¿Qué estudias? —pregunto.

—Ciencias del Deporte, como él. Algún día me gustaría ser policía.

—¡Qué dices! —exclamo sorprendido.

—Sí. A veces suelo ir a entrenar a las pistas de atletismo para prepararme para las pruebas físicas y él siempre está en la zona de la piscina cubierta de la universidad. Se pasa las horas entrenando para conseguir competir en los mundiales que se celebran este año, pero con lo que le pasó, lo tiene complicado.

—¿Qué le pasó?

—Hace unos meses le detectaron un problema de corazón y tuvo que bajar el ritmo de los entrenamientos.

—Joder, con lo joven que es —digo yo.

—Mira —dice Daniela enseñándome su móvil—, tiene cerca de un millón de seguidores en Instagram.

Cojo su móvil y abro la primera fotografía que tiene en su cuenta. Aparece saltando desde el trampolín de una piscina, justo antes de empezar la carrera. Me fijo en su torso, perfectamente definido, y en sus grandes brazos, las venas marcadas y el cuello lleno de lunares. Sigo bajando, pero noto que cada vez me estoy poniendo más nervioso y le devuelvo el móvil a Daniela.

—¿Bailamos? —propongo.

—Por supuesto.

Silvia y Giorgia se unen a nosotros y nos abrazamos los cuatro. Sobre las cinco de la mañana algunos comienzan a irse. Valerio se acerca a nosotros y dice que se marcha. Observo a Giorgia. Los dos se miran y mientras suena una canción se besan apasionadamente. Silvia y Daniela empiezan a gritar y a saltar. Yo me río y me alegro por ella, porque sé lo mucho que quería que aquello ocurriera. Cuando se separan, nos mira y se despide con la mano. Se aleja llevándose a Giorgia cogida por la cintura.

—¡Me parece que hoy dormimos solos! —me grita Silvia.

—Prométeme que al llegar vamos a hacer macarrones —le suplico. Tengo un vacío en el estómago después de haber bebido tanto.

—No es por aguar la fiesta —interviene Daniela—, pero creo que mañana tienes que ir a la universidad por la mañana.
—Ahora se ríen las dos.

—¿Mañana? —Abro los ojos como platos—. ¿Perdón?

—Creo que tienes que ir a firmar tu alta de alumno, recoger el carnet de estudiante, en fin, esas cosas. Lo he visto en el campus virtual esta mañana.

—Me quiero morir ahora mismo —digo sinceramente al ver que son las cinco de la mañana—. ¿Nos podemos ir? —pido entre risas.

—La última canción y nos vamos —me asegura Silvia.

Pero no es la última, sino que después suenan algunas más, llega gente de la clase de Daniela y me los presentan a todos. Seguimos bailando y me invitan a un cubata más. Una noche es una noche, pienso. Estoy fatal, con más de cinco cubatas dos chupitos en el cuerpo, y siento que en cualquier momento voy a vomitar por cualquier esquina. Silvia se despide de sus compañeros y junto a Daniela salimos de la sala. Cuando estamos en el centro de la pista, de camino a la salida, los rayos del sol comienzan a iluminar la gran cúpula de cristal que hay en la parte superior de la discoteca.

—Os odio —me salió decirles después de ver que no iba a poder pegar ojo, ya que no puedo dormir con luz.

—Bienvenido a Roma. ¡Bienvenido a la Universidad Sapienza, *benvenuto alla vita*! —exclama Daniela saltando cuando ya no queda nadie en la discoteca y los trozos de confeti cubren parte del suelo. Dirijo una última mirada hacia la parte de los reservados y solo veo copas encima de la mesa, pero ni rastro del equipo de natación. Bajamos las escaleras y salimos a la calle. Casi no puedo ni andar, pero con la ayuda de Silvia y Daniela, consigo mantenerme en pie. Todo el mundo ha salido ya del teatro. Unos intentan conseguir un taxi, otros vuelven caminando y el cielo comienza a teñirse de un rosado increíble dando la bienvenida al amanecer. Echamos a andar y Silvia se queda pensando la mejor ruta para llegar a casa. Daniela vive muy cerca de nosotros, según dice. Cuando estamos a punto de cruzar la calle, el estruendo de una gran motocicleta nos asusta. Me quedo mirando de dónde viene. Hay una moto frente a nosotros esperando que el semáforo se ponga en verde. Me fijo bien y es él. Se estaba poniendo el casco, pero puedo mirarle de nuevo a los ojos y entonces descubro que son de color azul, un azul claro, como si fuera una ventana al mar. Y lo reconozco. Antes de ponerse el casco me mira de nuevo. Silvia y Daniela no se dan cuenta de que es él. Pero yo sí. Y nos clavamos de nuevo la mirada durante un par de segundos más que antes, pero esta vez sonríe y yo me pongo aún más nervioso. Baja la visera del casco y habría jurado que me ha guiñado un ojo antes de apoyar sus manos sobre el manillar. Cuando el semáforo se pone en verde, acelera y se pierde entre el gran cielo de colores que inunda las calles de Roma en este momento. Me detengo en mitad del paso de peatones y observo que el azul del cielo brilla con más intensidad, que las flores que hay en el lateral de la carretera parecen tener ahora muchos más colores que antes y el sol, que comienza a salir por el final de la avenida, brilla de un modo especial.

Silvia y yo nos despedimos de Daniela un par de calles antes de llegar a nuestra plaza. Le digo que me ha encantado conocerla y le doy mi número para que podamos hablar estos días. Entramos en casa y Silvia suspira al descubrir el gran desastre en el que está sumido el salón. Yo me empiezo a reír y ella cierra la puerta del salón para no verlo más. El largo paseo de vuelta a casa hace que se me pase la borrachera. Preparamos juntos una olla de macarrones y los sacamos al balcón, donde ya es pleno de día. Comemos en silencio, ella con un moño y una camiseta de publicidad y yo sin camiseta y con la cabeza todavía dando vueltas. El plato de macarrones me resucita de una muerte segura en el baño. Nos damos un abrazo y nos vamos directos a la cama. Cierro las ventanas y pliego las persianas para que no pase ni un rayo de luz, luego me acerco a la cama y me desplomo sobre el colchón. Caigo en la almohada, y mientras las cortinas se mueven un poco por el viento que pasa por el hueco de las persianas, no puedo apartar la mirada del techo. Reproduzco en mi cabeza el momento en el que crucé la mirada con aquel chico. Y después, en mi mente también suena una moto acelerando muy rápido. Pienso en cómo sonrió cuando me vio cruzar el paso de peatones, cogido por Silvia y Daniela, que me sujetaban para que no me desplomase. Sin duda se ha reído al verme así de borracho. Me tapo la cara con la almohada y suspiro. Es un suspiro largo, de vergüenza y a la vez de nervios. Cierro los ojos y me viene la imagen de sus ojos. Claros y azules. Y de su mandíbula, marcada y afeitada. Me pongo tan nervioso que cojo el teléfono. Abro Instagram y me encuentro con que mucha gente me ha seguido. Valerio, Daniela, Massimo, gente de mi clase que me acababan de presentar. Los sigo de vuelta a todos y veo que me han etiquetado también en varias fotografías y vídeos en sus historias, pero no quiero verlos todavía. Voy a la lupa y escribo su nombre. Enzo. Con solo escribir la M de su apellido ahí lo tengo. El primer resultado. Enzo Magnini, al lado de un icono de verificado, como si fuera un cantante, modelo o actor conocido. Tiene casi un millón de seguidores, aunque ha publicado pocas fotos. Dieciséis publicaciones para ser exactos. Voy bajando una a una. En la primera aparece subido a una moto, con el mismo casco que llevaba hace un rato, pero en la fotografía lleva puesta una chaqueta de cuero que le queda impecable. En otra foto está saltando desde la plataforma de salida de una piscina. Me fijo en su gran espalda, con los músculos definidos, igual que sus brazos.

Sigo bajando, pero cada vez me pongo más nervioso. En otra foto encuentro un atardecer cerca del mar, una puesta de sol preciosa con el título: *il mio segreto*. Mi secreto, pienso. Es una fotografía muy bonita. No hay ubicación, y por eso intuyo que es un lugar privado. Estoy a punto de darle me gusta a la fotografía cuando decido salir de la aplicación antes de hacer algo de lo que me arrepienta. Estoy a punto de bloquear el móvil cuando me fijo que en la pantalla aparece una notificación de la aplicación Romeo, la que había tenido que descargarme mientras jugábamos a verdad o reto. Entro y me doy cuenta de que la chica a la que le había tenido que hablar había contestado a mi mensaje. Miro la pantalla, dudo y acabo eliminando el chat. Salgo de la aplicación y mantengo el dedo pulsado unos segundos para desinstalarla. Estoy a punto de marcar esa opción cuando mi cabeza reproduce el sonido de una moto. Dudo y vuelvo a marcar el botón de inicio. Entro de nuevo en Romeo y, como si la voz de mi mejor amiga resonase de nuevo en mi mente junto con el sonido de aquella moto, recuerdo sus palabras: vive la vida que tú quieres, no la que los demás quieren que vivas. Entonces muevo el dedo por la aplicación mientras el corazón me bombea cada vez más rápido, noto su impacto contra mi pecho. Pero sé lo que quiero hacer. En realidad, lo llevo sabiendo un tiempo, pero nunca sabía cómo dar el primer paso. Entro en los ajustes de la aplicación y marco la opción de chicos. Los dedos me tiemblan, bloqueo el móvil y me abrazo a la almohada.

Nunca he hablado de esto con nadie, ni conmigo mismo. Evitaba cualquier cosa que tuviese que ver con afrontar lo que sentía desde hace tiempo. A veces me dolía la cabeza de darle tantas vueltas, pero nunca estaba preparado para dar el paso, al menos no en mi pueblo, ni en mi casa, ni en mi universidad. Suspiro muy hondo porque en el fondo siento pánico y vértigo, pero a la vez un gran alivio, como si me hubiera quitado un peso de encima. Poco a poco me quedo dormido, y no me doy cuenta de que un mensaje acaba de llegar a la aplicación.

Enzo

Envío el mensaje y antes de bloquear el móvil, activo las alarmas para ir mañana a nadar. Me acerco al frigorífico y bebo mucha agua para intentar no tener resaca. Pero será difícil. Me fijo en las ventanas de mi casa; la luz del sol entra por ellas e inunda de brillo el salón, los lomos de los libros, mis fotografías de pequeño que están apoyadas en la estantería. Nunca había visto el sol entrar de esa manera. Me acerco a la terraza y no puedo creerlo. Las flores están mucho más coloridas y vivas que ayer. Rozo con mis dedos las margaritas y las lavandas que estaban a punto de marchitarse y que ahora se han recuperado. Y en mi cabeza suenan las palabras que me dijo en su día Alessio. Echo la cabeza para atrás y abro los ojos para ver el cielo. Me fijo en que el azul no es el mismo azul de siempre, es uno mucho más especial, más bonito, más turquesa. En mi cabeza aparece esa persona que he visto hace un rato. Su mirada inocente entre tanta gente, su sonrisa nerviosa y sus lunares cerca de los labios. ¿Y si…? No, no puede ser. Suspiro y me paso las manos por el pelo. No quiero darle más vueltas, solo necesito dejar de pensar y meterme cuanto antes en la cama. Bebo un último trago de agua y antes de dejarme caer sobre mi cama vacía pienso en si nos volveremos a encontrar. No sé nada sobre quién es, ni en qué facultad estudia, ni siquiera sé cómo se llama. Hundo la cabeza en la almohada y la agarro con fuerza mientras poco a poco voy quedándome profundamente dormido.

La alarma me despierta de inmediato. La cabeza me da vueltas, tengo la sensación de haber dormido diez minutos. Massimiliano nos dio el fin de semana libre porque se iba de vacaciones con su mujer a la costa de Nápoles, pero en el fondo sé que si quiero conseguir la medalla de oro tengo que mejorar aún más. De hecho, en cuanto mi padre se enteró de que el entrenador se ausentaría estos días me mandó varios mensajes recordándome todo lo que está en juego y que a estas alturas no debería pasar tantos días sin entrenar. Respiro hondo y me quedo cabizbajo en la cama. Pienso en él, en mi padre. ¿Y si mi corazón falla en el último momento? ¿Qué sería más decepcionante para él, que fracase en la competición o que ni siquiera me permitan intentarlo?

Prefiero no darle más vueltas a la cabeza, así que me levanto a toda prisa y voy a la ducha. Al salir preparo de nuevo mi bol estrella y me lo como en menos de un minuto. Cojo las llaves de la moto y bajo en el ascensor, donde aprovecho para sacarme una foto con el casco en la mano. La retoco un poco y la comparto en redes junto con el emoji de una calavera. Leo los mensajes en el grupo de mi familia y en el del equipo. Mi hermano pequeño me manda notas de voz. Él, Luca, es mi mayor debilidad. A sus compañeros del colegio les dice que su hermano es el nadador más rápido del mundo y que va a quedar primero en la gran competición del año. Y yo me quedo sin palabras. Ya no me esfuerzo tanto por mí, sino que también necesito no defraudarle a él. Ni a mi padre. Ni a mi entrenador. Pero sobre todo a mi pequeño.

Conduzco por las avenidas de la ciudad, que siguen atestadas de turistas. Cada día que pasa es una especie de contrarreloj. Un tictac. Pienso mucho en la competición. Es el mayor reconocimiento que podría lograr. El oro en los mundiales de natación. Vendrán clubes de todas las partes del mapa. España. Alemania. Francia. Todo el mundo se congregará en el estadio del Foro Itálico, donde se encuentra una de las piscinas más bonitas del mundo, al menos para mí. Grandes columnas y mosaicos de mármol de los años treinta rodean la piscina. Hay siluetas de sirenas, caballos alados y figuras romanas frente al gran cristal por el que pasa la luz del exterior. Siempre he querido nadar allí, competir y convertirme en el ganador en un entorno tan bonito.

Llego al aparcamiento de la universidad y me quito el casco, algunas gotas de sudor caen de mi frente incluso llevando el pelo rapado. Guardo el casco y cierro la moto. Cojo el macuto y entro en la piscina de la Sapienza. Una cosa tengo clara: voy a hacer todo lo posible para vencer.

Elias

El calor de la mañana me despierta. Algunas gotas de sudor me caen por la frente. La habitación me da vueltas nada más abrir los ojos y decido incorporarme despacio. Pienso en que quizá no fue muy buena idea beber tantísimo anoche, pero después recuerdo todos los momentos en los que me reí junto con Silvia, Giorgia y Daniela. Miro mi móvil y hay cientos de notificaciones. Me han añadido a un grupo en el que estamos todos los que salimos anoche. Pasan las fotografías y vídeos de ayer y cuando empiezo a ver algunas, tengo que quitarlas por la vergüenza que siento. Salgo bailando, perreando, bebiendo, haciéndome selfis con gente que acababa de conocer.

Me levanto de la cama y abandono la habitación. Silvia está profundamente dormida en su habitación y Giorgia no ha vuelto todavía. Voy a la cocina y cojo una manzana que hay en el frutero, la lavo y empiezo morderla mientras me siento en el sofá. Justo en ese momento habla Giorgia por el grupo que tenemos dando los buenos días junto con un emoji con la cara hecha polvo y una foto en la cama junto a Valerio, que todavía duerme. Y me siento igual que ella. Hecho polvo. Una de las notificaciones es un email de la Universidad Sapienza dándome la bienvenida e invitándome a acercarme al campus entre las diez y las dos para formalizar mi alta como alumno y poder beneficiarme de todas las ventajas de ser estudiante allí. Los horarios que tendré este curso, actividades alternativas que podré realizar en el propio campus de la universidad y explicarme los diferentes edificios de los que consta la gran universidad.

Miro la hora y son casi las doce del mediodía. Suspiro y termino de comerme la manzana para ducharme cuanto antes y poner rumbo a la universidad. Escribo por el grupo diciendo que iré a la Sapienza y que si quieren, cuando se despierte Silvia, podríamos comer los tres por la ciudad. Dudo sobre qué ponerme y cojo unos pantalones cortos, unos calcetines altos y mi camiseta blanca con una frase que dice: «las vueltas dan mucha vida». Siempre me ha gustado esa cita. Porque es verdad, pienso. Y porque justo en el momento en que me encuentro, no puede tener más razón. Las vueltas dan mucha vida.

Salgo de casa con el pelo aún mojado, bajo las escaleras para espabilarme y me monto en el autobús que me lleva al campus. De camino sigo contestando mensajes que tengo aún pendientes, de mis tíos, de Sari, de mi madre que me preguntaba cómo está yendo todo. También me doy cuenta de que tengo una notificación en la app Romeo. Ni siquiera me acordaba de lo que hice antes de dormirme. Me han escrito seis chicos diferentes. Miro por la ventanilla. Cientos de personas se agolpan por las aceras de la ciudad de camino al Coliseo, que se encuentra unas calles más abajo. Me fijo en los nombres de las personas que me han hablado: Ricciardo, Adriano, Carlo. Me detengo en uno. Es el cuarto mensaje. Arión. Nunca había visto ese nombre. Abro su mensaje y comienzo a leer. «¿Byron? Suena más bien a nombre de perro o de gato, ¿en serio te has puesto el nombre de tu perro o de tu gato? No me lo puedo creer».

Leo el mensaje una y otra vez. Me río en el autobús y decido que voy a contestar a este palurdo. «¿Y tú te has puesto de nombre el modelo de un coche? Kia Arión. Fiat Arión.

Peugeot Arión». Lo envío y bloqueo el móvil mientras me pongo los auriculares para escuchar música, pero el tal Arión me contesta antes de que decida qué canción poner. «Te van a dar el premio al gracioso del año, desde luego. ¿Quién eres? *Come ti chiami?*». Es la primera vez que hablo de esta forma con alguien, a través de aplicaciones para ligar, y además con un chico, así que decido ser sincero, ¿no se suponía que había venido a Roma para eso? «Es la primera vez que uso esto, soy alguien que acaba de llegar a Roma a estudiar. ¿Quién eres tú, Arión?, ¿quién se esconde detrás de ese nombre tan original?». Antes de salir del chat, veo que aparece escribiendo. Espero un minuto y llega su respuesta. «Oh, vaya. Primera vez en Roma, espero que no hayas ido ya a la Fontana a hacerte la típica foto. Te lo ruego… ¿lo has hecho verdad? Bueno, tendré que perdonarte…». Leo su mensaje y me río de nuevo. Miro a la pantalla del autobús y me fijo en que quedan tres paradas para llegar al campus de la Sapienza. Marco su mensaje y le contesto. «Siento decirte que sí, ya he estado en la Fontana y también me hice una foto. Ya lo siento. Puedes quedarte tus perdones, ¿acaso te los he pedido? JA, JA». Lo envío y comienza a escribir de nuevo. A los pocos minutos llega su contestación: «¿Dónde se bloqueaba aquí a la gente? En fin, te paso por alto lo de la Fontana, pero si quieres ir a sitios de verdad, dímelo, anda. Los lugares secretos de Roma son mi especialidad ☺». Leo el mensaje y me levanto del asiento. Mientras el autobús se detiene, escribo la respuesta. «Igual te bloqueo yo a ti, listillo. Pero ¿cuáles son esos sitios de verdad?». Envío el mensaje y las puertas del autobús se abren.

El campus de la Universidad Sapienza de Roma me da la bienvenida. Uno de los arcos tiene varias banderas colgadas: una es la italiana, otra con el escudo de la ciudad de Roma y otra con el emblema de la universidad en el que aparece la estatua de Atenea. Mi móvil vibra de nuevo en el bolsillo. Desde la pantalla de bloqueo leo la respuesta de Arión. «Los lugares de verdad son los que no necesitan una foto para recordarlos para siempre». Lo leo y me quedo pensando en la frase. Vaya con el tal Arión. Guardo de nuevo el teléfono y pienso en contestarle más tarde. Grandes carteles por todo el campus dan la bienvenida al nuevo curso. Me acerco a una de las marquesinas habilitadas para los novatos y sigo las indicaciones pertinentes hasta dar con una gran fuente de forma rectangular y alargada llena de flores superbonitas. Justo detrás de la fuente, un edificio colosal de granito se presenta como la famosa Facultad de Letras y Filosofía de la Universidad de Roma. Me quedo boquiabierto de la emoción. He leído todo sobre esta facultad, los libros que alberga en sus archivos y bibliotecas, los profesores que imparten clase y hasta los escritores y escritoras que han salido de aquí y a los que admiro hasta la saciedad. Tras subir la escalinata y acceder al vestíbulo, me acerco a una mesa con voluntarios.

—Hola —saludo acercándome a una de las chicas—, me llamo Elías y soy estudiante Erasmus. Estoy matriculado en varias asignaturas del grado de Filología y Letras.

—¡Bienvenido, Elías! —exclama ella con una sonrisa—, ¿me dices tus apellidos, por favor, para que pueda buscarte en el listado?

—Sí, Sáinz Gómez. —La chica de la mesa me mira mientras escribe para comprobar si los ha puesto bien en el ordenador—. ¡Así, perfecto! —le sonrío.

Mientras mueve el ratón por la pantalla me fijo en cómo la luz entra por las grandes cristaleras que hay alrededor de todo el edificio. El verde de los árboles que rodean el campus es precioso, y en la gran fuente de fuera los pájaros se acercan para refrescarse del calor abrasador.

—Aquí estás. Vaya, desde España —comenta la chica—. Me encanta España. Genial, Elías, ahora necesito que mires a esta cámara. Es una foto para tu carnet de estudiante.

—Estupendo —contesto mientras sonrío a la webcam que hay conectada a un cable—, aunque con lo poco que he dormido...

—Una... dos y tres. —La chica aprieta el ratón y la fotografía se queda guardada en el sistema—. Dame un momento —me pide levantándose para salir en dirección al fondo del hall, donde hay una especie de conserjería. A los pocos minutos ya está de vuelta—. Aquí tienes, con este carnet tienes acceso a todas las bibliotecas de la universidad, además de descuentos en cines, conciertos y otras actividades por la ciudad. Hemos enviado a tu correo electrónico tu horario lectivo. Si no me equivoco —sigue ella mirando la pantalla de su ordenador— comienzas el próximo lunes, sí. También te iba a comentar que, si quisieras hacer deporte en cualquiera de las instalaciones de la universidad, con tu carnet tienes acceso gratuito a cualquiera de ellas.

—¿Ah, sí? —pregunto interesado—, ¿a cualquiera?

Pienso en mi propósito de empezar a hacer deporte y en aprovechar la oportunidad de estudiar en esta universidad para hacerlo gratis.

—¡Sí! —exclama—. No sé si has visto, por ejemplo, la recién estrenada piscina cubierta.

—No... es la primera vez que estoy aquí —respondo entre risas—, no he podido ver nada todavía.

—Espera un momento. —La chica se levanta de nuevo y va hacia un chico que está al final de la mesa atendiendo a otro estudiante. Habla con él y vuelve—. ¿Quieres que te enseñe un poco el campus y así te explico mejor dónde lo tienes todo?

Me sorprende su gran amabilidad y contesto entusiasmado enseguida.

—Vaya, muchísimas gracias, de verdad. Si tienes mucho lío puedo seguir el mapa.

—No te preocupes, mi turno termina justo ahora. Ven, acompáñame por aquí. —La chica cierra la pantalla del ordenador y coge su acreditación de encima de la mesa. Salimos juntos del edificio de Letras y Filosofía y nos dirigimos a la izquierda del campus. Los jardines de alrededor son preciosos, llenos de diferentes flores. Un par de jardineros se encargan de replantar una zona cercana a la Facultad de Medicina.

—Todo está preparándose para el inicio del curso —me explica—. Para muchos como tú, este lugar se convertirá casi en su segunda casa. Aún recuerdo mi primer día aquí —comenta sonriendo.

—¿Qué estudias? —pregunto curioso.

—Criminología. Estoy en el último año, pero formar parte de las jornadas de bienvenida de la universidad te ayuda a conseguir más créditos y me gustaría lograr matrícula este último año.

—Seguro que lo consigues —contesto.

—Y tú, ¿has hecho ya amigos por aquí?

Me río al pensar en toda la gente que conocí ayer. Aunque no en las mejores condiciones

—He entrado a vivir en un piso de estudiantes y mis compañeras son majísimas. Anoche salimos de fiesta y sí... conocí a mucha gente —termino entre risas.

—Al Piper, ¿verdad? —dice ella—. Yo también fui. Estoy deseando llegar a casa para echarme una siesta.

—¡Estabas también! —exclamo sorprendido—. Me encantó la música. Y el teatro, es increíble.

—Sí. Es muy conocido entre los estudiantes de la Sapienza. Aquí la gente es muy simpática y agradable. Por cierto —se interrumpe—, mi nombre es Flavia. Si necesitas cualquier cosa mi facultad es aquella del fondo. —Y señala uno de los edificios del lateral del campus—. Mira, vamos por aquí.

Flavia me lleva por una zona arbolada que conduce a un edificio circular situado en el centro. Es de azulejos blancos y azules y tiene un falso techo de tela impermeable. Después saca su tarjeta del protector que lleva colgado y la pasa por el lector que hay en la puerta.

—Esta es la piscina de la universidad. Se construyó hace apenas unos meses. Mira, pasa.

Flavia sostiene la puerta y juntos caminamos hacia el interior de la piscina. La humedad se nota enseguida. Giramos a la derecha por un largo pasillo y encontramos una gran piscina olímpica en el centro del edificio. El falso techo está abierto para que pueda pasar el poco aire que corre ahora mismo por la ciudad. El cielo está azul como el fondo de la piscina.

—Cuando llega el frío se cubre por completo y es muy agradable nadar aquí. Algunos estudiantes se han apuntado ya, creo que me quedan como tres plazas libres, por si quieres quedarte tú con una.

En el borde de la piscina hay flotadores y aros para los nadadores. La piscina cuenta con diez calles separadas por largas hileras de corcheras de colores. El agua está tan tranquila que dan ganas de saltar y darse un chapuzón para refrescarse. Además, en ese momento no hay nadie nadando. Unas banderolas con la bandera de Italia cruzan la piscina y la luz que traspasa por el falso techo ilumina los azulejos del fondo. Yo me encuentro embobado mirando el ligero movimiento del agua y pensando en que me encantaría dejarme caer sobre ella.

—*Scusa*.

Un chico sin camiseta y con un gorro de nadador puesto intenta acceder a la piscina, pero nosotros estamos en medio y le bloqueamos el paso. De repente me quedo en blanco. Es él. Es Enzo. El nadador. El mismo chico que vi anoche en el reservado de la discoteca. En su mano, las gafas de natación, y mientras camina como si fuera a cámara lenta hacia el borde de la piscina observo su bañador, de color blanco con la bandera italiana en un lateral junto con su apellido. Magnini. La luz que se cuela por el falso techo ilumina ahora sus hombros de una manera distinta. Su piel se vuelve casi dorada al contacto con el agua que cae de la ducha en la que se ha metido. Al poco, se acerca a una de las calles y se prepara para saltar a nadar. Las gotas corren por su cuerpo, deslizándose desde el hombro hasta el bíceps. En ese momento siento que mi corazón bombea más deprisa, noto un cosquilleo en el estómago y un escalofrío recorre parte de mi nuca. Flavia sigue hablándome del uso de la piscina, pero su voz es un lejano eco en mi cabeza, casi inexistente. Solo oigo mi propia respiración y cómo Enzo coge aire antes de estirar los brazos, ajustarse el gorro y acercarse al bordillo de la piscina.

—También utilizan esta piscina algunos de los nadadores del equipo nacional que estudian aquí. Él es uno de los mejores —comenta Flavia mirando al nadador—, es Enzo Magnini.

Enzo contrae la espalda, se toca la punta de los pies y salta de cabeza al agua. Comienza a nadar a toda velocidad, el agua deja de estar en calma y unas pequeñas olas bordean los extremos de la piscina. Yo no puedo apartar la mirada de sus brazos, que salen del agua a toda velocidad. Su cabeza se alza en la superficie unas milésimas de segundo para coger aire y vuelve a sumergirse en el agua. Cuando llega al otro extremo de la piscina da una especie de voltereta sobre sí mismo y coge impulso con los pies para seguir nadando. Flavia sale de la piscina, pero yo no puedo dejar de mirar la calle en la que se encuentra Enzo.

—¿Seguimos? —dice ella desde el pasillo de los vestuarios.

Asiento y salgo de la piscina junto a ella. De camino a la salida la imagen de su espalda vuelve a mis retinas, arqueándose antes de saltar al agua, pero esta vez yo estoy mucho más cerca de él. Casi puedo rozar su piel mojada, paso mis dedos por su pelo y contemplo cada trazo de su anatomía perfecta. Cojo aire y borro de inmediato esa imagen de mi cabeza. Desde fuera, a través de la cristalera, veo cómo Enzo llega al extremo de la calle donde nosotros nos encontrábamos hace apenas unos segundos. Flavia mira a su alrededor para decidir qué camino coger. Enzo se quita las gafas y mira a su alrededor, pero allí ya no hay nadie.

—¿Quieres ver el campo de fútbol y el de atletismo? —pregunta Flavia.

—No hace falta, creo que me voy a quedar con la plaza de natación —contesto mirando al recinto que está junto a nosotros—, dicen que es de los deportes más completos, ¿no?

Dejamos atrás la piscina e instintivamente giro de nuevo la vista y ahí está él. Enzo, con la cabeza apoyada en el bordillo y mirando hacia el jardín donde me encuentro. Me detengo en seco y él se ríe antes de ajustarse de nuevo las gafas y continuar nadando. Flavia y yo seguimos caminando por el campus de la universidad. Aunque lo intento, apenas le presto atención. Solo puedo pensar en ese chico, el nadador del equipo nacional, Enzo Magnini. Cuando Flavia se despide de mí decido volver a la piscina. Quizá… No, Elías. No lo hagas. Aunque me ha sonreído, ¿no es así? Y aquí nadie me conoce, ¿no? No pierdo nada. Miro a mi alrededor y desando el camino de vuelta a la piscina.

Enzo

Salgo de la piscina y noto los músculos agarrotados. Me quedo sentado en el bordillo un segundo mientras cojo aire poco a poco. Miro por la cristalera, pero ya no hay nadie. Pienso en que me ha visto, y yo también lo he visto a él, aunque no he podido decirle nada. El agua ahora está en calma, la luz del mediodía entra por las grandes cristaleras y pienso en qué haré este fin de semana que tengo libre. Quizá fuera un buen momento para ir a…

—Esto… ¿hola? —Una voz me sobresalta.

No puedo creerlo, es él. El chico de la discoteca.

—Hey, hola —contesto nervioso.

—¿Sabes cuál es el horario de la piscina? —me pregunta.

No lo oigo bien y decido acercarme a él. Me quito el gorro de natación y llego hasta donde se encuentra. Me fijo en sus labios, gruesos y que ahora se muerde porque creo que está nervioso.

—Perdona, no te oía bien. ¿Qué decías?

Él me mira y se muerde de nuevo los labios. Me fijo en sus ojos, son marrones, pero de cerca y con la luz tienen un toque de verdor.

—El horario de la piscina, si sabes cuál es. Me acabo de apuntar y no sé muy bien cuándo venir.

—¡Ah! —exclamo—. Abre de lunes a viernes, y cierra a las doce de la noche —le digo.

Él se sorprende.

—Vaya, ¿en serio? —sonríe—, pues genial, voy a comprarme todo lo que necesito.

—¿Es la primera vez que nadas?

Le hago la pregunta deprisa, porque en el fondo no quiero que se vaya todavía. Pero ¿por qué?

—Pues… sí, quisiera hacer algo de deporte para intentar coger algo de peso. Me gustaría, pues…

Entonces se fija en mi cuerpo, su mirada recorre mi torso, mis piernas y también mi bañador, que sigue goteando el agua de la piscina.

—¿Qué te gustaría? —le pregunto, ya que él se ha quedado mudo.

—Bueno, tener músculos —añade ahora sonrojándose—, en general.

Miro su cuello repleto de lunares, como el que tiene cerca del labio. Y en mi cabeza imagino su espalda, que será como un mapa repleto de ellos. En mi interior suspiro e intento pensar en otra cosa para que no se dé cuenta. Pero yo mismo no entiendo nada de lo que estoy haciendo.

—Necesitarás unas gafas, un gorro como este y un bañador. Nadar imagino que sabes.

—Claro que sé —se ríe—, casi igual que tú.

—¿Me estás retando? —le pregunto—. Estoy en el equipo nacional.

Le enseño el gorro donde aparece mi apellido al lado de la bandera italiana.

—Entonces me ganarías, pero por muy poco —me contesta él.

Yo miro el reloj, es casi la una del mediodía. Hasta las dos no cierran la piscina para comer.

—¿Quieres probar? —le pregunto.

Me sale del alma, porque hay algo en él que hace que no quiera que esa conversación termine. No todavía.

—¿Probar? —pregunta él sin comprender— ¿Probar el qué?

—A nadar ahora. Creo que tengo un bañador de sobra en mi bolsa. Aunque no sé si te vendrá bien, pero puedes probártelo.

Veo que se frota los dedos nervioso. Mira alrededor, seguramente en busca de una manera de salir de aquí ahora mismo y no volverme a hablar nunca más. Pero en cambio, me mira y sonríe.

—¿Ahora? —dice—. Bueno, vale. Aunque, ¿no estás cansado?

Yo me río. No sé lo que estoy haciendo, solamente me dejo llevar y hago lo que me apetece, que es saber más de él. Y también, ver lo mal que nadaba.

—Así tienes una pequeña ventaja. Por cierto, me llamo Enzo —digo, ofreciéndole mi mano. Él extiende la suya y cuando coge la mía con cuidado puedo notar que está temblando.

—Yo soy Elías, encantado.

Nuestras manos se unen unos pocos segundos. Su piel es suave y su mano es muy pequeña comparada con la mía. Son unos segundos que recordaré para siempre, ya que es la primera vez que hablamos.

—Ven, es por aquí.

Vamos juntos hasta los vestuarios y cojo mi macuto, que está en uno de los bancos. Elías mira a su alrededor y yo siento cómo mi corazón palpita un poco más rápido.

—Mira, aquí está. Siempre lo llevo por si acaso. Lo bueno es que tiene esta cuerda y te lo puedes ajustar más.

Él coge el bañador. Es blanco y en él aparece mi número de dorsal en el lateral, el 16, junto a mi apellido y a la bandera italiana.

—¿Dónde dejo mi ropa? —me pregunta mirando a su alrededor.

—Puedes meterla en mi bolsa si quieres.

Mira a su alrededor buscando un sitio donde poder cambiarse.

—Te espero en el agua —digo riéndome.

—Vale —contesta, sonrojado y riéndose también.

De camino a la piscina intento no pensar mucho en lo que está sucediendo. Me paso la mano por la cabeza, pero desde que lo vi en la discoteca me llamó mucho la atención. Quiero saber más de él, qué estudia, de dónde viene y por qué se ha presentado de nuevo en la piscina. Me siento en el agua y noto que mi corazón sigue bombeando igual de rápido. Intento respirar despacio un par de veces para calmarme y me tiro al agua, pero es en vano, ya que en cuanto Elías aparece de nuevo en la piscina vuelvo a sentir mi corazón latir más y más rápido.

—Al final te ha valido —digo al verlo con mi bañador.

Nunca creí que podría tener un pensamiento parecido. Y es que le queda muy bien el bañador. Mi bañador. Va sin camiseta, está delgado y se le marcan las costillas. Tiene un cuerpo precioso, con clavículas prominentes, aunque no puedo dejar de mirar su cuello. Es sexy. Me acerco al bordillo y él se mete despacio.

—Joder qué fría.

—¿Fría? —exclamo—. ¿Tú has visto el calor que hace fuera? ¡Esto es un regalo!

—Tú que estarás acostumbrado…

Se mete en la calle y yo me cambio a la que había justo al lado.

—Toma, ponte mis gafas, que si no después te picarán los ojos.

Él las coge.

—¿Y tú? —me pregunta.

—Yo puedo nadar sin ellas —contesto riendo.

Se gira para ponérselas y ajustarlas y entonces puedo ver su espalda. Es como si mirase un mapa de las constelaciones, con cientos de lunares de diferentes tamaños. Me quedo embobado intentando trazar líneas imaginarias entre ellos. Otro pensamiento llega a mi cabeza y me veo a mí, uniendo cada punto de su espalda con mis dedos, pero esta vez en mi cama. Cuando se gira subo la mirada hacia donde está él, que a duras penas se ajusta las gafas.

—Creo que ya está —exclama.

—¿Estás listo, entonces? —le pregunto mientras apoyo la espalda en la pared del bordillo.

—Voy a hacer lo que pueda.

—Va, ida y vuelta. El primero que toque la pared, gana.

Elías mira al frente de la piscina para observar la longitud.

—Vale.

—¿Preparado? —comienzo—. Listos…

Elías coge aire y se sumerge. Comienza a nadar y yo todavía espero antes de salir. Le dejo algo de ventaja y así puedo observar cómo nada. No lo hace nada mal, aunque la brazada es algo descoordinada, saca la cabeza de una forma brusca y vuelve a meterla haciendo que se canse más rápido. Yo me río y cojo aire. Cuando Elías va por la mitad de la piscina, salgo yo. Nado como normalmente lo hago, y antes de que me quiera dar cuenta ya lo he alcanzado. Giro mi cabeza y doy la voltereta típica para coger impulso y seguir nadando. En menos de treinta segundos llego al bordillo de nuevo. Elías va todavía por la mitad y observo cómo llega entre risas. Cuando consigue volver, saca la cabeza y se quita las gafas.

—No es posible —dice él.

Yo me río a carcajadas.

—¿Qué no es posible?

—¡La velocidad a la que nadas! Has pasado por mi lado y ha sido como si pasara, yo qué sé, un ciclón.

—Qué exagerado. Pero sí, intento nadar cada vez más rápido para llegar al mejor tiempo. Por eso me paso los días aquí.

Elías coge aire en el bordillo, la luz ilumina su cuerpo. Y también sus cientos de lunares. Es como mirar al cielo en una noche estrellada en mi terraza.

—¿Entrenas todos los días? —me pregunta.

—Sí. Salvo algunos que nuestro entrenador nos deja libres. El mundial de natación está al caer.

—¿Mundial de natación? Vaya, suena importante —murmura—. Seguro que ganas.

—Primero tienen que seleccionarme —contesto.

Nos miramos en silencio. Es todo calma y a la vez nuestros corazones bombeaban rápido por el esfuerzo.

—Me ha gustado la experiencia, la verdad.

—Sigue entrenando y ya verás cómo tu espalda se empieza a ensanchar.

Salgo del agua y le ofrezco la mano para que salga también. Al subir junto a mí, Elías apoya el pie en las rendijas del cloro y se desliza torpemente hacia delante, chocando con mi pecho y quedándose a milímetros de mis ojos, de mi nariz y también de mis labios.

—Uy —dice él echándose a un lado—, perdona.

—No te preocupes. ¿Vamos a cambiarnos? —pregunto—. Van a cerrar pronto.

—Sí. Claro —responde Elías nervioso.

Llegamos al vestuario, saco su ropa de mi macuto y se la dejo en uno de los laterales. Yo cojo mi par de calzoncillos y mis pantalones grises cortos. Me pongo al otro lado del banco que separa el vestuario y me bajo el bañador de espaldas a él. Me pongo los calzoncillos y miro a Elías, que no levanta la mirada del macuto, consciente de que si mira hacia su izquierda, me verá. Me pongo los pantalones y entonces él, nervioso, hace lo mismo que yo. Se baja el bañador y en el reflejo del espejo que tengo frente a mí, veo su espalda brillante y lisa hasta las nalgas. Miro hacia otro lado de inmediato y me pongo la camiseta nervioso. Clavo la vista hacia el frente y al suelo, al techo y a todos los sitios intentando no mirar hacia él. Me giro después de unos segundos y Elías ya se está poniendo los pantalones. Cojo el bañador que le he dejado y lo meto en mi macuto. Elías se gira y coge su móvil, que está al lado de mi toalla. Una notificación le salta entonces. «¡No olvides contestar tu mensaje de Romeo!». Y recuerdo que es la famosa aplicación de citas. Lo coge al instante, nervioso, y lo guarda en su bolsillo.

—Bueno… voy a marcharme ya. Ha sido un placer, Elías.

Él me sonríe.

—Espera, no tardo nada en salir. No quiero quedarme aquí encerrado.

Me río nervioso. Me siento raro. En mi cabeza circulan ahora un sinfín de pensamientos. Unos más fáciles de digerir que otros. Anoche con las miraditas en la discoteca y ahora invitándole a nadar. Aunque, bueno, parece buen chaval. A mí me encantaría hacer amigos y no estar solo en una ciudad nueva. Y aunque es español, habla muy bien el italiano. Quizá podríamos llevarnos bien, pedirle que me enseñe español, y así ampliar mi círculo de amigos. Que todos seamos deportistas a veces es muy aburrido. Y luego… Basta, Enzo, me digo a mí mismo. Salimos juntos de la piscina y Elías se queda a mi lado. Me agacho para quitar el candado de la moto y al incorporarme me giro. Él sigue ahí parado.

—Bueno… yo tengo aquí la moto.

Elías mira a su alrededor.

—Yo tengo que ir a la parada del autobús, que ahora mismo… la verdad no sé por dónde está.

—Es al otro lado del campus, al fondo de la gran avenida.

Lo veo algo perdido y en mi interior quiero decirle que si le apetece lo puedo acercar a casa. Pero me freno. Esto… no puede ir a más.

—Bueno, Enzo. Ha sido un placer…

Yo me quedo en silencio, mirando al suelo.

—Igualmente.

—¿Te veré por aquí? —me pregunta mientras me pongo el casco.

Yo no sé muy bien que contestarle. Claro que quiero volverlo a ver, pero no es algo que me pueda permitir. ¿Me he vuelto loco?

—No sé, supongo. ¡Hasta luego, tío!

Arranco la moto y acelero. Por el retrovisor veo a Elías dubitativo, un poco cabizbajo, antes de echar a andar. Algo me golpea por dentro, algo que me dice a gritos que dé la vuelta, le pida disculpas y lo lleve a casa. Algo me grita al oído que haga caso a mi corazón. Pero lo ignoro con todas mis fuerzas.

Elias

Su moto desparece mientras intento averiguar qué ha pasado. No puedo creer que hayamos nadado juntos y que nos hayamos cambiado en el vestuario. Aún sigo temblando. Suspiro y miro a mi alrededor, la parada del autobús está en la otra punta del campus. Más allá de eso, ¿qué me esperaba? ¿Que me llevara a casa en su moto o me pidiera mi teléfono? ¿En qué estaba pensando? Creía haber notado su nerviosismo, pero ahora me avergüenzo de ser tan iluso e inocente. ¿Nos veremos por ahí? «No sé. Supongo».

Camino algo enfadado hasta la parada del autobús, y lo peor es que no sé si estoy más molesto con Enzo o conmigo mismo. Supongo que es culpa mía, pensar que de buenas a primeras alguien tan popular y con un cuerpo de escándalo pueda fijarse en mí. Los pensamientos negativos empiezan a llenarme la cabeza y pienso en Sari, que me pidió que fuera más amable conmigo mismo y no tan cruel. Quizá interpreté mal algunas señales, pero eso no quiere decir que ningún chico pueda fijarse en mí, ¿verdad? Yo también merezco gustarle a alguien, ¿no?

Me relajo y miro mi móvil. Tengo varios mensajes del grupo con Silvia y Giorgia preguntándome si finalmente vamos a comer juntos. El humor me cambia al recordar los maravillosos amigos que he conocido en apenas veinticuatro horas.

¿Cuántas historias más me estarán esperando? Y también veo la notificación que me ha saltado en el vestuario. Había olvidado contestar el mensaje que me había mandado Airón. Tengo ganas de seguir hablando con él y de saber a qué lugares se refería anoche. «Disculpa, he estado liado. Ha tocado jornada de bienvenida en la Sapienza y ahora comer con mis compis de piso». Para mi sorpresa, no tarda en contestar. «La Sapienza es una pasada. Vas a aprender muchísimo». Le contesto rápidamente: «¿A cuál vas tú?». Y su respuesta es inmediata. «A la misma ;)». Lo leo y sonrío. «¿Qué plan tienes este fin de semana? Podrías decirme el lugar que me habías prometido antes, por si puedo ir en estos días». Me pongo música mientras el autobús llega; no hay nadie en toda la avenida, estoy yo solo sentado bajo la marquesina. Al momento, el sonido de la música baja y me llega la respuesta de Arión. «Pues en principio quedaré con mis amigos, tengo un cumpleaños. Sobre el lugar que te había prometido, te corrijo, no te lo había prometido. Pero como parece que me caes bien, aquí te lo dejo: ve a ver el atardecer al Jardín de los Naranjos, muy cerca del Palacio de Malta. No busques fotos. Pero sigue estos pasos que te voy a dar ahora: suele ir bastante gente a ver cómo se esconde el sol, pero lo más bonito ocurre después. En cuanto se esconda, el guardia hará sonar un silbato; es un hombre con mucho genio, por eso tienes que andar con cuidado. La gente irá saliendo del mirador, y ahí es cuando tendrás que hacer lo siguiente. En el lateral derecho verás una gran enredadera. Justo detrás de ella hay un hueco considerable con una antigua puerta que te servirá para esconderte mientras el guardia echa un último vistazo a la zona para asegurarse de que no hay nadie. Cuando se vaya y cierre la gran verja, siéntate frente al mirador y observa la gran belleza de esta ciudad. Ya me lo agradecerás».

Leo el mensaje un par de veces y no doy crédito. Aunque no me entusiasma mucho la idea de quedarme encerrado en un lugar que no conozco y a la intemperie hasta el día siguiente, cuando abran. «Gracias por tu amabilidad al hablarme de ese lugar… aunque se te ha olvidado decirme cómo salir de allí si cierran la puerta. Intentaré ir hoy a ver el atardecer. Pásalo genial en el cumpleaños, yo espero no acabar en comisaría por tu culpa. Por cierto, mi nombre es Elías; Byron es el nombre de mi perro, tal y como adivinaste». Sonrío cuando mando el mensaje. Aquello es tan nuevo para mí, el simple hecho de hablar con otro chico sabiendo que a él también le gusta lo mismo que a mí me produce un cosquilleo extraño en el estómago. Soy un manojo de nervios. Mis sentimientos son como un tornado llevándose todo a su paso, y mi cabeza está repleta de dudas.

En el autobús voy escuchando a un grupo italiano llamado Pinguini Tattici Nucleari. Es el que pusieron anoche mientras bebíamos antes de salir, y aunque no entiendo toda la letra, me gusta mucho el buen rollo que transmiten. De vuelta en casa me sorprende el ambiente fresco y aireado. Silvia ha abierto las ventanas para dejar pasar el aire. A través de la puerta abierta de su cuarto se escucha una música relajante muy bonita. Doy un par de pasos en silencio por si está dormida y al acercarme la veo frente al cuadro que tiene a medio pintar.

—¿Puedo pasar? —pregunto bajo el quicio.

—¡Claro, adelante! —me invita ella sin girarse y con la paleta de pintura en la mano—. Giorgia acaba de llegar, dice que se ducha rápido y vamos a comer. —Su moño desaliñado evita que se manche el pelo al acercarse al cuadro. Tiene muchos tonos azules que recuerdan al mar. La música sigue sonando y es tan tranquila e inspiradora que en ese momento respiro una paz impresionante.

—¿Qué tal ha ido? —me pregunta.

—Bien, me he duchado esta mañana temprano y he ido a lo que te he dicho de la universidad, tenía que hacer el papeleo de bienvenida.

—Sí, he oído la puerta, me he despertado poco después para aprovechar los días libres que quedan antes de empezar de nuevo las clases.

—¿Tienes ganas?

Ella se gira para mirarme.

—La verdad… es que sí. Me apetece mucho terminar ya e intentar buscar trabajo como editora en alguna editorial de por aquí o mudarme a Milán, quién sabe.

—Qué guay, Silvia… ¿Qué libros te gustaría editar? ¿Romántica?

—Pues fíjate que sí —responde ella—. Es irónico, pero me han roto el corazón muchas veces. Y me di cuenta de que me estaba volviendo un poco fría con el tiempo. Dejé de ser esa chica que se ilusiona con lo más mínimo, a la que le encantan las películas de amor, la idea de conocer a alguien y que sea una persona especial. Tener una lista de películas, una playlist para hacer viajes en coche juntos. Esas cosas. Llámame estúpida, pero esa soy yo, la chica que devoraba libros y que quería también su historia de amor. Pero cuando jugaron con mis sentimientos, todo eso fue desapareciendo de mi interior.

—¿Y ha vuelto?

—Creo que sí. Creo que está volviendo, poco a poco. No sé muy bien por qué, quizá el efecto del verano y su buen rollo.

De repente, una notificación llega a mi teléfono. Es la aplicación Romeo, y en la pantalla de bloqueo aparece: «Arión te ha mandado un mensaje».

—¿Y tú? ¿Sigues hablando con la chica de la otra noche? —me pregunta Silvia

Recuerdo que anoche le enseñé a Silvia el perfil de la chica.

—Pues verás… es que… me iba a desinstalar la aplicación, pero…

Las palabras no me salen, por más que intento arrancar. Pero tenían que salir. Ella nota que me estoy agobiando y se acerca.

—¿Estás bien? —me pregunta ahora desde mucho más cerca.

—Sí… es solo…

Cojo aire. Necesito compartirlo. Necesito quitarme esta sensación del pecho. Al menos con alguien que no vaya a juzgarme, y Silvia es la persona que creo que menos va a hacerlo. Desprende una sensibilidad especial y con ella me siento muy tranquilo desde el momento en el que la conocí. Es ese tipo de personas que en el fondo sabes que te han puesto en el camino para estar mejor.

—Tranquilo, Elías —dice ella.

Y entonces lo suelto.

—Creo que me gustan los chicos.

Ha sido rápido, ha salido y es como volver a respirar después de estar sumergido debajo del agua y no poder coger aire. Lo he dicho y conforme lo he escuchado salir de mi propia boca, cierro los ojos con fuerza. No quiero volver a abrirlos, pero a la vez sé lo que necesito en ese momento. Y llega. Silvia me está abrazando. La música tranquila que suena en su habitación es la melodía perfecta para este momento. Tanto que hasta una lágrima se escapa y corre por mis mejillas, que comienzan a sonrojarse. Me siento como si me hubiera quitado un gran peso de encima. Lo he dicho y ella lo ha escuchado.

—Estoy aquí para todo lo que necesites. Pero gracias por compartirlo conmigo, Elías.

—Eres la primera persona a la que se lo cuento —le digo, enjugándome las lágrimas de los ojos.

—Lo sé. Mírate cómo estás. Deja de temblar, cielo…

Y entonces me abraza aún más fuerte.

—Gracias…, de verdad.

—No me des las gracias. ¿Cómo te has dado cuenta? —me pregunta mientras pasa la mano por la palma de la mía.

—Pues en realidad creo que lo llevo sabiendo un tiempo. Llevo una temporada mal, pasé una depresión porque probablemente parte de lo que me atormentaba era esto, no aceptarme a mí mismo, tener un miedo atroz a que me rechazaran, no solo en el pueblo, sino en mi propia familia. No saber quién era ni qué sentía. Desde el pasado verano en el pueblo, no podía pensar en otra cosa. El pensamiento iba y venía a mi cabeza una y otra vez. Si iba a la piscina junto a mi familia, me fijaba en algunos de los chicos que iban en la pandilla; los conozco desde que éramos pequeños, pero mi pánico y temor era que con esas miradas pudiesen sospechar lo que me ocurría. No me atreví a compartir ese pensamiento con nadie, por si todos a mi alrededor me rechazaban, incluida mi familia. Y estos meses atrás me he dado cuenta de que si veo fotos de mucha gente no me fijo en las chicas, sino que miro a los chicos y pienso en si alguno me resulta atractivo. Igual que si veo una serie o una película. O simplemente me cruzo con alguien por la calle. Todo este tiempo no he podido dejar de pensarlo. Y ayer, pues…

Silvia me mira.

—¿Ayer? —pregunta extrañada—, ¿qué pasó ayer? Por cierto, hueles a cloro.

—Pues… verás. Ayer vi a ese chico, bueno y también lo he visto esta mañana, por eso huelo a cloro. He estado nadando con él y no sé por qué me pongo tan nervioso. Pero al estar aquí en Roma y sentir que nadie me conoce, noto que el miedo se ha quedado atrás.

—Espera, espera, espera. Repite. ¿Has nadado con el chico de la discoteca? Estás hablando de…

—Sí. De Enzo Magnini. El nadador del equipo. Lo he visto hace un rato nadando en la piscina de la universidad y me ha dicho que si quería probar a nadar con él. Me ha dejado uno de sus bañadores y no sé muy bien cómo, hemos acabado los dos solos nadando en la piscina.

—No puedo creerlo, Elías —se incorpora y se pone a mi lado—, me estás diciendo que la estrella del equipo nacional de natación te ha dicho que si querías nadar junto a él. —Tenía los ojos como platos.

—A ver, no ha sido así tal cual. Yo le he dicho que me había apuntado y él me ha dicho que si sabía nadar. Yo le he dicho que seguramente mejor que él y una cosa ha llevado a la otra, se ha picado y me ha retado a echar una carrera que, evidentemente, ha ganado.

—Cómo no iba a ganar, Elías. Es el nadador más rápido de toda Italia. ¡Pero esto es muy fuerte! —exclama ella—. En cuanto salga Giorgia se va a quedar en shock.

—¡No! —exclamo—. Por favor, no se lo cuentes a nadie. No quiero darle más importancia. Además, al salir de la piscina ha sido bastante borde, así que seguramente me lo estoy imaginando todo.

—¡A ver si te vas a enamorar! —dice Silvia preocupada—. Hasta donde yo sé, Enzo tuvo una novia hasta hace tres meses. Estuvieron como casi un año y pico juntos y él descubrió que le ponía los cuernos, se enteró toda Italia y hasta hace bien poco, comentaban sus historias con emojis de animales con cuernos y cosas así. La gente es muy mala, aunque también muchos lo apoyaron y le mandaban mensajes de ánimo.

—No me voy a enamorar, Silvia. Es hetero. Es, simplemente, que me ha llamado la atención.

—Normal, es guapísimo. Y más si lo has visto sin camiseta, tiene unos pectorales de infarto.

—Los tiene —afirmo entre risas—. No sabía cómo mantener los ojos en su cara.

—Chico, normal —se ríe ella también.

Y nos reímos juntos. Después de hablar un rato más con ella, voy a darme una ducha para quitarme el cloro. Bajo el chorro de agua me es imposible no pensar de nuevo en Enzo, en su cuerpo y en cómo el agua resbalaba por su piel. Nunca me había excitado tanto pensando en un chico… Lo intento controlar, sobre todo porque Enzo está fuera de mis posibilidades. ¡No le gustan los chicos y punto! Así que tengo que asumirlo. Suelto el aire y levanto la cabeza hacia el agua que cae de la ducha. Después de echarme en la cama un rato, voy a la habitación de Silvia, que está colocando el cuadro que estaba pintando hace un rato en el suelo.

—¿Qué se supone que es?

Ella se lleva un susto y después se ríe. Me acerco y veo un lienzo azul con dos tonalidades distintas, la parte de arriba es azul claro y la inferior es de un azul un poco más oscuro.

—La verdad… no lo sé muy bien —responde ella riéndose—. Quería pintar la unión del cielo con el mar, ambas cosas son casi inabarcables y a la vez poderosas.

—Vaya —digo—, qué inspirador.

—Siempre intento inspirarme en lo que me rodea. Música, gente, olores, viajes, sueños, besos, lágrimas… Al final, la vida es un conjunto de todo eso.

Me quedo pensando en esa frase un largo rato en silencio. Los dos miramos al lienzo mientras la música suena flojita. Por un momento, si cierro los ojos puedo trasladarme a cualquier lugar.

—Piensa ahora mismo en algo que te gustaría hacer antes de morir y que nunca hayas hecho —susurra mientras los dos estamos con los ojos cerrados—, pero tiene que ser algo realmente especial y a la vez posible, para que puedas hacerlo de verdad.

Y con los ojos cerrados escucho las olas del mar, el rugido cuando rompen en la orilla, me encuentro sentado frente a ellas. Entonces alguien pasa a mi lado; es él, junto a una barca vieja para hacer mi sueño realidad. Aquel que siempre he guardado en un rincón especial de mi interior. Es pequeño y posible, pero a la vez me parece especial y reservado para el momento perfecto.

—Algún día te lo diré —murmuro.

—Y yo algún día te diré el mío —contesta ella—. ¿Nos vamos a comer ya por ahí? —pregunta—. Me rugen las tripas.

—Sí, por favor. Doctora Giorgia, ¿estás lista? —grita Silvia—. Lo presumida que es esta médica, por el amor de Dios.

Antes de salir de casa los tres le pido a Silvia que no le cuente a Giorgia nada de lo que acabo de confesarle arriba, quiero ser yo quien se lo diga. Me promete no decirle nada a nadie y me pide que confíe en ella.

—¿Qué tal la universidad, Elías? —me pregunta Giorgia saliendo del portal mientras se pone unas gafas de sol muy bonitas—. ¿Te ha gustado?

—El campus es genial. Y tenéis muchísimas actividades para poder complementar con la carrera universitaria.

—Sí, la piscina le ha alucinado —dice Silvia con una sonrisa pícara.

—Hace mucho que quería hacer deporte, y la chica que me ha atendido me ha dicho que le quedaba solo una plaza de natación, así que me la he quedado yo.

—¡Nadador! —exclama Giorgia—. Oye, muy bien. Es un deporte muy completo, en el hospital se suele recomendar mucho. Quizá te pongas igual de fuerte que los del equipo nacional. Con un pectoral como el de Enzo Magnini —añade tocándome el pecho y riéndose.

—Qué va, qué va —protesto yo—, solo lo hago para intentar hacer algo de deporte. ¡No voy a ponerme como ellos! —añado sonrojado.

—Vamos andando, ¿verdad? —propone Silvia—. Necesito que me dé un poco el aire.

—Pero ¿qué aire va a correr en este horno? —protesta Giorgia—. Dicen que hoy vamos a llegar a los cuarenta y cuatro grados.

—¿Perdona? —digo yo atónito.

—¿De verdad no tenemos ningún amigo que nos invite a su piscina, a estar tiradas en un flotador mientras suenan las cigarras y me bebo un mojito? ¿Tanto estoy pidiendo? —suplica Silvia, que saca sus gafas de sol también.

—Cómo se nota que vas a ser editora, qué manera de redactar, como si fuera una novela —se burla Giorgia—. Lo único de lo que estoy enterada es de la megafiesta de cumpleaños que organiza Fiorella Pedretti —dice sacando el móvil y mostrándonos la foto de la chica anunciando su megafiesta de cumpleaños.

—¿Quién es Fiorella...? —intento recordar el apellido que había dicho Giorgia, pero no lo consigo.

—Es una influencer —contesta Silvia con desgana.

—No perdona, es LA influencer —responde Giorgia—. Básicamente, Elías, vestido que saca, vestido que se agota en las tiendas. Cualquier cosa que suba, sea una canción, unas zapatillas, un bolso, cualquier cosa, se hace oro. Y todo gracias a ella.

—¡Hala! —exclamo sorprendido mientras Silvia mira a su amiga con cara de asco.

—Que tu interés por la moda sea mínimo, lo respeto —dice Giorgia—, pero no podrás negar que sus fiestas son increíbles.

—Eso dicen —contesta ella.

—El caso es que fuimos juntas al colegio y mis padres y los suyos son amigos, blablablá. Y siempre invita a mi familia, y resulta que mi hermano y su novia no van a poder asistir, así que podríamos ir nosotros tres.

—¿Lo dices en serio? —dice Silvia.

—Y tan en serio. Es una fiesta de disfraces, que es lo mejor —añade Giorgia mientras caminamos en dirección al centro—. No me digáis que no sería increíble.

—¿Dónde es la fiesta? —pregunto curioso.

—Esto es lo más fuerte. Ha conseguido permiso para hacerla en el Palazzo Alberini.

Silvia me agarra fuerte del brazo y nos detenemos en medio de la calle.

—Una mierda —contesta ella—, ¡qué me estás contando! Yo las miro sin entender nada.

—¿Qué pasa con ese sitio? —pregunto.

—Es un palacio renacentista muy conocido en Roma, lo hizo Rafael bajo la influencia de Bramante en el siglo XVI y casi nadie lo ha podido visitar. Pero el poder que tiene Fiorella es incalculable —dice Silvia—. Siempre he querido entrar ahí. ¡Hay una novela cuyo final sucede en ese mismo palacio!

—La fiesta estará llena de gente conocida, ya lo sabes —sigue Giorgia—, seguro que hay gente del mundo editorial, de la moda, de la élite italiana… Vamos, que os interesa estar por ahí.

—¿Y los disfraces? —pregunto yo.

—Tú ve pensando en algo por si acaso —dice Silvia.

Llegamos al centro en unos veinte minutos. El calor es insoportable, los turistas llevan en una mano un abanico y en la otra una botella de agua. Necesito que lleguemos cuanto antes, tengo mucha hambre. Giorgia nos dice que ya estamos muy cerca del sitio en el que ha reservado, que en estas fechas, con toda la ciudad desbordada de turistas, hay que ir a sitios que no conozca mucha gente. Y es entonces cuando las calles comienzan a sonarme. Yo ya he pasado por ahí, aunque todos los edificios resulten iguales.

Giorgia gira en una esquina y un tumulto de gente se dirige hacia el lado contrario. Al fondo se divisa el agua de una gran fuente. Es la Fontana di Trevi de nuevo. Nosotros nos desviamos por una calle antes de llegar para volver a girar a la izquierda y así evitar a todos los turistas. Cuando llegamos al final del callejón nos topamos con la terraza de un restaurante. Se llama Il Chianti y unos mantelitos de cuadros rojos visten todas las mesas. Giorgia pasa primera y habla con la camarera, que nos invita a sentarnos en una de las mesas. El sitio es precioso, tiene un gran olivo en el centro y gracias a los toldos no nos da el sol de lleno. Además, una instalación que expulsa vapor de agua nos refresca el cuerpo cada poco tiempo.

—¿Cómo conocías este sitio? —pregunta Silvia—. Me encanta.

—Me lo recomendó uno de los pacientes que atendí la semana pasada en el rotatorio. Dicen que es un pequeño tesoro escondido de Roma y que el vino es exquisito.

—Pues habrá que probarlo, claro, qué remedio —ríe Silvia bajándose un poco las gafas de sol y guiñándome un ojo.

De repente, un mensaje de Romeo me llega a la pantalla de bloqueo. Giorgia piensa que es su móvil.

—¿Romeo? —pregunta mirándome—, ¿con quién hablas por ahí?

Noto que Silvia se queda de piedra.

—Pues…

Silvia bebe agua de la jarra que nos han traído.

—Ya me acuerdo. Estás hablando con la chica de anoche. A la que mandaste un mensaje por el juego, ¿no?

Yo cojo aire y lo suelto lentamente. Por un instante pienso en callarme, pero luego me doy cuenta de que no me da miedo. Estoy seguro de que Giorgia reaccionará tan bien como Silvia, que me apoyará y se alegrará por mí. Debo confiar en las personas y abrirme a ellas. Solo así podré apreciarme tanto como lo hacen el resto.

—Verás, Giorgia. Desde hace tiempo llevo sintiendo algo que no sabía muy bien qué era. Posiblemente por no saber cómo enfrentarme a ello, por miedo al qué dirán, a las reacciones de los demás… Y desde que llegué ayer aquí, lo sé. Me siento tan bien, tan libre, tan contento, que creo que puedo ponerle palabras a lo que me pasa, y es que, simplemente, me gustan los chicos.

Giorgia casi se cae de la silla cuando termino la frase. Abre los ojos tanto que pienso que se le van a salir de las cuencas. Se acerca a mí, me da un abrazo y yo también la abrazo con fuerza.

—Te mereces todo lo bueno, mi niño —me dice—. Normal que sintieras miedo, pero eres muy valiente al expresarlo por fin.

—Mi cabeza era un amasijo de preguntas a las que no podía responder porque nunca he besado a nadie. Ni a un chico ni a una chica, pero sentía que lo que me apetecía de verdad era besarme con un chico. Así que ayer, al volver del Piper… cambié mis gustos en la aplicación y desde entonces estoy hablando con un chico que me resulta bastante simpático.

—¿Y le vas a decir de quedar pronto? —pregunta Giorgia—. Ya sabes que la aplicación solo te da setenta y dos horas de conversación con la persona con la que estás hablando.

Yo me quedo de piedra.

—¿Cómo? —pregunto asustado.

—No tenía ni idea de eso —reconoce Silvia—, aunque claro, cómo lo iba a saber si nunca la he usado.

—Verás, los creadores querían hacer una aplicación cuyo lema fuese que no todo es el físico, y si alguien te resulta guapo, optaban por darle más valor a una buena conversación y ver si realmente podías conectar y tener cosas en común con la persona con la que decidieras hablar. Si pasadas las setenta y dos horas no habíais decidido quedar, la aplicación da por hecho que no tenéis un interés real y automáticamente la persona se elimina de tu pantalla y también toda su conversación y nunca podrás volver a conectar con él.

—Joder —mascullo—, no tenía ni idea. Entonces ¿debería proponerle quedar?

—¿Te gusta hablar con él? —me pregunta Giorgia—. ¿Cómo crees que es?

—Pues… sí. Es divertido. Precisamente me ha recomendado un sitio donde ver el atardecer hoy porque es uno de sus lugares favoritos. Creo que eso no se lo dirá a todo el mundo, ¿no? —pregunto como un pardillo.

—No creo. Bueno no lo sé —dice Silvia—, pero si te lo ha dicho es por algo, y si lleváis hablando un día y ya te ha dicho eso, espera a ver cómo avanza la conversación entre hoy y mañana y si crees que todo va bien, proponle veros.

—Vale. Creo que haré eso —contesto—. ¿Y si me dice que no?

La camarera trae las cartas.

—Si te dice que no, se estará perdiendo a una persona bellísima —me dice Silvia.

—Efectivamente —refuerza Giorgia cogiéndome la mano—. Tú no te preocupes por eso y déjate llevar. Si quedáis, bien, y si no, será por peces en el mar.

Después de ojear la extensísima carta, pedimos una botella de vino blanco y varios entrantes para compartir. Brindamos con el vino y la comida no tarda en llegar. Está todo delicioso. Sobre todo la *Bresaola Tartufata di Chianina con Mele e Grana,* un embutido con queso y trufa que está riquísimo. Terminamos la botella de vino, que nos deja bien contentos, y Giorgia aprovecha para contarnos cómo fue su noche con Valerio con pelos y señales. Es tal el ambiente de confianza que ya no hay más secretos.

Después de comer damos un paseo por el centro de Roma, donde las dos aprovechaban para explicarme muchas de las cosas que nos vamos encontrando a nuestro paso: el Campo di Fiori y su gran variedad de licores de limón. El Templo de Adriano, a la espalda del Panteón, y la plaza Barberini. Conocen cada rincón de la ciudad. Paramos a pedir un helado en una heladería atestada de gente. Silvia me pregunta de qué me gusta y le digo que de vainilla. Poco después sale con tres helados en la mano que, además, no le han cobrado, y nos cuenta el gran infierno que supuso para ella trabajar un verano entero ahí. Sus padres, que vivían en Ferrara, una ciudad pequeña al norte de Italia, tenían unos amigos que eran los dueños de esta heladería y le pidieron el favor. Dice que fueron tres largos meses, pero que le valió mucho la pena por el gran viaje que hizo después con todo el dinero que se sacó.

Miro la hora y les digo que quiero visitar al atardecer el sitio que me ha recomendado Arión. Me preguntan si quiero ir solo y la verdad es que me apetece pasar un rato conmigo mismo. Me dan un abrazo y desaparecen entre las calles repletas de gente.

Son casi las siete de la tarde y aprovecho para escribirle a Arión. «Voy de camino al lugar que me has dicho, si me quedo allí encerrado y no puedo salir será culpa tuya y tendrás que venir a buscarme. Aunque lo bueno será que así sabré como eres». De camino llego al puente Palatino y cruzo el río para acercarme a la entrada de los jardines. Dos grandes verjas abiertas de par en par preceden a la empinada cuesta que debo subir para llegar a mi destino. O eso dice el mapa de mi móvil, al menos. Cojo aire mientras los rayos del sol, que ya comenzaban a descender, se cuelan entre los grandes arboles por los que voy pasando. Muchas personas me acompañan en el ascenso. Recuerdo las palabras de Arión: verás que hay mucha gente, pero lo mejor y lo más bonito es cuando se esconde el sol y todo el mundo se marcha. En ese momento, como si lo hubiese invocado, me llega un mensaje suyo. «Al final me has hecho caso, verás cómo te dejará sin palabras. Yo me estoy preparando para la cena de cumpleaños que te digo, así que en el caso de que te quedes encerrado, no sé si podré ir a rescatarte. Aun así, seguro que es gracioso ver cómo sales de allí. Disfruta del momento y luego escríbeme para saber qué te ha parecido. Un abrazo, A.». Me sale una sonrisa estúpida mientras leo su mensaje, me parece un detalle bonito eso de regalarme un lugar especial en el que disfrutar de una puesta de sol. No sé cómo será físicamente, pero me gusta hablar con él y me hace sentir bien.

Enzo

El atardecer roza la casa de mis padres y los recuerdos de todo lo que viví aquí llegan junto con él. Lo mejor de venir a ver a mis padres es que también puedo abrazar y jugar con mi hermano pequeño, Luca, al que adoro. Hoy, sin embargo, no creo que pueda quedarme mucho rato porque tengo cita con el doctor Pellegrini, uno de los mejores cardiólogos de Italia, y que tiene su clínica privada en Roma. Cuando ocurrió lo de mi corazón mi padre consultó a todo el mundo y finalmente fuimos a la clínica del doctor Pellegrini por recomendación de la Federación Italiana de Natación. Desde entonces, una vez al mes me realizan un chequeo, un TAC y un análisis en profundidad para ver cómo va mi corazón. De todas esas pruebas la que más temo siempre es la del porcentaje de FEVI, que viene a decir cuánto corazón me queda operativo. Normalmente, un corazón mantiene una FEVI muy alta durante gran parte de la vida; a partir de los sesenta comienza a descender, puede llegar a estar por debajo del setenta y cinco por ciento, y cuando se supera la barrera de los noventa años cae hasta casi un cincuenta y cinco por ciento. Mi corazón después del accidente se redujo al cuarenta y cinco por ciento de FEVI, bajísimo para mi edad, y según los chequeos que me vienen haciendo desde entonces, ha ido bajando paulatina y peligrosamente. Me da mucho miedo esta prueba, es como una cuenta atrás, por eso le he pedido a mi madre que me acompañe y a Luca que se quede en casa. ¿Qué pasará si mi corazón llega a un porcentaje muy bajo y todavía no hay donante? La respuesta es sencilla pero no fácil de asumir.

—Hola, pequeño —saludo cogiendo a mi hermano en brazos.

—*Mio fratello!* —exclama él.

Junto con Luca llegan mis perros, una galga que recogió mi padre en una gasolinera cuando yo tenía quince años y un cachorro revoltoso de cocker color canela.

—Hola, Mía, preciosa —le digo a la galga mientras la acaricio detrás de las orejas.

Tranquila y mansa, Mía me acompañó durante toda mi adolescencia en casa y fue un apoyo inmenso cuando mi padre me exigía más para destacar en el deporte de alta competición.

—¡Y aquí estás tú! —le digo al cachorro—. ¿Le habéis puesto ya nombre? —le pregunto a Luca.

—Sí. Se llama Nani. Lo he elegido yo.

El cachorro que mis padres adoptaron porque los vecinos de al lado habían tenido una camada fue el regalo de navidad de mi hermano.

—Es muy bonito, Luca —le sonrío—. ¿Cómo has crecido tanto? —digo poniéndome a su lado.

—¡Sí! —exclama—, y cada vez nado más rápido, ¿sabes?

La forma en que mi hermano me mira es un regalo y a la vez un peso más para mis hombros. Siempre me ha animado como nadie desde las gradas, cuando he competido, y desde muy pequeño siguió mis pasos y demostró un interés inaudito por nadar e imitarme. Yo le enseñé a nadar en la piscina que tenemos en el jardín. Primero con manguitos, después junto a mi espalda para que aprendiera a mover las piernas dentro del agua, y seguidamente él y yo a la vez. Al final, mi padre decía que era un Magnini. Y que eso, se llevaba en la sangre y también en el corazón.

Hablando del rey de Roma, mi padre aparece por el pasillo.

—Hola, papá —digo dándole un abrazo.

—Hola, campeón. ¿Cómo estás? —me pregunta a la vez que me da un par de palmadas en el hombro.

—Un poco nervioso, ya sabes.

—¿Nervioso? Eso no es nada, ya verás, hombre. Tienes el campeonato en la palma de la mano. Precisamente hace un rato he llamado a tu entrenador para ultimar los detalles de la próxima rueda de prensa. No te preocupes, no lo he llamado para darle la brasa, como decís los jóvenes, ni para sonsacarle información sobre ti... Yo ya sé que eres el mejor de tu equipo, no me hace falta que te elija la selección italiana para el mundial para confirmármelo. Pero en fin, que me ando por las ramas...

Mi padre sigue hablando mientras yo asiento y pierdo el hilo de la conversación. Así es él. Tengo una cita importante en el médico y sin embargo el tema del que hablar es otro, la competición, los programas y tertulias sobre nuestros rivales extranjeros y las posibilidades de que Italia se lleve este año el oro, los últimos datos de audiencia y el contrato millonario en publicidad para el equipo... En fin. Menos mal que aparece mi madre y lo hace callar con un gesto cariñoso aunque certero.

—Aquí está mi niño —dice mientras me come a besos—, cómo te he echado de menos.

—Pero si vine hace una semana, mamá —protesto.

—Algún día lo entenderás...

—Bueno, ¿nos vamos? —pregunto—. ¿Tú vienes, papá?

Mi padre se mira el reloj de la muñeca y levanta las cejas.

—Verás, tengo una reunión en diez minutos con varios inversores importantes. Ya se lo he dicho a tu madre. Seguro que va todo bien, así que no hace falta que os acompañe. Me quedo en casa con el pequeñajo, ¿vale? —dice mientras coge a Luca y le empieza a hacer cosquillas.

Yo no puedo evitar dejar caer los hombros, decepcionado.

—Vale —acepto.

Mi madre se da cuenta y me acaricia un brazo.

—Vamos, hijo.

Al llegar al aparcamiento de la clínica mi madre murmura una maldición.

—No me lo puedo creer.

Levanto la vista y descubro a varios fotógrafos en las inmediaciones del hospital. Suspiro. Mi madre es incluso más reacia al mundo del famoseo que yo, así que no soporta cuando nos persiguen fotógrafos y reporteros para sacar fotos y preguntarme tonterías sobre mi vida privada o, lo que es peor, datos personales sobre mi salud.

—No te sulfures, mamá, déjame a mí —le digo.

Nada más salir del coche me acerco a los fotógrafos y les pido por favor que dejen a mi madre a un lado y que nunca he hecho declaraciones sobre mi estado de salud ni voy a empezar a hacerlo. Con eso es suficiente. Nos hacen fotos entrando, claro, pero al menos no nos molestarán al salir.

El doctor Mario Pellegrini ya está esperándonos en el área de cardiología. Es muy buen amigo de mi padre. Saluda a mi madre con cariño y le pregunta dónde está Lorenzo. Hace un guiño cuando mi madre le explica que tenía una reunión del trabajo.

—Está bien. Empecemos, pues. Adelante, pasad.

Pasamos a la consulta y seguimos el procedimiento habitual. Mi madre esperará ahí y a mí me trasladarán a otra parte de la clínica donde me realizarán un ecocardiograma. Los médicos verán en directo desde la consulta los resultados de la prueba. Salgo caminando con el doctor Pellegrini, que me da un camisón. Dejo mi ropa sobre un banco y me tumbo en la camilla que me espera en mitad del largo pasillo. La clínica es completamente nueva y todo es muy moderno.

—Bueno, querido, te veo en un rato —me dice el doctor después de acompañarme junto con un enfermero a la sala de máquinas—. Estate tranquilo y no te muevas.

—Gracias, doctor —respondo nervioso.

El enfermero me coloca el aparato de constantes en el dedo índice y en el monitor aparece al instante el pitido que marca mis pulsaciones. Justo después me abre el camisón por la zona del pecho y comienza a colocar los parches alrededor del torso. Conforme los coloca mis pulsaciones se aceleran.

—No te preocupes, Enzo —me dice.

Yo me sorprendo.

—¿Me conoces?

—Eres mi favorito para el mundial —responde con una sonrisa—, ya he apostado por ti en el grupo de mis colegas.

Lo miro en silencio y le sonrío.

—Muchísimas gracias.

—¿Cómo va todo por ahí? —se oye al doctor Pellegrini a través de un altavoz.

—Todo listo. Cuando queráis.

Antes de irse el chaval apoya su mano en mi hombro y asiente con la cabeza, dándome a entender que todo va a salir bien. Las luces se apagan y solamente queda el fulgor del monitor. Ahora tengo que quedarme muy quieto y respirar de una forma normal y profunda. Durante cinco minutos el ecocardiograma hará lecturas totales de mi corazón, un dispositivo saldrá de la máquina que tengo a mi lado y se depositará justo en la zona del pecho izquierdo, y desde la otra sala podrán ver imágenes de cómo late y bombea la sangre mi corazón.

Cojo aire y siento que estoy preparado. Cierro los ojos y lo único que pienso es en que la herida de mi corazón no se haya hecho más grande, que poco a poco comience a cicatrizar y el número que me mantiene con vida no baje. La máquina empieza a medir y el dispositivo baja. Llega hasta mi pecho e intento no pestañear. Desde la sala, puedo oír el bombeo de mi corazón. Pum. Pum. Pum. Pum. Cada latido me lleva a un recuerdo. El nacimiento de mi hermano. El primer premio que gané en una competición. La primera caída en bici. El último abrazo que le di a mi abuelo. El primer día de universidad. Mi primer beso. Y entonces llego a un recuerdo inesperado. Un recuerdo reciente. Muy reciente. Es Elías, mirándome muy cerca, casi tocándome con su nariz, los dos cubiertos de gotas de agua de la piscina después de un torpe pero divertido tropezón en el bordillo. Y sonrío. Por su manera de nadar, por su manera de mirar y por su nerviosismo al verme frente a él. Su mirada analizando mi cuerpo y su sonrisa al no saber cómo salir de ahí. ¿Por qué no le pedí su número para volver a vernos? ¿Por qué no lo acompañé hasta su casa? Es nuevo en la ciudad, para él todo es extraño y desconocido, y yo me porté como un tonto solo por… ¿Por qué? ¿Por miedo a sentir algo que también es nuevo y desconocido para mí?

Las luces se encienden y miro de inmediato al doctor Pellegrini. En la sala, los demás médicos y el personal sanitario no me miran, bajan la cabeza y se quedan en silencio. El doctor sale y se acerca cabizbajo a la camilla. Apoya sus manos y mira al frente.

—Doctor…

Él suspira y entonces me mira.

—Son malas noticias, Enzo.

Cierro los ojos muy fuerte. Deseo no estar aquí, necesito estar con mi moto a toda velocidad, lo más lejos posible. Quiero irme a ver el atardecer a la montaña, sin nadie, poder escuchar el silencio y sentir que mi corazón no se apaga, sino que bombea con más fuerza. Cojo aire y abro los ojos de nuevo. Necesito saberlo. Necesito conocer la cifra.

—Cuánto, doctor —pregunto casi con lágrimas en los ojos.

Él me mira y casi siento su dolor antes de decírmelo.

—Treinta y dos por ciento, Enzo. Hemos perdido un trece por ciento más de tu corazón. Tienes que dejar de entrenar urgentemente, o de lo contrario, para cuando encontremos un donante de corazón ya no estarás aquí. —Lloro y aprieto el puño con fuerza, pienso en que no es justo, no es nada justo—.

Siento ser así de duro, pero no tengo otra opción. Lo siento, de verdad. Ya he hablado con tu madre. Ojalá fuera un error o hubiera algo más que hacer, pero…

El doctor Pellegrini llama a dos compañeros y me trasladan a un box, donde mi madre me recogerá antes de volver al coche y a casa. Las palabras del doctor resbalan sobre mí. Ya no las oigo, pese a salir de su boca. Los pensamientos se mezclan y enturbian. Mi madre, mi padre, Luca, Alessio, Massimiliano, Chiara, Elías… Apenas hablo con mi madre en lo que dura el trayecto de vuelta a casa. No lloro. No reacciono. Mi madre suelta una lágrima cuando me ve, pero luego se recompone y aguanta fría y dura como yo hasta la puerta de casa. Ahí llega lo más difícil, me digo, cuando mi padre y Luca salen a recibirnos y sus caras cambian al ver las nuestras.

—¿Qué ha pasado?

Yo no respondo. Esquivo a mi padre y me meto dentro con Luca, al salón, donde lo abrazo. Supongo que mi madre es quien le cuenta la realidad a mi padre antes de entrar en casa.

—¡De eso nada! —ruge mi padre tras dar un portazo—. No puede ser. Será un error.

—El doctor Pellegrini es el mejor cardiólogo de Italia, Lorenzo, lo sabes tan bien como yo —dice mi madre, dura como la roca.

—Pues habrá cometido su primer error. Mi hijo es un atleta y un ganador nato, ¡qué tontería es esa de que tiene que dejar de entrenar y rebajar sus expectativas! ¡Que su corazón se puede parar en cualquier momento, dice! ¡Sabrá ese doctorchuzo lo que mi hijo tiene o no tiene que hacer!

—¡Lorenzo! —exclama mi madre.

—¡Papá! —grito yo.

Mi padre se da cuenta entonces de que Luca está llorando, aterrado por lo que acaba de oír. Las lágrimas están al borde de mis ojos. Los de mi madre también brillan. Mi padre nos mira estupefactos, abrumado, sin saber cómo reaccionar. A través de la ventana veo que el sol está cayendo ya. ¿Dónde me gustaría estar en un momento como este?, me pregunto. Necesito sentir la velocidad. Huir. Dejar de pensar. Le pido a mi madre que se quede con Luca y me dirijo hacia la puerta.

—Hijo… —susurra ella.

—¡Enzo! —me llama mi padre—. No puedes dejar de competir, no ahora, después de todo lo que…

Pero no acaba la frase. Me giro hacia él y lo miro muy serio.

—Es mi corazón el que puede pararse en cualquier momento, papá, entérate de una vez.

Doy un portazo y me voy.

Sí, necesito ver el atardecer en algún lugar especial. Eso es lo único que quiero hacer en un momento como este.

Elías ✦

Son casi las nueve de la noche. Me he sentado en la repisa que hay en el lateral del mirador a admirar las vistas. Reconozco de inmediato muchas zonas de Roma. Cientos de turistas se agolpan para hacer la mejor fotografía del sol escondiéndose tras la basílica de San Pedro. Mientras, yo miro a mi alrededor, intentando localizar la puerta que Arión me ha descrito para, llegado el momento, esconderme tras ella. Cuando el sol casi ha desaparecido creo que ha llegado el momento de acercarme a la gran enredadera a la izquierda de los jardines. La gente se hace los últimos selfis, las parejas se besan y el hombre que toca el acordeón hace sonar los últimos acordes.

Me bajo de la repisa y me pego a la enredadera. Alargo el brazo y busco el hueco de la puerta. Pero solo toco pared y más pared. Sigo avanzando con el brazo en alto, intentando que la gente no me mire, y en ese momento casi me caigo hacia adelante. He encontrado un hueco en mitad de la pared. La enredadera la esconde de la vista. Es el momento. El guardia está pidiendo a todo el mundo que salga, es la hora de cerrar. Me agacho casi hasta tocar el suelo con la cara y me meto dentro. El guardia hace sonar su silbato y dice algo en italiano. Los visitantes abandonan el mirador, pero él permanece sobre los escalones por si alguien se ha quedado rezagado. Cuando todo el mundo abandona los jardines el silencio es completo. El guardia se da también la vuelta, rumbo a la salida. En ese momento suena mi teléfono. Es mi madre. No puedo creerlo. Cuelgo de inmediato. Pero ya es tarde porque se ha girado al escuchar un sonido.

—*Ciao?* —exclama desde mitad del pasillo—. *C'è qualcuno lí?*

Entonces se dirige a la enredadera, cada vez está más cerca. Contengo la respiración. Ya está casi llegando a donde yo me encuentro y si se asoma, me descubrirá. Cierro los ojos porque sé que me va a ver, y cuando creo que me va a echar a patadas de allí por culpa de Arión, un compañero suyo hace sonar el claxon de la furgoneta que conduce desde la puerta.

—*Pietro, dai! Ritorniamo a casa o che cosa fai?* —exclama a lo lejos.

El guardia echa un último vistazo, creo que duda de si lo que ha oído era un teléfono o algún pájaro. Se da media vuelta y sigue su camino hasta cerrar las grandes puertas con un candado y una cadena. Cuando se monta en la furgoneta y las luces desaparecen, suspiro y apoyo la cabeza contra la puerta. El corazón me va a mil.

Salgo de mi escondite y me acerco al mirador. Subo los tres escalones y me quedo sin palabras. Un conjunto de colores lilas, rosas, azules y magentas inunda el cielo de Roma. Nunca había visto nada parecido. La ciudad ya ha encendido todas las farolas y la basílica de San Pedro está completamente iluminada. Me siento en el bordillo y me quedo en silencio, observando la belleza del paisaje. Arión tenía razón. Me iba a dejar sin palabras. Saco mi móvil y hago un vídeo que no tiene ni punto de comparación con la realidad, pero que en un futuro sé que me ayudará a recordar las emociones que ahora me invaden. De repente me doy cuenta de lo que siento: felicidad. Estoy feliz de poder vivir por fin la vida que yo quiero vivir. Sin miedo al qué dirán, sintiendo lo que realmente siento y dejándome llevar como ahora, para descubrir lugares preciosos. Una vez, Sari me dijo que la vida nos manda señales continuamente, pero que solo nosotros podemos verlas e interpretarlas. Creo que mi principal señal era lo que más necesitaba saber para sentirme libre. Era por quién sentía amor. Y lo más bonito era que Roma tenía la respuesta si se lee al revés.

Me quedo durante un largo rato en silencio, observando cómo poco a poco la oscuridad llega a la ciudad y la luna aparece sobre el cielo. Creo que es el momento de salir. Pero ahora llega la parte más interesante. Cómo narices voy a conseguir salir de este sitio. Me acerco hasta la salida y me planto ante la gran puerta de casi tres metros de duro hierro y cerrada. Miro a mi alrededor y lo único que hay es un muro imposible de subir. Camino a lo largo de la pared y nada. Ni un hueco, ni una doble puerta, nada. Me acerco de nuevo a la valla e intento forzar el candado, pero es imposible. Suspiro agobiado. Son casi las once de la noche y me queda un diez por ciento de batería. Decido abrir la aplicación y le pongo un mensaje a Arión. «Hola, ¿se puede saber cómo salgo de aquí? ¡No hay más salidas! Me queda poca batería, así que por favor… dime cómo salir». El mensaje se envía y bloqueo el teléfono mientras miro por el lado contrario. Pero solo hay un camino de papeleras y una gran arboleda oscura por la que se llega al final del mirador. Me empiezo a agobiar bastante, no veo ninguna posibilidad de salir de aquí que no implique llamar a la policía. Miro la aplicación y Arión no responde. Decido volver a escribirle. «Por favor te lo suplico. Es que por qué te hago caso, si no te conozco de nada. Seguro que no hay ninguna manera de salir y me has tomado el pelo… joder. Estoy agobiado». Envío el mensaje y me fijo en el porcentaje de batería. Un ocho por ciento. De puta madre, pienso. Le pego una patada a la tierra del suelo y miro hacia arriba. Las estrellas se ven muy claras en esta parte alta y alejada del centro de la ciudad.

Me acerco de nuevo a la gran puerta y en ese momento me vibra el móvil. Lo saco deprisa y es un mensaje de Arión. «¡Me hiciste caso! Qué ilusión. Espero que te haya gustado… aunque todavía no me hayas dado las gracias. Acerca de tu pregunta, sí hay una manera de salir. No es sencilla, pero las mejores cosas de la vida no lo son. Te daré una pista: coge carrerilla y santíguate antes de saltar. Espero que consigas salir». No podía creerlo. Acertijos estando encerrado. Ahora mismo estaba tan rabioso que si tuviera delante al tal Arión le pegaría cien puñetazos. Coge carrerilla y santíguate antes de saltar. Pero ¿qué es eso? Estaba hablando en voz alta, si alguien me viese desde fuera me tomaría por un completo loco. Miro a mi alrededor intentando encontrarle el sentido a su frase, pero no lo entiendo. Santiguarme. En ese momento me llevo un susto de muerte. Unas campanas suenan a mi derecha. Pum. Pum. Pum. Así hasta once veces. Me acerco en esa dirección y, efectivamente, detrás de los grandes árboles encuentro la pared lateral de una iglesia. Antes de coger carrerilla, santíguate, me repito. Es por aquí, seguro. Busco alguna manera de escalar el muro hasta la pared superior de la iglesia, pero no hay forma de llegar hasta ahí arriba. Entonces miro a la parte izquierda del muro, me acerco rápido y encuentro un hueco en un par de ladrillos. Si cogiera impulso, podría apoyar un pie ahí y agarrarme a la ventana de la iglesia. De ahí a la parte alta del muro no hay mucha distancia y podría salir de una vez por todas de aquí. Doy media vuelta para coger impulso y justo antes de salir hago caso a Arión y me santiguo. Si me caigo de ahí arriba me haré bastante daño. Cojo aire. Una. Dos. Y tres. Corro todo lo deprisa que puedo y conforme me acerco al muro, visualizo el hueco donde introducir el pie derecho para coger impulso y agarrarme al barrote de la ventana que da a la iglesia. Llego hasta el muro a toda velocidad, pero al introducir el pie resbalo con la tierra y la pierna me falla. Me rasgo la rodilla con una esquina del ladrillo y empiezo a sangrar.

—¡Joder! —grito.

Me apoyo en el banco que hay un poco más atrás y me miro la herida. No es profunda, pero debo curarla cuanto antes si no quiero que se infecte. Estudio de nuevo el santo muro, nunca mejor dicho, y cojo carrerilla una vez más. Tengo que salir de aquí. Echo a correr a toda velocidad; la herida me escuece, pero intento no pensar en ello. Esta vez apoyo el pie con fuerza, me impulso hacia arriba y consigo agarrar las barras de la pequeña ventana que da a la iglesia. Me quedo suspendido en el aire con las piernas colgando, me balanceo para apoyarme en la parte alta del muro y lo consigo. Poco a poco voy soltándome de la ventana y apoyo todo mi cuerpo en la parte alta del muro. Suspiro y veo cómo la herida sigue sangrando. Joder. Y ahora cómo bajo de aquí. Me fijo en cuánta distancia hay de ahí arriba hasta la puerta y avanzo con mucho cuidado de no caerme desde esa altura tan considerable. Intento no mirar hacia abajo para no asustarme, pero es inevitable. Avanzo muy despacio, pero con ganas de llegar cuanto antes a la gran puerta. Desde ahí podré descender. Pasados unos minutos llego hasta el límite del muro y por fin veo la manera de salir. Agarrándome a la parte de arriba de la gran puerta consigo descender poco a poco y poner un pie sobre el suelo y después el otro. La herida ya ha parado de sangrar. Suspiro al estar al otro lado de la gran valla, y miro para recordar el camino por el que he llegado.

En el móvil me queda el cinco por ciento de batería. Busco la manera más rápida de llegar a casa. Bajando y cruzando la gran avenida podría coger un autobús que me llevará hasta la plaza de mi casa. De camino me río ante la situación que he vivido, aunque tengo claro que nunca olvidaré este lugar ni, por supuesto, ese anochecer tan especial.

El autobús llega pasados quince minutos. Entro y me miro la rodilla, que está roja pero ya no me duele demasiado. Me dejo caer en uno de los asientos y respiro tranquilo sabiendo que hoy dormiré en mi cama. «Que sepas que casi me quedo sin la pierna derecha por tu maravillosa idea. El lugar precioso, eso sí. Y el anochecer me ha dejado sin palabras. Pero no sabes la que he liado para salir. ¡Me he hecho sangre! Estarás contento. ¿Qué tal tu fiesta de cumpleaños? Yo estoy volviendo ahora a casa… vaya cuadro». Lo envío y el móvil se apaga. Me apoyo en la ventana y observo a la gente que sale de fiesta. Es viernes y aún quedan los últimos turistas del verano. El autobús llega a la parada de la plaza Bolonia. Casi me quedo dormido con la cabeza apoyada en el cristal. Bajo de inmediato y subo cansado a casa. Al abrir la puerta encuentro a Silvia y Giorgia lavándose los dientes en el baño.

—¡Ya pensábamos que te había secuestrado el tal Aaron ese! —exclama Giorgia en cuanto cierro la puerta de casa.

—¿Qué tal el atardecer? —pregunta Silvia asomándose también por la puerta del aseo con la cara llena de crema. Cierro la puerta de casa y al girarme, Silvia se asusta al verme la herida y la sangre por toda la pierna.

—Pero ¿qué te ha pasado, por Dios? —exclama asustada. Su tono de voz hace que Giorgia se asome de inmediato.

—¡Elías! —grita.

—Pues qué va a pasar, que no podía salir del jardín ese y he tenido que saltar un muro.

—Madre mía —sigue Silvia, enjuagándose la boca—, que una cosa es que quieras liarte con un tío y otra que te vayas a matar por él.

—Qué vergüenza, por favor. Miradme.

—Ven, anda, ven —dice Giorgia cogiéndome la mano—, siéntate ahí, anda.

Abre el armario del baño y saca el botiquín, coge un par de gasas, el yodo y agua oxigenada. Silvia me mira sin dar crédito.

—Si no llegas a estar tú —digo entonces—, me voy a dormir con esto así.

—Perdona, guapo, pero yo me hice un curso de primeros auxilios que, aunque no valiese para nada, algo sé hacer. Y me he visto dos temporadas ya de Anatomía de Grey —se defiende Silvia.

—Me dejas mucho más tranquilo —bromeo.

—Esto te va a escocer un poco —me avisa Giorgia. Silvia me ofrece su mano y cuando la gasa cubierta de agua oxigenada roza la herida siento como si me ardiese el cuerpo.

—Habértelo pensado antes, Indiana Jones —se ríe Silvia—. Qué barbaridad.

—¡Tú habrías hecho lo mismo! —exclamo. Giorgia me cura la herida poco a poco con el líquido granate. Va con mucho cuidado de no hacerme daño. Le sonrío cuando levanta la cabeza para mirarme.

—Por cierto —dice entonces—, mañana te tendrás que buscar un disfraz.

No entiendo muy bien a qué se refiere.

—¿Un disfraz? —pregunto—, ¿para qué tengo que buscar un disfraz?

Ella sonríe mientras tira a la basura la gasa, coge otra y la moja en agua oxigenada.

—Mi hermano y su novia me han pasado sus invitaciones para la fiesta de cumpleaños de Fiorella, así que vamos los tres juntos.

Entonces recuerdo la conversación de ese mediodía.

—¡En serio! —exclamo—. ¡Ah! —Giorgia me ha pasado de nuevo otra gasa por la herida—. ¿De qué te vas a disfrazar tú?

—Quiero ir de Alicia en el País de las Maravillas, es una historia que siempre me ha fascinado.

—Mañana si quieres vamos a mirar algo en la tienda de disfraces que hay cerca de la universidad.

—Qué bueno. Pues sí, mañana miramos algo juntos.

—Esto ya está —anuncia tirando la otra gasa—. Ten cuidado de no rozarte. Yo me voy ya a dormir, que estoy muy cansada, y lo que me faltaba hoy era el momento quirófano. Anda que...

Giorgia me da un abrazo antes de salir del baño.

—Gracias por todo, Giorgi —le digo. Me gusta llamarla así.

Ella me sonríe y se va a su habitación. Yo cojo mi cepillo y me lavo los dientes. Silvia me da un abrazo y se va a dormir también. Antes de meterme en la cama pienso en el disfraz que podría llevar mañana. Siempre me han gustado las fiestas de disfraces porque, de alguna manera, siempre pensaba que podía camuflarme y así no tener miedo de que alguien se pudiera reír de mí. Me tumbo en la cama y pongo el móvil a cargar. Luego dejo salir el aire de los pulmones. Estoy agotado después de todo el día fuera de casa. Me duele muchísimo la espalda y también los pies.

El teléfono se enciende y miro quién ha visto mi historia del atardecer en el mirador. Sari. Mi madre. Silvia. Giorgia. Daniela. Gente de Toledo. Mis primos. Entonces me detengo. Me incorporo en la cama, no puedo creerlo. Parpadeo unas cuantas veces para ver si es real, pero ahí está. Su nombre al lado del check azul de cuenta verificada. Enzo Magnini ha visto mi historia. No puede ser. No puedo creerlo. Me ha stalkeado, me digo a mí mismo. Se ha metido a cotillear, ahí estaba la prueba, su nombre, delante de mí. Me meto en su perfil. No puede ser cierto. Es él. Me habría puesto a dar saltos por la habitación de la emoción, pero no quiero despertar a los demás. Estoy atónito. Él solo ha publicado una foto en el ascensor de esta mañana. Miro en sus fotos etiquetadas y me fijo en las últimas que tenía. Había algunos dibujos de varias fans, montajes con fotos suyas de hace más tiempo, pero había varias publicaciones que repetían la misma foto desde distintos ángulos. Salía él en primer plano, con su camiseta blanca, junto a una mujer. El pie de la foto era: «El famoso nadador Enzo Magnini, fotografiado hoy a las puertas de la clínica donde se someterá al chequeo por su problema de corazón. Ha estado acompañado por su madre en todo momento. Pasadas las nueve y media de la noche, abandonaban la clínica con el rostro serio». Quizá por eso hoy había reaccionado así de nervioso conmigo, porque tenía la revisión de cardiología. Busco en varios artículos donde decían que se habían filtrado datos médicos de Enzo y se desvelaba el porcentaje de corazón que tenía funcional. Un cuarenta y cinco por ciento. Menos de la mitad.

Enzo

—Y así es como Alicia despierta del sueño y le cuenta la historia a su hermana.

Luca se ha quedado dormido mientras le leía *Alicia en el País de las Maravillas*. He vuelto a casa después de ver el atardecer en una de las cimas de Roma. Al volver, mi padre me pidió disculpas por su comportamiento, pero no quise casi ni escucharle. Le dije que me subía a descansar. Bajo con cuidado las escaleras de casa, abro la puerta acristalada del salón que comunica con el jardín. Me acerco a la piscina y me siento en el bordillo, estoy tan a gusto cerca del agua… No deja de ser mi elemento, el lugar donde más ágil y fuerte me siento. Pienso en las palabras del doctor Pellegrini. Echo un vistazo en el móvil. Tengo muchos mensajes de mis compañeros de equipo preguntándome cómo ha ido todo, pero no quiero contestar a eso ahora. Lo que hago es abrir Instagram. Intuyo que las notificaciones de fotos etiquetadas recientemente son las que me hicieron los fotógrafos entrando a la clínica, pero en vez de verlas y cabrearme, me voy a la opción de buscar e introduzco su nombre. No tardo en encontrarlo y entro en su perfil. Miro su historia y veo que ha subido un vídeo viendo el atardecer en ese lugar tan bonito, el reflejo de la pantalla ilumina mi cara y también la sonrisa que me produce verlo ahí. Miro sus últimas fotografías y me río al ver una en la que aparece en un campo nevado haciendo la figura de un ángel.

Camino como un idiota por el jardín mientras los farolillos repartidos por el césped me guían hasta la entrada. Abro la puerta corredera del salón y veo a Mía, la galga que recogimos un día en la gasolinera en la que algún cabrón la había dejado abandonada. Estaba temblando y muy asustada, tenía varias heridas en el lomo y los ojos llenos de costras. La trajimos a casa y la curamos entre mis padres y yo. Cuando Luca nació, Mía se acercó a él con cuidado y le lamió sus pequeñas manos. En ese momento se convirtió en su mayor protectora. Era pasión lo que sentía por él. Cierro la puerta que da al jardín y la perra me mira pensando en qué hago aquí, ya que no suelo quedarme a dormir. Cuando la recogimos dormía siempre conmigo, la tapaba con mi edredón y la abrazaba por el costado. Después, cuando me fui de casa, me dijeron que lloraba por las noches. Me acerco y le doy un par de besos. Cojo una botella de agua para subírmela y ella no me quita la vista de encima. Le doy las buenas noches y mientras subo por las escaleras observo los cuadros que hay en la pared. En una de las fotos salgo yo el primer día de colegio, en Roma. Sonrío inocente. Al lado de esa hay otra de cuando fuimos a Disneyland con mis padres cuando cumplí diez años. A su lado, mi padre ha enmarcado varios recortes de periódico. Uno de ellos titulaba: «Enzo Magnini, la gran promesa de Italia». El de más abajo era una fotografía mía justo antes de ganar uno de los campeonatos nacionales cuando tenía diecinueve años, y en él titulaban: «El joven Enzo Magnini se hace con el oro en su carrera imparable». Al lado de ese marco había otro mucho más pequeño con una fotografía en el hospital, con Luca recién nacido entre mis brazos. Los ojos se me humedecieron al ver aquello; cada uno de esos cuadros era un momento muy especial de mi vida, y no quería que se acabase. Me senté en uno de los escalones en silencio y me eché a llorar. Todos piensan que soy fuerte y aguanto todo, pero en el fondo estoy roto por dentro y mi corazón está a punto de pararse. Miro de reojo aquellos marcos que mis padres colgaron y pienso que no quiero que se queden vacíos, quiero que sigan acumulando recuerdos conmigo, celebrar más campeonatos y compartir la felicidad junto a ellos. No quiero irme. No todavía. Treinta y dos por ciento. Eso es lo que queda de mi corazón útil, mucho menos de lo que debería tener, pero al menos me mantiene con vida. Tengo que luchar para que no baje más, seguiré entrenando, pero a un ritmo más bajo, y de alguna manera, aunque nadie pueda entenderlo, tengo que empezar a despedirme. Por si acaso el treinta y dos llegase a cero. Necesito hacer las cosas que siempre he querido hacer y que si, llegado el momento, tengo que marcharme, que al menos lo haga después de haber vivido los últimos días como si fueran los mejores. Ese es mi plan, una despedida en forma de un bonito recuerdo en cada uno de los lugares y para cada una de las personas que me rodean.

La luz entra por la ventana. El reloj de mi mesita marca casi las diez de la mañana. Llevo un buen rato despierto. Tengo varios mensajes en el grupo de mis colegas. La mayoría proponen ir esta noche a la fiesta de Fiorella. Dios, no recordaba que fuese tan pronto. Hasta ayer mismo no me apetecía demasiado, pero ahora pienso diferente. Aprovechar todos los momentos que pueda con mis amigos, divertirme rodeado de mis seres queridos. Eso es lo que quiero recordar cuando… Bueno, pase lo que pase.

Mis amigos dicen que Fiorella ha tenido la brillante idea de elegir el disfraz de Cruella de Vil, y que no tiene a sus pequeños dálmatas. Pietro nos pide que vayamos todos de dálmatas, parece que a su chica le hace especial ilusión. De dálmata, leo una y otra vez, y me río mientras nos imagino a todos iguales.

Lo primero que he pensado es que es ridículo, pero en el fondo sé que nos lo pasaremos bien. Contesto que por mí perfecto el plan de ir de dálmatas y que en la consulta de ayer fue todo bien. Les miento porque si un día la cosa empeora más aún de lo que ya ha empeorado, serán los primeros en saberlo. Pero no quiero preocuparlos antes de tiempo, sino evitar a toda costa actitudes lastimeras conmigo. Todavía hay esperanza y me quedan muchas cosas que vivir junto a ellos.

Me levanto de la cama y bajo las escaleras. Mía me acompaña en todo momento. Cuando llega a la cocina ella se estira y se despereza. Mis padres están desayunando junto a Luca, que está mirando sus dibujos favoritos en la tablet.

—¿Qué tal has dormido, cielo? —me pregunta mi madre—. Mía ha dormido contigo, ¿verdad? —añade nada más verla.

—Sí, hemos dormido juntos. Bien, hacía mucho tiempo que no descansaba así. No recordaba lo bien que duermo siempre en esta cama.

—¡Anoche no me terminaste de leer el cuento! —protesta Luca.

Me acerco a él y le alboroto el pelo.

—Sí te lo leí, perdona, pero te quedaste frito antes de terminarlo.

Él frunce el ceño y vuelve a concentrarse en sus dibujos. Mi madre me sirve zumo de naranja recién exprimido y pone dos tostadas a calentar.

—¿Qué vas a hacer hoy? —me pregunta mi padre.

—Esta noche es la fiesta de cumpleaños de la novia de Pietro, lo celebra en el Palazzo Alberini y tenemos que ir disfrazados de dálmatas.

Mi madre suelta una carcajada y mi padre niega con la cabeza a la vez que se termina sus tostadas

—Por cierto —añado mirando a Luca—, quiero seguir nadando. Al menos lo poco que me permitan. —Mi madre abre los ojos sin entender nada—. He hablado con Massimiliano esta mañana. Estaba preocupado, vio las fotos en la prensa y me preguntó cómo había ido. He sido sincero y le he dicho que no podía seguir con este ritmo de entrenamientos, que había que bajar de marchas. Hemos pensado en cómo adaptar mis entrenos. Nadaré solamente dos días por semana y no superaré los veinte largos. Después de la noticia no me seleccionarán para los mundiales, pero lo único que os pido —añado mirándolos a los dos, pero en especial a mi madre—, es que no me quitéis la natación. Es lo que le da sentido a todo.

—Veo bien lo de bajar a dos entrenamientos por semana —dice mi padre—. ¡Eres un campeón! ¡Ese es mi hijo!

—Enzo... yo... ya oíste al doctor Pellegrini.

—Mamá, sé lo que hago; simplemente quiero nadar dos días a la semana. No os estoy pidiendo permiso, solo os estoy diciendo lo que siento y necesito hacer. Sé que la situación es delicada, pero por favor, no me pongáis más presión. Acompañadme en el proceso y estad a mi lado pase lo que pase.

Al terminar me despido de mi madre y de Luca y oigo que mi padre está en el piso de arriba hablando por teléfono. Le dice a alguien que seguimos adelante, que voy a seguir nadando. Y pienso que posiblemente sea uno de los principales accionistas del mundial.

Aparco la moto y subo a casa. En el ascensor leo un par de mensajes y veo que en el grupo de los amigos comentan que alguien tiene que ir a comprar pintura blanca y negra. Quieren que vayamos con una camiseta de tirantes y nos pintemos manchitas negras alrededor de la cara y el torso, y poner nuestros nombres en la espalda. Les contesto tumbado en el sofá del salón, frente a la enorme televisión y las estanterías que la presiden, llenas de libros y álbumes. Me fijo en uno en particular, en cuyo lomo se lee en letras doradas: *Familia Magnini*. Me lo llevo al sofá y lo abro. En él aparecen cientos de fotografías de mis abuelos muy jóvenes. Lo encontré en casa de mi abuela y ella me dijo que podía quedármelo. Lo abro con cuidado y veo una fotografía de mi abuelo conmigo en brazos junto a mi abuela frente a las puertas de una iglesia en Roma. A su lado aparecen mi madre y mi padre. Era el día de mi bautizo. Sigo pasando con cuidado y aparecen fotografías de las vacaciones de verano que pasábamos juntos. Sonrío cada vez que paso una página y veo dos nuevas fotos. Yo correteando por la playa cuando no tenía ni tres años. Mi madre tomando el sol con un traje de baño precioso de color rojo carmín. En otra foto aparezco yo en los brazos de mi padre mientras me pone una gorra para evitar el contacto del sol. Las siguientes son fotografías del apartamento donde solíamos veranear cada año. Estoy llegando al final cuando me detengo en una en concreto. Es mi abuelo en la parte de atrás de la antigua casa embarcadero de su pequeña isla; está frente a una barca del revés y en la mano lleva lo que parece una brocha de pintura blanca. De hecho, en la parte inferior derecha, casi cortado, se ve un cubo de pintura.

Termino de ver las fotos y envío un par de ellas al grupo de mis padres, que no tardan en contestar muy contentos al ver de nuevo esas imágenes que tantos recuerdos les traen. Me voy a la cocina a preparar la comida y pongo una de mis playlist mientras hago la lasaña. En cuanto está lista la pongo en una gran fuente y preparo la mesa de la terraza para comer fuera. Saboreo la lasaña, que me ha quedado bastante buena, y miro las historias de Instagram. Mucha gente está volviendo de sus vacaciones, ya que el lunes empieza de nuevo el curso. Otros aprovechan para darse el último baño en las zonas de la costa y otros simplemente van a piscinas de amigos a exprimir al máximo el verano.

Termino de comer y dejo el plato en la gran isla de mármol de la cocina. Luego cojo el libro de mi mesita de noche para seguir con la historia de aquel chaval y esa chica llamada Marina. Estiro las piernas en el cheslong del salón y veo que tengo un par de horas hasta que tenga que ir a casa de Alessio a convertirnos en los dálmatas de Fiorella Pedreti, quien, además, irá con su ejército de amigas inseparables. Mis colegas han escrito en el grupo que esta noche van a estar las chicas más guapas de toda Roma en el mismo lugar. Los he notado nerviosos.

En ese instante me llega un mensaje suyo. Lo leo una y otra vez. Sabía que ese momento llegaría tarde o temprano. Bloqueo el teléfono y me dejo caer en la esquina del sofá. Luego hundo la cabeza sobre los grandes cojines y suelto un enorme suspiro. Un suspiro que tiene nombre y apellidos.

Elías

—Elías Sainz Gómez —le digo yo a Giorgia, que está al teléfono tramitando las entradas para la fiesta de la influencer Fiorella Pedretti.

—¡Hecho! Ya estamos en la lista. Ahora solo nos falta el disfraz.

—Genial —respondo cogiendo las llaves—. Luego nos vemos, ¿vale?

Ella me hace un gesto de aprobación con los dedos y después me mira de arriba abajo.

—¡Qué guapo! —Tapa el teléfono para que no la oigan al otro lado de la línea—. ¡Mucha suerte!

Estoy muy nervioso, la verdad. He quedado con Arión para conocernos por fin. Llevamos ya un par de días hablando sin parar, recomendándonos canciones, lugares y hablando casi a cada rato. Hemos quedado en Villa Borghese. Abro la aplicación y le escribo. «Ya voy para allá, ¡te veo ahora! Llevo una camiseta de color azul cielo». Bajo las escaleras del metro y noto un cosquilleo raro en el estómago. Me monto en el vagón y pienso en cómo será, si será guapo, alto o más bajito como yo. En realidad, sé muy pocas cosas sobre él: tiene veintidós años, es de Roma, le encanta el mar, se pasa el día estudiando y según su biografía su número favorito es el dieciséis. Para controlar los nervios me pongo la canción «Another Love», de Tom Odell.

Justo al salir de casa le he mandado a Sari una nota de voz: «Hola, guapísima. Que sepas que te tengo presente todo el rato, a todo el mundo le hablo de ti, aunque no te lo diga todos los días espero que no se te olvide... Pero en fin, que las chicas, Silvia y Giorgia (que por cierto te encantarán cuando vengas a verme), están deseando conocerte. Tienes que venir pronto, cielo. El piso es precioso, tenemos espacio de sobra para que te quedes los días que quieras. ¿Justo después de los exámenes de enero, te parece? Yo creo que sería un planazo. Por cierto, ni te imaginas adónde estoy yendo ahora mismo... ¡A mi primera cita, Sari! ¡¡¡Estoy de los nervios!!! Pero me siento bien, creo... creo que por fin he dado con el quid de la cuestión, con eso que me impedía avanzar, que me mantenía encerrado. Ojalá te tuviera aquí para poder explicártelo mejor, quiero hablar contigo largo y tendido, contarte todo como siempre. Deséame suerte. Te quiero mucho, amiga».

Aunque no le explico que es con un chico, creo que Sari sabe perfectamente de lo que hablo. Llego a la parada de Villa Borghese y noto los nervios a flor de piel. Hemos quedado en el templo de Diana, ubicado dentro del parque. Camino por la gran avenida central. Varias personas corren con auriculares en los oídos, algunas familias llevan a sus hijos de la mano y los perros corretean a lo lejos entre el verde del césped. Este parque es, sin duda, uno de los lugares más bonitos de Roma. Sigo caminando hasta encontrar un estanque precioso con barcas que danzan sobre el agua. Bordeo el estanque y encima de una pequeña colina veo el templo. Me quedo parado y miro al suelo mientras la respiración se me acelera. Tranquilo, pienso. Miro la hora. Faltan solo cinco minutos. Me digo a mí mismo que todo va a salir bien, pero el miedo que siento es tan grande que no me deja pensar con claridad. Cuanto más me acerco, más me fijo en la gente que camina alrededor del templo. ¿Será él?, me pregunto cuando veo a un chico que corre con sus auriculares. Miro mi teléfono y compruebo que no me ha dicho nada todavía. Cojo aire y lo suelto poco a poco. Esto es nuevo para mí, pero cuanto antes lo haga, más vivo me sentiré y menos miedo tendré a todo.

Las columnas alrededor del pequeño templo circular tienen detalles preciosos. Miro de nuevo la hora, ya solo falta un minuto. Me apoyo en una de las columnas y suspiro. Estará al caer. Me siento en una de las repisas y miro a mi alrededor. Miro a cada persona que pasa y sigo cada sonido que oigo. Me froto las yemas de los dedos esperando a que Arión llegue en cualquier momento. Me siento en una de las repisas que hay en el templo y sigo mirando el reloj. Solo han pasado diez minutos, no tardará en llegar, me digo. De repente, un chaval se acerca al templo; me levanto y sonrío. Camina lento. Es alto y bastante guapo. Él saca el móvil y hace una foto del monumento. Entonces veo cómo una chica, a la que no había visto antes porque un árbol la tapaba, lo espera al final del camino. Él me mira y hace un par de fotos más del detalle del techo y se pierde de nuevo entre la gran hilera de árboles junto con la chica.

Miro de nuevo el reloj. Pasan veinticinco minutos de la hora acordada. Miro en la conversación de nuevo para asegurarme de que he leído bien la hora a la que habíamos quedado. Y sí, era esta. Aprovecho para escribirle. «Hola, Arión, estoy en el pequeño templo que me habías dicho. ¿Ha pasado algo?». Lo envío y me vuelvo a sentar. Los minutos pasan y allí no aparece nadie. Ya llevo casi una hora esperando. Justo cuando me levanto cabreado para marcharme me llega un mensaje de él. «Lo siento mucho, Elías. He preferido no ir porque no lo veo muy claro. Esta era la primera vez que quedaba con un chico y al final me ha dado miedo, no sé, no me he sentido preparado y... Además hay más cosas, pero no te corresponde a ti llevar esa carga. Espero que lo entiendas. Un abrazo». Lo leí de nuevo. No podía creerlo. No pude contenerme y le escribí. «¿Es en serio, Arión? Llevo cerca de una hora solo en un parque esperándote para que ahora digas que no vienes. ¿Ha pasado algo malo? En fin, no lo entiendo, la verdad». Y bloqueé el teléfono para salir cuanto antes de aquel parque. Me sentía tan enfadado y confundido como ridículo y estúpido. ¿Cómo me había creído que aquello podía salir bien? ¿En serio había pensado que solo hablando con alguien por un chat ridículo iba a interesarle lo suficiente como para querer conocerme? Los miedos del pasado se abren camino poco a poco en mi corazón, los noto reabriendo las heridas que habían comenzado a cerrarse.

Abro el chat de Silvia y comienzo a escribirle para contarle todo lo que ha pasado. Los dedos no pueden ir más rápido, tanto que por un momento parece que voy a atravesar la pantalla. Estoy tan concentrado que, de repente, un golpe brusco hace que el teléfono se me caiga.

—Uy, perdón, no te he…

No podía ser. No. No. No. Enzo Magnini estaba frente a mí.

—¡Elías! —exclama—, ¿qué haces por aquí? —me pregunta mientras me ofrece la mano.

—Todo bien, había quedado con… Quiero decir, estaba… —Me quedo mudo, sin saber qué decir— aquí, viendo el parque, que es precioso —titubeo.

Enzo está nervioso y yo también, los dos nos damos cuenta.

—Sí. La Villa Borghese es un lugar muy bonito, yo suelo venir aquí a correr cuando puedo. Bueno, te dejo, que he quedado dentro de poco y no quiero llegar tarde —añade con una risa nervioso.

—¿Has nadado hoy? —le pregunto en un intento por que se quede más tiempo.

Él se frena para contestarme.

—No, hoy no… hoy me he tomado el día libre. —Me mira muy serio. No debo de tener buen aspecto. Los ojos enrojecidos, la sombra del miedo y la vergüenza en la cara, los nervios…—. ¿Va todo bien? —me pregunta.

Yo titubeo y río nervioso.

—Claro, todo bien. Solo… he tenido un mal día. Lo superaré.

—Empezar de cero en una ciudad nueva no debe de ser fácil. Supongo que es normal encontrar baches en el camino.

Sin darme cuenta una lágrima cae por mi mejilla.

—Ya, lo que pasa que yo llevo encontrando baches toda mi vida. —Se hace un silencio extraño. Niego con la cabeza. Tartamudeo. Estoy haciendo el ridículo—. Perdona, estoy… Mejor me voy a casa.

—Como quieras. ¡Nos vemos en la piscina!

El autobús llega y me siento al final del todo. Saco el móvil y observo el logo de la aplicación Romeo. Miro al frente y después hago lo que creo que es lo mejor. Aprieto sobre ella hasta que aparece la opción de desinstalar y confirmo la opción. Estoy devastado por lo que me ha pasado con Arión, el ilusionarme con alguien que creía que podía ser interesante. El atreverme a sentir algo nuevo, algo arriesgado, y que me salga mal a la primera. Joder.

El autobús se detiene en una parada en Vía Tiburtina y veo en la marquesina un anuncio de una marca muy conocida de gafas de sol. Al lado hay una frase: no dejes que las cosas buenas dejen de brillar porque haya unas pocas nubes en el camino. Lo miro y pienso en ese eslogan durante los veinte minutos que tardo en llegar a casa. Bajo del autobús y subo en el ascensor, me miro en el espejo y los pensamientos de no ser suficiente para nadie comienzan a llegar de nuevo. Estás delgado, eres feo, no tienes nada especial. Cierro los ojos con fuerza para llegar cuanto antes a casa y no dejar que esos pensamientos negativos me invadan de nuevo. Pero vuelven. Cómo se va a fijar alguien en ti. Nunca vas a encontrar el amor. Vas a morir solo. Como siempre has estado. Solo. Abro la puerta de casa y me encuentro con Silvia en el pasillo, que nada más verme la cara se lanza a darme un abrazo.

—Menudo gilipollas —masculla—. Lo siento mucho, corazón. Ven, vamos a sentarnos.

Giorgia sale de la habitación al oír ruido.

—¿Qué pasa? —dice preocupada. Silvia me mira al ver que estoy llorando y Giorgia se acerca de inmediato.

—Arión. Que no ha venido. Joder. ¿Cómo he podido ser tan tonto como para creer que lo que estaba pasando era especial? Hemos estado chateando hasta las mil estos días… Le he contado lo de la depresión y la ansiedad, cosas del pueblo, de mi padre, de mi hermano, pensé que… no sé, pensé que él me entendía y me quería conocer de verdad.

Era la primera vez que había reunido las fuerzas para dar el paso de verme con alguien, de pensar que podía pasar algo y que estos veintitrés años que no he hecho absolutamente nada, con nadie, iban a terminar.

Silvia y Giorgia me acarician y esperan en silencio a que termine de hablar.

—Porque me diréis que no hay que tener prisa, que no hay edad para perder la virginidad y todo eso —farfullo entre lágrimas—. Pero en realidad, para mí sí es importante, imaginaos cómo me siento cuando jugáis a verdad o atrevimiento. ¿Por qué creéis que elegí esa opción? Porque de la otra no hubiese podido contestar nada.

—Llevas toda la razón —reconoce Giorgia—. Creo que, quizá, lo que deberías hacer es desinstalarte esa aplicación y, simplemente, no esperar que llegue nadie. Así, de algún modo, cuando llegue sabrás que ha llegado por alguna razón. Yo creo mucho en el destino, y pienso que realmente alguien llegará que te quiera de verdad y te haga sentir bien.

—Ya me he desinstalado la aplicación —digo mientras me sueno con un pañuelo—. Aquí he empezado a hacer cosas que nunca me había atrevido jamás a hacer. Dejarse llevar... Suena demasiado bien. Esa frase es de uno de mis grupos favoritos ¿sabéis? El caso es que yo jamás he podido dejarme llevar, ha sido imposible, porque lo que pretendía siempre, siempre, siempre, en el colegio, en el instituto y hasta en la universidad, era pasar desapercibido, ser invisible para que nadie pudiera hacerme daño, rechazarme, para no decepcionar a nadie y que nadie viera lo insulso y patético que soy.

—No digas esas cosas, Elías —replica Silvia, muy seria y dolida—. No hables tan mal de ti. Eres muy duro e injusto. No has tenido las cosas fáciles, pero eso no hace que no merezcas amistad, admiración y amor. Te mereces todo lo bueno del mundo porque eres una persona buena, tierna, amable y cariñosa.

Casi me echo a llorar escuchándola, pero es como si una barrera me separara de sus bonitas palabras. Hago un esfuerzo mayúsculo para parar. Pienso en toda la terapia, en mi madre, en Sari, en todas las cosas que me han dicho, en todo lo que me han ayudado.

—¿Sabéis qué? Quiero disfrutar al máximo esta experiencia, porque sé que no es para siempre, que tengo un billete de vuelta y después me arrepentiré de todos los días no aprovechados.

—Bien dicho —me anima Giorgia—. Por si sirve de algo, nosotras creemos que eres maravilloso y ahora mismo nos vamos a empezar a poner los disfraces los tres y a tomarnos una cerveza a nuestra salud y ya está ¿te parece?

—¡Bien dicho! —corrobora Silvia

Sonrío a las chicas y nos damos un abrazo precioso los tres. Luego vamos a los dormitorios y empezamos a disfrazarnos:

Silvia de vampiresa y yo de astronauta. El traje venía con su casco y todo. Siempre me ha fascinado toda la idea del espacio, las estrellas, el cielo, la luna, todo eso. Silvia pone música, abrimos las dos grandes bolsas de los disfraces y nos empezamos a reír. Mi disfraz consiste en un mono blanco con varias pegatinas en el pecho, con supuestos parches y bolsillos alrededor. Me subo la cremallera del mono y me pruebo el casco, de un material bastante malo. Giorgia se prueba su capa de vampiresa y se pone los colmillos, que daban bastante el pego.

—Oye, pues bastante guapos para haberlos pillado en el último momento —dice.

—La verdad es que me los esperaba mucho peor —reconozco mientras nos miramos en el espejo—. Por cierto, Silvia, ¿tú por qué crees que no habrá venido Arión? —le pregunto.

Ella se queda callada.

—No sé, quizá por miedo, por vergüenza, por no verse bien, puede haber pasado cualquier cosa. Pero no te martirices, querido, simplemente no era vuestro momento y ya está.

—Ya, lo entiendo —le digo—, es por buscar una explicación lógica.

—A veces no la hay —contesta mientras se comienza a maquillar frente al espejo— por más que tú te empeñes en encontrarla. Y eso tampoco convierte a Arión en un monstruo. Está feo lo que ha hecho, sobre todo por haberte dejado ahí esperando para nada y haberte hecho perder la tarde. Pero en el fondo no sabemos las circunstancias de la otra persona, quizá realmente tuviera motivos muy grandes para no acudir a la cita.

—Hablas como si hubieras poseído a Sari —digo sonriendo.

—¿De verdad? —me contesta con una sonrisa—. ¿Y eso es bueno o malo? Como no la conocemos... ¡Aunque nos has dicho tantas cosas geniales de ella!

—Es bueno, créeme, es la persona con más inteligencia emocional y paciencia del planeta. Sus consejos valen oro.

—Entonces me gusta recordarte a ella, así no la sientes tan lejos.

—Lo bueno, es que el viaje hasta aquel parque no ha sido en vano —continúo, dándole un codazo a Giorgia—. Cuando me he chocado con Enzo no podía creerlo.

—La verdad es que vaya casualidad que estuviera justo ahí viviendo en la otra punta de Roma.

—Qué fuerte que te lo hayas encontrado. Con las horas que pasa entrenando.

Me quedo con la mirada fija en las plantas de la repisa de la ventana.

—¿En la otra punta? Pero si me ha dicho que solía ir a ese parque a correr.

Silvia sigue maquillándose frente al espejo mientras pone caras raras para que el maquillaje se extienda mejor.

—Pues qué tontería que vaya hasta allí a correr teniendo uno enfrente de su barrio —dice Silvia—. Vive en Borgo Pio, muy cerca del Vaticano.

—¿Y tú cómo lo sabes? —le pregunto.

Ella se ríe en el reflejo.

—Salió en la prensa, como todo lo que tiene que ver con él —apunta Giorgia.

—Tiene un casoplón con terraza de dos pisos —añade Silvia.

—Pues él me ha dicho que iba allí a correr, así que igual tiene dos casas.

Entonces Silvia para de maquillarse, deja el contorno de ojos en la mesa que tiene al lado y me mira.

—A no ser que…

Silvia me clava la mirada y me agarra las manos. Yo la miro extrañado sin saber a dónde quiere ir a parar. Giorgia nos observa sentada en la cama.

—¿Qué pasa Silvia? —pregunta ella.

—¡Baja un momento la música y escuchadme! —dice muy alterada.

Giorgia obedece y Silvia se acerca más a mí.

—A ver, Elías. Un momento. ¿Qué sabes del Arión este? Cuéntamelo de nuevo.

No entendía a dónde quería llegar.

—Pues eso, que es italiano, que me recomendó ver un atardecer precioso en el parque de los Naranjos, que le gusta conducir, que nunca ha quedado con chicos antes y era su primera vez en un chat de ese tipo, y que tiene una situación complicada, por lo que me ha dicho hoy cuando no ha venido. No me ha dicho lo que estudia, pero sé que tiene veintidós años, o al menos eso pone en su perfil. Que su número favorito es el dieciséis. En fin, esas tonterías.

—Es italiano. Vale. Le gusta conducir. Vale. Dieciséis. Vale.

—¿Vale? —pregunto yo—, ¿qué pasa?

Ella se pone de pie y se ríe.

—Lo que trato de entender es qué hacía Enzo allí a la misma hora a la que tú habías quedado con el supuesto Arión, y que casualmente minutos después te envía un mensaje diciendo que no puede ir, como si se arrepintiese de hacer algo que sería un escándalo. —Ella me mira con los ojos muy abiertos—. Lo que creo, Elías, es que Arión y Enzo son la misma persona.

Y entonces me quedo sin palabras. No sé cómo reaccionar y lo primero que me sale es una carcajada.

—¡Silvia, por favor! —exclamo—, no digas bobadas, Enzo no es gay. Tú misma me lo dijiste, que no había ni una posibilidad.

—¿Que a Enzo le gustan los chicos? —dice ahora Giorgia—. Estás fatal, Silvia.

—Y lo creía, de verdad. Pensaba que era la persona más heterosexual del mundo. Pero por lo que le rodeaba, por la burbuja que tiene alrededor, sus amigos neandertales, todo el mundo del deporte, su expareja.

—¿Lo ves? —le digo a Silvia—, tuvo novia no hace mucho.

—Y el nombre de Arión, dice que es italiano —le dice ahora a Giorgia—. ¿Tú lo habías oído alguna vez? —Ella niega con la cabeza—. Mira, Elías, llevo veintitrés años de mi vida viviendo en este país, mi familia es italiana, mis antepasados son italianos y nunca en mi vida, en mis veintitrés años, he escuchado ese nombre.

—La verdad es que yo tampoco lo había oído nunca. Pero pensé que era de aquí.

—A ver un momento…

Silvia saca la silla de su escritorio y enciende su iMac. Al momento abre Google y teclea: ARIÓN. Salen resultados de una marca de piensos para perros y el buscador le sugiere cambiar por AARÓN.

Silvia me mira ahora a mí.

—¿Qué piensas? —le digo al observar su cara.

—El nombre de Arión me suena haberlo leído en algún libro, pero de hace mucho tiempo, cuando iba al instituto. Es un nombre que parece como…

Silvia se queda en silencio y entonces abre los ojos como platos.

—Como…

—No puede ser —exclama.

Silvia teclea sin parar y pone: ARIÓN ZEUS. Giorgia y yo nos levantamos de la cama y nos acercamos a la mesa. Una página de la Wikipedia se abre y muestra el dibujo de lo que, a simple vista, parece un caballo mitológico. En ese instante, Silvia da una palmada.

—¡Ves! —exclama—, ¡lo sabía! En la mitología griega —lee en el primer párrafo que aparece en la pantalla— Arión era un fabuloso caballo de crines negras que podía correr tan rápido que podía ir sobre el agua.

—No puede ser —alcanzo a decir.

—Hostias —dice Giorgia.

—¿Lo ves? —repite Silvia—. ¡Es él! ¡Todo encaja! Siempre ha sido él. Qué fuerte.

Me quedo quieto, sin palabras, intentando asimilar que aquello podía ser verdad. Silvia tiene las manos en la boca y yo me levanto de la cama.

—Por eso me lo encontré en el parque, porque realmente había quedado con él.

—¡Pero se asustó! —dice ella—, en el último momento querría irse y fue cuando tú lo encontrase, por eso te dijo que solía ir allí a correr. No se le ocurrió otra excusa que sonara creíble. Pero al menos tú ya sabes cual es la verdad. Que no estabas hablando con dos personas distintas, sino que Arión es Enzo y siempre lo ha sido. Y apuesto lo que quieras a que siente algo por ti —añade Silvia—, por eso te invitó a nadar con él, por eso hoy te lo has encontrado en ese parque.

—Prefiero que cambiemos de tema, me estoy agobiando —digo.

En realidad, Silvia podía tener razón. Eso explicaría el porqué de repente miró mi historia de Instagram el día que fui a ver el atardecer que el supuesto Arión me había recomendado, cuando en realidad había sido él. También se explica que el día que lo vi en la piscina estuviésemos tan nerviosos los dos y me dejase su bañador, el que tenía su nombre y su núm...

—Espera.

Silvia, que se había vuelto al espejo para seguir pintándose, me miró de nuevo. Giorgia seguía impactada ante todo lo que estaba pasando.

—Una última cosa. El día que nadé con él me dejó su bañador. Acabo de caer que en él aparecía el número dorsal que Enzo usa siempre en sus competiciones.

—No me digas que era el...

—El dieciséis —termina Giorgia.

—Acabo de caer en que era ese —confirmo.

Silvia se echa las manos a la cabeza.

—Qué barbaridad la que se puede montar. Es de las personas más conocidas de Roma —dice Giorgia.

—Pero que no te asuste quién sea —añade Silvia—. Haz lo que tú sientas en cada momento, amor, y si tienes que darte una hostia, pues te la das, porque así es cómo realmente aprendes a vivir.

—Vale —acepto—, pero Silvia, Giorgia, esto no puede salir de aquí, chicas. En el hipotético caso de que sea él, cosa que todavía no está del todo claro, por favor, no se lo digáis a nadie. Me da mucho miedo que esto se extienda o cualquier cosa.

—Tranquilo. Soy una tumba —dice Silvia—, te lo prometo.

—Confía en nosotras —añade Giorgia acercándose a mí y abrazándome.

—No puedo creerlo —continúo yo entre risas y de nuevo sentado sobre la cama.

—Es, posiblemente, el tío más guapo de Italia y por el que se moriría medio país por estar cerca de él —añade Giorgia.

—¡Venga! —exclamo, intentando olvidar el tema—. Vamos a terminar de vestirnos que tengo ganas de bailar. Gracias por todo, chicas.

—¡Vamos a hacernos una foto! —propone Silvia—. Puedo poner de título: aquí, con mi amigo Elías, la causa de la revolución en el equipo de natación. ¿Qué te parece? —dice entre risas.

—¡Silvia! —grito—. Te voy a matar, ¿eh?

—Perdón, perdón —suplica ella—. Es que sigo en shock.

Silvia se termina de pintar la sangre en la comisura de los labios y se prueba de nuevo la dentadura con colmillos. Yo me pongo el casco de astronauta, que se ajusta muy bien a la cabeza, y nos hacemos una foto. Es una imagen divertidísima, tanto que los tres la subimos de inmediato a nuestros perfiles de Instagram. Cogemos las llaves de casa y pedimos un Uber hasta el centro de la ciudad. Cuando el chófer para y nos ve a los tres no puede evitar reírse.

—*Buona notte ragazzi!* —saluda—. ¿A dónde vamos? —pregunta mientras se incorpora de nuevo a la rotonda de nuestra plaza.

—Al Palazzo Alberini —dice Giorgia—, pero como es una calle muy estrecha, pare si puede cerca de la avenida O Víctor Manuel II.

Alucino con lo bien que se conoce la ciudad, sabe cómo llegar a cada lugar caminando, en coche, dónde comer, los mejores sitios para desayunar, dónde ir para desconectar. Es maravillosa.

—¿Cuántos invitados seremos? —pregunta Silvia.

—Cerca de cuatrocientos —responde Giorgia—, vais a alucinar.

—¿Has dicho cuatrocientas personas? —repito yo.

—Y la mayoría influencers, actores, actrices, periodistas de moda, presentadores de televisión, cantantes… Va a estar todo el mundo allí. Es sin duda la fiesta de final de verano.

Por un momento pienso en la posibilidad de que Enzo acuda a la fiesta. Solo de pensarlo me pongo muy nervioso. Abro Instagram y me meto en su perfil por si ha subido alguna foto disfrazándose. Su fotografía se rodea de un circulito de colores, y cuando voy a darle cierro los ojos un momento pensando en que ojalá que sí, y ojalá salga vestido de pirata, o de Superman, o de cualquier cosa que quisiera ponerse, porque todo le sentaría bien. En la pantalla aparece un vídeo de Enzo en casa de alguno de sus amigos, bebiendo y con música de fondo. Su mandíbula marcada y su camiseta blanca de tirantes que deja ver sus grandes hombros, sus bíceps y el pecho tan definido. Suspiro en el coche y Silvia me toca la rodilla para que intente olvidarme del asunto y pasármelo bien. Disfruta el momento, me había dicho nada más subir al taxi, y tenía razón. Cuando llegamos, caminamos cogidos del brazo por la calle empedrada.

—Es al girar esta esquina —avisa Giorgia.

Al girar, una nube de flashes como relámpagos me asusta. Cientos de personas se agolpan contra unas vallas colocadas frente a la entrada del Palazzo. Justo a la derecha del acceso hay un photocall en el que unos quince fotógrafos colocados a diferentes alturas captan a los modelos, actrices y gente conocida de la ciudad que va pasando junto a una chica con una gran carpeta que controla en todo momento quién tiene que detenerse a hacerse fotos. Lleva un pinganillo unido a un walkie talkie y pienso que esto parece un estreno de Hollywood.

—No me lo puedo creer —murmuro al ver todo ese panorama.

Nos detenemos antes de llegar al gentío.

—Tenemos que acceder por este lateral, venid —nos indica Giorgia, que nos coge de la mano e intenta pasar junto a toda la gente. Llevo el casco de astronauta colgado del otro brazo y serpenteamos entre el gentío que con sus móviles saca fotografías a una chica que posa para los fotógrafos.

—¡Pero si es la actriz de la serie de Netflix que estoy viendo! —exclama Silvia—. Estoy flipando.

Gracias a Giorgia llegamos a duras penas hasta una de las esquinas del photocall, donde un chico con una de esas carpetas nos descubre muy apurados.

—¡Venid! —nos llama, abriendo paso entre la gente—. ¡A ver, dejad pasar, por favor!

Todos nos miran como si fuésemos famosos, aunque en realidad somos un sombrerero, una vampira y un astronauta completamente desconocidos más allá de nuestras familias. Pienso en mis padres y en mi amiga Sari, que me tenía que rogar para hacer algún plan de fiesta en Toledo y siempre acababa negándome. Pero estoy cómodo y feliz, el curso empieza en dos días y sé que será una aventura extraordinaria.

—Nombres —nos pide el chico una vez que nos permiten acceder al otro lado de las vallas.

—Silvia Moretti, Giorgia Bianchi y Elías Sainz —recita Silvia de memoria.

Él mira su lista, pasando un folio adelante, otro hacia atrás.

—Silvia, aquí estás... Giorgia, tú también... y Elías...

Tiemblo al pensar que quizá se han olvidado de apuntarme en esa lista, en que quizá no voy a poder entrar y que tendré que volver a casa antes de lo esperado.

—Elías, aquí estás —añade por fin, apuntando una cruz a la derecha de mi nombre—. Adelante, por aquí.

Nos acompaña al interior del palazzo. Nada más entrar tenemos que subir unas escaleras grandes de mármol mientras escucho cómo el chico explica que ha sido una completa locura organizar las llegadas de tanta gente conocida. Han venido actrices y actores de las series que están arrasando ahora mismo en Netflix, varios cantantes que llenan los estadios de Italia, modelos, influencers... Nadie ha querido perderse el cumpleaños de Fiorella, la Paris Hilton italiana.

—¿Preparados? —pregunta el chico delante de dos grandes puertas con ornamentos y relieve—. Disfrutad.

Una gran sala de columnas abovedadas con cuadros por todas partes se abre ante nosotros. Cientos de personas bailan alrededor de una cabina de DJ en la que están pinchando temas muy conocidos para que todo el mundo se mueva. La sala está iluminada con luces de colores que van y vienen. Hay una gran bola en mitad del salón que parece suspendida y dibuja estrellas en el techo que giran a nuestro alrededor. Un ejército de camareros porta tablas de pequeños platos de comida que tienen una pinta increíble.

Hay todo tipo de disfraces. De camino a las barras donde los camareros no dejan de servir bebidas nos cruzamos con piratas, hadas madrinas, lobeznos, supermanes... Todo el mundo va caracterizado y el ambiente es de absoluta locura. Pedimos un cubata cada uno y mientras el salón acaba de llenarse del resto de invitados la música baja y un foco apunta a un hombre con un traje lleno de flores.

—Buenas noches a todos —saluda. Miro a Silvia y a Giorgia para preguntarles quién es, pero por sus caras adivino que no tienen ni idea—. Espero que estéis listos para pasar una de las... ¡mejores noches de vuestra vida! —grita—. Estamos aquí para celebrar los veinticinco años de nuestra adorada Fiorella Pedretti. —En ese momento, todos los invitados lanzan una ovación—. Hoy van a ocurrir muchas cosas; tenéis barra libre de bebidas, habrá actuaciones en directo y mucha, pero que mucha fiesta. Recordad que, si queréis subir algo a Instagram, el hashtag oficial del cumpleaños es #Fiore25. Y ya no os vamos a hacer esperar más. Por favor, abran paso para recibir a la única, a la inigualable, a la estrella de esta noche... ¡Fiorella Pedreti!

En ese momento, unas puertas ubicadas al otro lado del salón se abren de par en par y un foco de luz apunta directamente hacia ella, que va a acompañada de lo que parecen... Un momento, no puede ser.

—Con todos ustedes —sigue el presentador—, Cruella y sus dálmatas, o lo que es lo mismo, los chicos del equipo nacional de natación: Pietro, Alessio, Ricciardo, Leonardo y Enzo.

Fiorella Pedretti, caracterizada de Cruella de Vil, con la mitad del pelo blanco y la otra mitad negro, lleva un vestido rojo ajustado, un antifaz negro y un cigarro largo. En su mano, cinco cuerdas atadas a los cuellos de cinco chicos cachas vestidos con una camiseta de tirantes blancas; alrededor de sus cuerpos tintados de blanco todos llevan manchas negras. Y ahí está él. Enzo. El corazón se me acelera y suelto el aire poco a poco. Silvia y Giorgia me agarran muy fuerte de la mano. No podemos creerlo. Está aquí. Los cinco llegan al centro del salón y ella coge el micrófono.

—¡Buenísimas noches a todos! —Un gran aplauso y gritos resuenan por todo el palacio. Yo no puedo apartar la mirada de Enzo, que no me puede ver por todas las cabezas que hay delante de mí—. Gracias a todos por venir, me siento completamente afortunada de poder celebrar mis veinticinco años a vuestro lado en un lugar tan especial de la ciudad. Disfrutad mucho, bailad y, sobre todo, ¡bebed todo lo que podáis! ¡Os amo!

La música sube, el salón se tiñe de nuevo de cientos de colores y el ritmo aumenta conforme escuchan un tema de reguetón que hace que los invitados comiencen a perrearse unos a otros. Giorgia grita, es una de sus canciones favoritas, siempre la baila en casa. Se acerca a nosotros y comienza a restregarnos su culo; Silvia y yo la imitamos.

Me bebo el cubata casi de un trago por lo nervioso que me he puesto al ver a Enzo. Fiorella comienza a saludar a la gente que está en el salón y yo busco con la mirada a Enzo, pero no lo veo con tantísima gente que hay dando vueltas por el gran palacio. Descubro entonces a uno de sus compañeros de equipo. En la chapa que lleva al cuello leo que es Alessio. El estómago me da un vuelco cada vez que veo una camiseta blanca de tirantes.

—Hostias —dice de repente Silvia—. Mira, Elías.

Silvia me apunta la cabeza hacía una chica que habla con su grupo de amigas. Van todas vestidas de Catwoman, con unos pantalones de látex ajustados y unas diademas con orejas.

—¿Quién es?

—Esa es Chiara, la ex de Enzo.

La miro y Silvia se ríe, lo que hace que yo también suelte una carcajada.

—¿Pero es que está aquí todo el mundo? —pregunto sin poder creerlo—. Necesito más alcohol.

—Será mejor, sí —coincide mi amiga, que me acompaña mientras Giorgia se quedaba perreando con un tío.

Juntos nos acercamos a una de las seis barras, donde un chico con pajarita nos atiende enseguida.

—Decidme.

—Dos ginebras con limón, por favor —pido.

—Enseguida.

Mientras el camarero se va a preparar los cubatas, miro en dirección a Chiara. Es una chica guapísima, tiene la cara como de porcelana, sin ningún grano o mancha, los dientes perfectamente alineados y su maquillaje está cuidado al detalle. Conversa con sus amigas y baila a la vez que se sacan selfis y graban vídeos para sus cuentas de Instagram. Al instante tenemos los cubatas en la barra.

—Por todos los momentos que nos quedan juntos —brinda Silvia.

—Y por las mejores compañeras de piso que podría haber soñado tener —añado yo.

Brindamos y le damos un gran trago a nuestra copa. Por un momento dejo los nervios a un lado, cojo a Silvia de la mano y la llevo al centro del salón a la vez que otra canción de reguetón comienza a sonar. Al menos, una que me sé. Ella se empieza a reír y al poco tiempo se une a nosotros Giorgia, que viene con Valerio, que también ha conseguido acceder a la fiesta. El corrillo se va ampliando y gente que no conocemos se une a nosotros. Entonces suena el que, según Silvia, es el mayor temazo de Italia hasta la fecha, un remix de dos chicas que desde hace semanas suena constantemente en la radio. La gente grita y pasan cientos de chupitos entre nosotros para que nos los tomemos antes de que suene el estribillo. Tres, dos, uno, brindis al centro y aquello cae como fuego. Dejo mi casco de astronauta cerca de una esquina junto a unas sillas. Ahora me encuentro en el círculo gigante que hemos formado, bailando con la chica que tengo al lado; va de jugadora de fútbol americano y me parece supersimpática. Giro a mi derecha y bailo con Silvia de nuevo, le perreo y ella a mí. La chica simpática de mi izquierda me coge de la mano y me perrea también. A nuestro alrededor, la gente silba ante aquella escena. Bajo hasta el suelo con el culo. No me reconozco. ¿Cuándo había sido la última vez que había bailado en una discoteca sin miedo a lo que pensaran o dijeran los demás? No lo sé.

Sigo bailando con esa chica y cuando llega el estribillo giro a la izquierda para bailar con Silvia, pero al girarme me quedo de piedra. Frente a mí, Enzo, bailándome, sonriéndome y moviendo el abdomen con los abdominales marcados debajo de esa camiseta de tirantes tan fina que lleva. Silvia y Giorgia están detrás, con los ojos como platos.

—¡Elías! —exclama—, ¿qué haces aquí?

—¡Hola! —grito yo acercándome. No puedo dejar de mirar a sus enormes brazos. Quisiera tropezarme de nuevo, como la otra mañana en la piscina, y rozarle la piel, sentirlo todavía más cerca—. Mi compi de piso nos ha conseguido dos invitaciones y aquí estoy —contesto por fin.

Enzo mira en dirección a Silvia y Giorgia y las dos le saludan con la mano y una sonrisa nerviosa. Acaban de morirse por dentro.

—Qué bueno, te quejarás de recibimiento ¿no?, de fiesta en fiesta. —Y me dedica una sonrisa perfecta.

Mientras Enzo me habla veo que Silvia se abanica con la mano después de haber visto cómo él les sonreía. Me hace mucha gracia el gesto y me rio también.

—La verdad es que no. ¿Cómo estás? —le pregunto.

Lo miro y mi cabeza se pregunta si él es de verdad el chico con el que hablaba por la aplicación. Imposible, me respondo.

—Yo bien. Bueno, un poco tocado, porque ayer tuve que ir a un chequeo médico y tengo que bajar un poco el ritmo de los entrenamientos, así que quizá no me veas tanto por la piscina…

Joder, si me he apuntado por verte, pienso.

—¿Ah, sí? —contesto—. Bueno, quizá así sea la única manera de ganarte. Podrías hasta ser mi entrenador.

—No suena mal, siempre se me ha dado bien eso de enseñar a niños pequeños del colegio, no debe haber mucha diferencia, ¿no? Por cierto, ¿cómo llevas la rodilla?

—¡Oye! —protesto, dándole un golpe de broma en el costado, duro como una piedra—. La rodilla bien, aquello fue un rasguño, en realidad...

—*Mea culpa* —dice él casi sin hablar, solo articulando las palabras con sus labios perfectos. Marchándose mientras me dedica una sonrisa. Yo me quedo embelesado con esa mandíbula tan marcada—. Bueno, creo que voy a buscar a mis amigos, deben de andar por ahí.

—Pásatelo bien, dálmata —le digo.

—Y tú... astronauta Elías.

Se marchó sonriéndome, como quien solo espera que salgas detrás para agarrarle de la mano y decirle, por favor, no te vayas, quédate un poco más. Pero en realidad eso no ocurre. Lo que pasa es que se topa con su exnovia, Chiara, y ella lo agarra de la mano para apartarse de la multitud.

—Su madre debería de haber ganado Got Talent Italia —dice Silvia.

—¿Su madre? —pregunto yo extrañado—, ¿por qué?

Silvia observa cómo Enzo desaparece entre la gente.

—Por haber parido semejante barbaridad. ¿Qué te ha dicho? —pregunta Silvia—. Cuenta, cuenta.

—Nada, me ha preguntado que qué hacía aquí y que va a entrenar más flojo porque el chequeo médico no fue muy bien.

—Pero ¿qué conversación es esa? —exclama—, parece que estás hablando con la vecina del tercero.

—Yo qué sé, lo que me ha dicho él.

—¿Te ha dado la sensación de que fuese el mismo chico con el que hablabas por la aplicación?

—No me ha dicho nada más y dudo que lo haga porque... mira. —Señalo a donde sigue hablando con Chiara—. No es él, no es Arión.

Silvia mira a dónde están Enzo y Chiara. Se les ve muy unidos. Una canción italiana muy lenta comienza a sonar, ella se ríe y él la mira mientras le aparta el pelo de la cara. La complicidad se intuye a kilómetros. El grupo de amigas de ella está a un lado, cuchicheando como quien solo espera presenciar un beso. Los amigos de él se abalanzan unos contra otros para pillar el mejor sitio cuando eso ocurra. La gente baila cogida y sus respectivos amigos no pueden dejar de mirarlos. Ellos están cada vez más y más cerca. Y entonces, justo cuando la canción explota, ella se acerca y lo besa. Sus amigos empiezan a saltar y gritar. Las luces rosas inundan el palacio. Yo bajo la mirada, Silvia me agarra la mano y le dice a Giorgia que vamos al baño. Poco después, Silvia me saca de allí en dirección a lo que parece un patio interior del palacio. Atravesamos el gentío y asumo que eso es lo que podía pasar, esa es la verdad, a Enzo le gustan las chicas, y verlo besar a una ha sido sin duda la mejor bofetada de realidad para que deje de montarme películas en mi cabeza. Noto cómo todas las pequeñas ilusiones que me había hecho se rompen una a una irremediablemente, como vasos estallando contra el suelo.

Enzo

No me lo esperaba. Por eso no he podido reaccionar. Pero me he apartado en cuanto me he dado cuenta de que Chiara me está besando. Miro a mi alrededor mientras siento el rostro arder. Chiara me guiña un ojo como despedida y se dirige hacia sus amigas, que están dando saltitos. Mis amigos no tardan en venir como bestias a la carne.

—¡Tío! —exclama Pietro—. ¡Menudo morreo!

—Este es el mayor acontecimiento del año, sin duda —añade Alessio—, y no me refiero al cumpleaños —termina con una sonrisa.

—Hoy mojas, cabrón —bromea Leonardo.

Permanezco en silencio. Cojo mi móvil y miro la hora. Lo único que me apetece es salir de aquí y respirar. Miro a mi alrededor en busca de la única persona con la que me apetece estar. La única a la que le debo una explicación, una disculpa, un porqué. Quiero que me encuentre de nuevo entre la gente y volvamos a hablar, que me cuente todo lo que siente, su pasado, sus sueños y esperanzas. Su inocencia y su alegría son como vislumbrar un faro entre la niebla. Todo eso me transmitía con solo mirarlo. Lo busco sin cesar entre la gente, pero no doy con él, no sé dónde encontrarlo. En ese momento quiero hablarle. Abro su perfil de Instagram sin ni siquiera seguirlo y escribo un «¿Dónde estás?», para después borrarlo y cambiarlo por un «¿Quieres que nos vayamos a dar un paseo? Necesito verte a solas». Pero eso también lo borro, salgo de su perfil y me limito a pedir otra copa y esperar a que aparezca.

Elías

Volvemos a la fiesta después de estar un rato sentados fuera hablando con Silvia. Ella dice que tengo que olvidar todo lo relacionado con él, que me centre en disfrutar de la experiencia en esta ciudad. Mañana empiezan las clases y estaré mucho más motivado y feliz. Aunque con una resaca que igual llego volando a la universidad. Me pido otro cubata porque me apetece y me pongo a bailar como nunca antes lo había hecho, junto a Silvia y Giorgia. Veo muchos flashes de gente que está cerca de nosotros que hacen fotos y nos graban. No nos hemos terminado el cubata cuando Giorgia trae tres chupitos que nos tomamos de un trago después de brindar. Las luces van y vienen, el DJ que está pinchando es espectacular, todas las canciones me hacen querer seguir bailando.

El último chupito me deja muy tocado, el salón da vueltas en mi cabeza y los disfraces me son cada vez más difíciles de reconocer. Suspiro un largo rato y me apoyo como puedo en Silvia para a los pocos minutos seguir bailando. Entonces ella se va a saludar a una chica que me presenta. Le doy dos besos a duras penas y ellas empiezan a hablar.

Busco a Giorgia entre la gente, pero solo veo a Valerio, que a su vez baila con más amigos suyos. Cuando miro lo veo a él, borroso mientras todo me da vueltas. Está junto a sus compañeros de equipo y pienso en la conversación que hemos tenido antes. Hasta se ha preocupado por si me dolía la rodilla. Cuanto más quiero quitármelo de la cabeza, más pienso en él. Alguien pasa por mi lado y me roza la rodilla en la que tengo la herida. Es entonces, cuando me quedo mirando mi pantalón, cuando caigo en la cuenta de algo. La rodilla. Mi traje de astronauta me cubre por completo la herida. Cierro los ojos y me río. Me río mucho, sin parar. Es él. Ya no tengo ninguna duda. Me ha preguntado por la herida de la rodilla cuando ni siquiera se ve, y la única persona que puede saber que me caí desde un muro de tres metros es la misma que me recomendó ir a ese lugar. Arión.

Es el momento. Echo a andar como puedo y de camino me golpeo con el hombro de un chaval. Voy dando tumbos de un lado a otro hasta llegar a él. Escucho a Silvia decir mi nombre, pero yo hago como si nada. Cada vez estoy más cerca de él y de sus amigos. Me dirijo hasta ellos sin dudar. Sé que estoy decidido a hacerlo, a decirle lo que pienso, gracias a la cantidad de alcohol que llevo en el cuerpo. Pero lo voy a hacer. Lo único que necesitaba saber es si realmente él es mi Enzo y yo soy su Elías. Doy los últimos pasos, él levanta la cabeza y me ve llegar.

—¡Enzo!

Sus amigos se giran al instante, extrañados. Al fin y al cabo no me conocen, nunca han visto a Enzo conmigo.

—Hey, Elías. ¡Dime!

—Eras tú, ¿verdad? —digo, señalando el teléfono.

—¿Cómo? —grita por encima del ensordecedor tronar de la música.

La cabeza me da vueltas. En mi mente todo tiene sentido.

—Tú eres el chico con el que he hablado estos días. El que me aconsejó ir al parque de los Naranjos. Has sido tú todo este tiempo, ¿verdad?

Sus amigos lo miran incrédulo y se empiezan a reír.

—Oye, Enzo, ¿quién es este?

—¿Te está molestando?

—¿Qué quieres?

Enzo les da la espalda y me aparta un poco de ellos.

—Elías…, creo que has bebido demasiado…, no sabes lo que dices —dice con el rostro mucho más serio.

—Me has preguntado por mi rodilla. Solo el chico con el que hablaba estos días por la aplicación sabía que me había caído y tenía una herida.

—No —me corta él—. Te vi en el parque ayer por la tarde y tenías una herida enorme, lo vi porque ibas en pantalón corto. Por eso te he preguntado. —Se acerca a mí, me intimida—. Será mejor que te vayas.

Sus amigos siguen riéndose.

—¿Qué es tan gracioso? —le pregunto a uno que no paraba de reírse.

No sé qué estoy haciendo aparte del ridículo, no puede ser que esté pasando esto. En este momento solo quiero desaparecer.

—Elías —me llama Silvia, que me agarra por atrás—. ¿Qué pasa?

—Tu amiguito marica, que quería intentarlo con Enzo —dice uno de ellos acercándose a mí. Me saca dos cabezas y uno solo de sus brazos es más grande que los míos juntos—. Llévatelo de aquí cuanto antes si no quiere irse a dormir calentito.

—Ya, Pietro —pide Enzo apartándolo—. Iros ya.

—Pero yo… no entiendo nada… Enzo, lo siento de verdad. —Estoy a punto de echarme a llorar.

—*Li sinti Inzi di virdi* —bromea otro de sus amigos imitándome.

Mis ojos se llenan de lágrimas. Entonces, el que me ha dicho eso le hace un gesto a un hombre vestido de negro que mide casi dos metros y es como un armario. Le señala a la puerta y nada más verme me agarra fuerte del brazo.

—Fuera —dice él—, vamos.

Silvia tiene que soltarme cuando el hombre la aparta.

—¡Suéltame! —grito—, me haces daño.

—¡Nenaza! —se burla uno de los amigos de Enzo mientras el hombre me saca casi en volandas. Intento revolverme pero me es imposible, me tiene agarrado por los dos brazos y cada vez hace más fuerza. Enzo me mira una última vez y se gira hacia sus amigos para seguir la fiesta. El hombre me arrastra hasta la puerta de atrás del palazzo y me empuja fuera con tan mala suerte que tropiezo con uno de los adoquines y acabo cayéndome de boca.

—No intentes volver a entrar o acabarás peor —me amenaza él antes de cerrar la puerta de un golpe.

No hay nadie en ese callejón oscuro. Me toco la nariz y noto que duele; los dedos se me llenan de sangre y veo cómo me gotea por todo el traje blanco de astronauta. Me levanto como puedo apoyándome en unos cubos de basura y presiono el brazo en la nariz para taponar la herida. Me apoyo en una pared y echo la cabeza para atrás. La sangre cae sin parar, empapando la manga del traje. Todo me da vueltas y solo quiero irme de allí cuanto antes. Mañana todo el mundo sabrá el ridículo que he hecho en la fiesta más popular de la ciudad. He acusado al nadador más famoso de Italia de haber estado hablando conmigo por una aplicación para ligar con hombres. De nuevo quiero ser invisible. Me echo a llorar con la cabeza entre las rodillas, pensando en lo imbécil que he sido por pensar eso de él. Cómo iba a fijarse en mí alguien así. Solo quería despertarme de aquella pesadilla y pedirle perdón por todo. Oigo el sonido de la puerta. Levanto la cabeza poco a poco y, oculto por el halo de una farola, estaba él.

—¿Quién te ha hecho eso? —Enzo se agacha y me toca la nariz, manchada sangre.

—Nadie, he tropezado yo solo —respondo nervioso—. Enzo, siento mucho lo de antes, he bebido demasiado y no sé cómo ha podido ocurrir. Perdóname el numerito que he montado porque...

—Calla, no hables, vas a hacer que vuelva a sangrar —dice, y saca un pañuelo del bolsillo y me lo pone en la nariz—. Así, ya está.

—Qué vergüenza —murmuro.

—Soy yo el que siente lo que acaba de pasar. Que mis amigos hayan sido tan imbéciles y que el segurata te haya echado de esta forma. No es justo.

—Bueno… He bebido demasiado… Yo…

—¿Estás mejor? ¿Necesitas algo?

Yo me río y al momento hago un gesto de dolor. Al reírme me tira la piel que rodea de la nariz y me quema por el golpe. Aun así, siento alivio gracias al pañuelo de Enzo y a su mirada sobre mí.

—Necesito viajar en el tiempo y no ser tan patoso.

Él se ríe.

—Estás gracioso así, con el disfraz y la nariz taponada.

Enzo, que ahora está de pie, me ofrece su mano y me ayuda a levantarme. Noto el dolor en la cabeza en cuanto me pongo en pie e intento caminar.

—Agárrate si quieres.

Apoyo mi mano en su hombro. A la izquierda hay un arco que da a un callejón. Pasamos por él y me apoyo en una repisa que me queda a la altura de la cintura.

—No hace falta que te quedes por mí, estoy bien, de verdad. Vuelve con tus amigos y pídeles disculpas de mi parte por lo de antes —le digo—. Pronto me iré a casa.

—Son ellos los que deberían disculparse, Elías. Y además, me quedo porque… me apetece —añade.

Me quedo helado, no entiendo muy bien qué es lo que quiere decir. Entonces le miro a los ojos.

—¿Qué quieres decir? —le pregunto.

Él mira alrededor del callejón. Desde fuera no se nos puede ver, está muy oscuro y a esas horas no pasa nadie por aquí.

—Me refiero, a que… bueno yo…

Enzo da un paso más. Estamos muy cerca. Yo estoy de pie, apoyado en la repisa, y él se acerca a mí. Allí, en ese muro, noto cómo mi corazón bombea más fuerte y más deprisa. Todo ocurre ahora más despacio, como si alguien hubiera detenido el tiempo en aquel callejón. Le miro a los ojos, a esos ojos que brillan a pesar de ser de noche, y entonces lo entiendo todo.

—Quería decirte que me habría encantado poder ver contigo el atardecer.

Sonrío y me pellizco las yemas de los dedos con miedo a despertar en mi cama y comprobar que nada de esto ha ocurrido. Sus grandes manos llegan hasta mi cuello y pongo las mías encima de las suyas.

—Eras tú —digo, mirándole muy cerca—, siempre has sido tú.

—Desde el primer día —contesta.

Y entonces, ocurre. Sus labios rozan los míos con cuidado, siento cada trazo de ellos. Son suaves y perfectos. Mi mano se desplaza hasta su pelo recién rapado y con la otra paso por el final de su espalda. Nos besamos muy despacio, la delicadeza de cada movimiento hace que sea un baile compartido mientras nuestros labios se entrelazan en una armonía perfecta. Su lengua choca con la mía y mis manos tiemblan a su paso por cada músculo de su cuerpo. Sus manos recorren mi cuello de arriba abajo, y mientras nos seguimos besando siento que en cualquier momento voy a despertar. Abro con cuidado los ojos, pero sigue ahí, frente a mí, envuelto en un manto de estrellas que no había visto antes. El callejón tiene un techo de color azul con cientos de estrellas dibujadas alrededor. Brillan con el reflejo de las farolas de la calle. Vuelvo a cerrar los ojos y abrazo ese momento para no olvidarlo nunca. Por si no vuelve a ocurrir.

Nuestros labios se separan lentamente, pero yo sigo con los ojos cerrados unos segundos más, deseando que vuelva a besarme. Cuando los abro lo veo frente a mí, con su nariz apoyada en la mía y los ojos cerrados. Lo oigo suspirar. Entonces él también los abre y me mira fijamente a los ojos. Su dedo me acaricia el labio, como si se despidiera de ellos y también de mí.

—Nunca me había besado con nadie —confieso, aún temblando.

—Lo sé —dice sonriendo—. Se lo contaste a Arión, ¿recuerdas?

Acto seguido desaparece sin decir nada más. Yo me quedo ahí, solo y en silencio. Miro de nuevo arriba y suelto aire pensando en lo que acaba de pasar. Me ha besado Enzo Magnini. Y no estaba soñando, aquello acaba de ocurrir de verdad. El techo azul del pasaje brilla ahora junto a todas las estrellas que lo acompañan y yo, en realidad, siento que estoy flotando en lo más alto del cielo.

Enzo

Mientras subo los escalones del palazzo Alberini aún tengo los nervios a flor de piel. Las piernas me tiemblan y se me dibuja una sonrisa estúpida en la cara. Lo has besado, me repito sin cesar. Lo has hecho. Y después se convierte en un qué has hecho, Enzo, qué has hecho. ¿Desde cuándo te gustan los tíos? ¿Era eso lo que no cuadraba en tu vida? ¿Qué pasará de ahora en adelante? ¿Qué dirá todo el mundo cuando se entere? ¿Todo lo de Chiara fue mentira? ¿Una farsa? ¿Y tus padres? ¿Y el entrenador? ¿Y el mundial? Las voces de mis amigos van y vienen por mi cabeza. Cuando vuelvo a la fiesta son cerca de las cuatro de la mañana y mucha gente se ha marchado ya.

—¿Dónde te habías metido, tío? —pregunta Pietro.

Yo balbuceo un poco antes de contestar. No he preparado una excusa.

—Estaba... estaba fuera, necesitaba tomar el aire.

—¿No estarías con Chiara? —comenta entonces Giovanni, dándole un codazo a Pietro.

—Eso, tío. ¿Vas a hablar con ella?

Necesito salir de allí cuanto antes. Me apetece irme a casa tranquilamente dando un paseo, sin tener que aguantar a estos dos.

—Qué va, no quiero volver a eso —reconozco sincero—. Creo que voy a ir tirando ya, mañana quiero madrugar y preparar los entrenamientos, ya sabéis.

—¿Ya te vas? —exclama Pietro—. Quédate un poco más.

Yo ya estoy dándole un apretón de manos a Giovanni y un abrazo para despedirme.

—Estoy cansado, tíos. Nos vemos en la piscina.

Cuando bajo veo a Silvia, la amiga de Elías, delante de mí con el teléfono en la oreja. Espero a que se marche y después salgo en dirección contraria para ir a mi casa. Los veo caminar de espaldas. Van los dos juntos bajo la luz naranja de las farolas y pienso que todo esto ha sido un error. Un gran error. ¿Y si él se lo cuenta a su amiga y ella se lo dice a los demás? El corazón se me acelera solo de pensar que alguien se entere de lo que ha pasado. Estoy muy cerca de mi barrio, solo tengo que cruzar el puente de Víctor Manuel II y llegaré en apenas unos minutos a casa.

De camino, cientos de pensamientos vuelven a mi mente. Me llevo las manos a la cabeza y comienzo a sudar y a temblar. No puedo dejar de pensar en qué pasará si él decide contárselo a alguien. Sería el fin. Y todo justo antes del mundial. Al instante me arrepiento de haberle besado, de no pensar las cosas antes de hacerlas y de que ahora esta es la situación en la que yo solito me he metido.

Llego a casa y me tumbo en la cama. Doy vueltas sin parar intentando coger el sueño, pero es en vano, así que al final me levanto y deambulo por casa. Busco su perfil en Instagram y comienzo a escribir un mensaje: «Elías, te pido por favor que no cuentes nada de lo que ha ocurrido hoy». Lo leo y lo borro; lo escribo de nuevo cambiando algunas palabras y lo borro otra vez. Camino de un lado a otro de mi casa y resoplo. En mi interior, tengo una sensación tan espantosa que no sé cómo librarme de ella.

Respiro acelerado y salgo a la terraza a tomar el poco aire que corre. Quizá él no se lo diga a nadie, pero yo soy yo, y cualquier cosa que tenga que ver con mi vida privada interesa, todavía más si cabe algo como lo que acababa de pasar, besarme con un chico.

Voy a la cocina, bebo un poco de agua e intento dejar de pensar en eso. Bloqueo mi teléfono y miro una de mis estanterías. Veo una postal sobre los lomos de varios libros y álbumes de fotos. Me acerco y la cojo. Es una postal de la isla donde nació mi abuelo. Antes de morir me dejó algo en secreto: la llave de la pequeña casa que tenía frente al mar en aquella isla recóndita. Allí solo hay una vieja barca y un colchón que puse el verano pasado, cuando me escapé para buscar la paz y la tranquilidad que aquí, en pleno centro de Roma, no conseguía encontrar. Adoro ver el atardecer con las puertas de madera de la vieja caseta abiertas de par en par. Nadie sabía que mi abuelo tenía ese pequeño cobertizo en la isla. Fue él quien, estando en el hospital ya muy enfermo, me dejó claro su deseo: en el último cajón de su mesita encontraría una caja con algunas monedas antiguas que le gustaba coleccionar. Debajo, una pequeña tapa de madera escondía un doble fondo donde encontraría la llave. Lo único que tenía que hacer era llegar a la isla y preguntar por la caseta del viejo Braulio.

Y eso hice. Le dije a mi madre que me iba unos días con mis amigos y compré un billete de barco hasta allí. Nada más llegar, me acerqué a un pequeño bar lleno de gente mayor y pregunté por la caseta de mi abuelo Braulio. Todos me miraron y al instante sonrieron. Al parecer, mi abuelo era de las personas más queridas en esa pequeña isla. Uno de ellos me acompañó hasta la caseta. Tras bajar unas escaleras de madera sobre una pequeña ladera, allí estaba. Era diminuta, con una cadena rodeando las puertas destartaladas de color blanco. Saqué la llave y abrí la puerta. No tenía ni idea de qué me encontraría al abrir aquel cobertizo lleno de arena. Pero lo que encontré me dejó sin palabras: una lona tapaba la mitad de una barca vieja, muy estropeada. En la parte derecha se leía un nombre: *Nina.* El nombre de mi abuela. Eso me puso los pelos de punta y me acerqué para rozarlo. El hombre que me acompañaba me dijo que mi abuelo estaba intentando arreglar esa vieja barca, pero que no la terminó a tiempo antes de marcharse. Creo que por eso me dejó la llave a mí, para que yo pudiese terminar lo que él empezó.

Cojo la postal de mi estantería y sé lo que tengo que hacer para conseguir respirar: irme un par de días a la isla, a estar tranquilo y no pensar en lo que ha ocurrido con Elías. Cerca de la postal, hay una figurita que compré en una de mis primeras visitas a la isla. Es un faro de color azul marino y blanco con el nombre de la isla grabado en el lateral. Sobre él está la llave de la vieja caseta. La cojo y suspiro de camino a mi habitación. Dejo la vieja llave sobre mi mesita, al lado de mi cartera, y me tumbo. Antes de cerrar los ojos giro hacia las puertas de la terraza de mi habitación. Las cortinas dejan ver algunos edificios iluminados de Roma y pienso en él. En qué estará pasando por su cabeza. Inexplicablemente, vuelvo al momento del beso y me muerdo el labio como él me lo había mordido. Cojo aire mientras me muevo entre las sábanas. Me toco el cuello como él lo había acariciado y suspiro con fuerza. El calzoncillo comienza a apretarme y hundo la cabeza en la almohada intentando comprender lo que me está pasando antes de quedarme dormido.

Elías

La alarma suena y me levanto con un gran dolor de cabeza. Antes de meterme en la ducha, miro mi móvil. Abro Instagram y lo busco; le seguí anoche antes de dormir, pero era tarde y aún no me ha seguido de vuelta, quizá porque al tener casi un millón de seguidores ni se ha dado cuenta de que lo he seguido. Actualizo mis notificaciones y, como era de esperar, no está él.

Dejo que el agua caiga sobre mí mientras pienso de nuevo en cómo fue el momento en que nos besamos. El nadador más conocido de Italia, Enzo Magnini, me besó en un callejón lleno de estrellas. Me río de nuevo. Y también pienso en que le dije que era mi primer beso. Me gustaría contárselo a Silvia y a Giorgia, pero para empezar no me creerían, y lo segundo es que no creo que sea la mejor idea.

Salgo del baño en silencio. Silvia se acaba de despertar, me saluda con la mano y va a la cocina a preparar café.

—¿Nos vamos juntos? —le pregunto con la toalla alrededor del cuerpo.

Ella asiente con la cabeza y no dice ni una palabra. Me muestra la cafetera e intuyo que me está ofreciendo café.

—Por favor —respondo.

Voy a mi habitación y me visto deprisa con una camiseta que me gusta mucho y un pantalón corto beis junto a las Converse blancas con el corazón del mismo color que me compré el verano pasado. Cuando vuelvo a la cocina Silvia ya parece estar más despejada.

—En qué hora decidimos salir anoche —se queja con los ojos medio cerrados.

—Te recuerdo que fuiste tú quien le insistió a Giorgia para que consiguiera las entradas para la fiesta.

—Lo sé. Y por eso me lo digo a mí misma.

—¿Qué se supone que vamos a hacer hoy? —le pregunto mientras me tomo el café que ha preparado.

—Nos presentarán a los profesores y a nuestro tutor, quien nos dirá lo importante que es la asistencia a clase y el entregar los trabajos y las redacciones en fecha para que podamos tener al final más nota y conseguir, si se puede, la adorada matrícula de honor que, en colaboración con la editorial Feltrinelli, va acompañada de una oportunidad para publicar un libro en esa editorial, que edita libros a nivel internacional. Es una de las más importantes actualmente.

—¿Perdona? —Dejo el café en la mesa.

—Es el último curso, con algo tienen que motivarnos si no quieren que me cuelgue de la estatua de Garibaldi.

—¿La matrícula de honor es para la nota más alta? —pregunto.

—Bueno, no solo consiste en tener la nota más alta. Valoran todo lo que haces durante el curso, el mensaje que transmiten tus escritos y la manera de redactar cada párrafo. Todo cuenta a la hora de decidir para quién es esa matrícula. Así que ya sabes, Elías. Si quieres ser escritor, no hay mejor opción que intentar hacerte con ese premio.

—¿Por dónde empiezo? —quiero saber, agobiado.

—Por no llegar tarde —me responde terminándose el café y mirando el reloj.

Mierda, son las ocho, hay que salir cuanto antes de casa. Cojo la mochila y la libreta de mi escritorio y mientras Silvia busca su bolso yo me echo colonia. Luego salimos a la vez al pasillo, llamo al ascensor y cerramos la puerta.

El autobús nos deja en la parada que hay frente a la entrada de la universidad. Va hasta los topes de estudiantes que también acuden a su primer día de clase. Silvia y yo caminamos hasta la facultad de Letras, que aparece engalanada entre jardines inmaculados y flores de vivos colores. Recuerdo que el otro día una pareja de jardineros ultimaba parte de estos jardines para que se viesen como están hoy.

Miro a mi alrededor y lo busco entre la gente sin éxito. El sonido de una moto hace que me gire bruscamente. La moto llega hasta el aparcamiento contiguo a las facultades, pero cuando se quita el casco veo que es un chico que no conozco de nada. Miro de reojo a las puertas de la facultad de Ciencias del Deporte, que casualmente está muy cerca de mi facultad.

—¿Todas las facultades tienen comedor? —le pregunto a Silvia.

—No. Los de Letras y Filosofía tenemos que cruzar a la facultad de Deporte, ellos tienen comedor y cocina integrados en el edificio. El nuestro, al ser más antiguo, no contempló el espacio en los planos del edificio.

—O sea, que comemos allí —sonrío.

—Si quieres, sí, podemos comer allí. No se come mal, aunque es más parecido a una cárcel.

—¿Has estado comiendo acaso en una cárcel? —pregunto yo entre risas.

—Sí —contesta Silvia—, cuatro años. Cometí el error de apuntarme a esta carrera.

Nos reímos juntos y Silvia y yo subimos las escaleras del gran edificio de Letras. Nos dirigimos hasta el salón de actos, donde tendrá lugar la jornada de bienvenida. A mitad del pasillo del segundo piso, dos grandes portones dan paso a una sala con grandes murales y cuadros. La luz se abre paso a través de la bóveda acristalada. Sobre el escenario, un hombre que intuyo que es nuestro tutor, acompañado de tres mujeres y dos hombres más, esperan a que todos tomemos asiento en las grandes bancadas que hay alrededor del salón. En el centro, una lámpara colosal cuelga suspendida en el aire. Mientras nos sentamos, observo el cuadro que corona una de las paredes y que representa la escena de un barco zarpando con las olas abriéndose a su paso. Me quedo tan embelesado que, por un momento, el mar parece moverse de verdad.

Enzo

El revisor me pregunta por mi billete y se lo enseño; arranca parte de él y me lo devuelve medio triturado. Lo guardo en el bolsillo trasero del pantalón y subo las escaleras hasta llegar a las puertas de cristal que separan la cubierta del barco del interior. Los pocos pasajeros son en su mayoría gente que va y viene todos los días y ya no salen a ver cómo llegamos a esa isla perdida. El barco está a punto de zarpar. Estoy en Nápoles y son las nueve y media de la mañana. Llegué a la ciudad sobre las ocho, ya que desde Roma hay una hora en tren. Solo hay un barco de ida por la mañana y otro de vuelta por la noche; si no coges ese, no puedes volver hasta la noche del día siguiente. Es también la magia de ese lugar, no hay turistas porque poca gente conoce la existencia de la isla.

Dejo mi mochila sobre uno de los asientos y en pocos segundos el barco hace sonar la bocina para anunciar su salida. Apenas somos cinco viajeros: un hombre que lee el periódico cerca de uno de los ventanales, una mujer con el pelo rizado que se lima las uñas mientras masca chicle y una madre que lleva en brazos a su hijo dormido.

Saco el móvil y me voy a Instagram. Voy hasta las notificaciones, actualizo, bajo con el dedo y me detengo. La notificación es de hace seis horas. El usuario @eliassainzg me ha seguido. Entro en su perfil y ahí está. Es él. Me meto en sus publicaciones, donde veo varias fotos en un sitio lleno de árboles, varias puestas de sol impresionantes y unos selfis en los que sale muy gracioso. Me quedo un rato mirando la notificación, pensando en si seguirlo de vuelta o no, pero finalmente bloqueo el móvil y miro hacia el ventanal que tengo a mi derecha para ver cómo el puerto de Nápoles es cada vez más pequeño.

Puede que esté huyendo, pero en realidad lo único que necesito es tiempo para comprender qué es lo que me está pasando, necesito estar solo para preguntarme qué es lo que quiero, y el mejor lugar para eso, sin duda, es la isla de mi abuelo. En aquel rincón siempre he encontrado paz y respuestas a mis preguntas, es el lugar donde más tiempo pasé después de romper con Chiara. Esperaba que llegase el atardecer y nadaba en el mar. Después preparaba la cena en el pequeño hornillo que hay en la cabaña y leía algún libro sobre el colchón en el suelo. Este verano quería terminar de arreglar la vieja barca de mi abuelo, pero la noticia de que estaba seleccionado para los mundiales me obligó a aparcar la idea y centrarme en los entrenamientos. Y ahora que está en el aire mi participación me gustaría intentar arreglarla para que esté lista cuanto antes.

Me pongo los auriculares y salgo a la cubierta. No hay nadie en la proa. Me acerco a la barandilla y contemplo el horizonte mientras suena una canción muy especial. Es «Wait», de M83. Mi cabeza ahora mismo está llena de preguntas y no tengo ni una sola respuesta. Lo único que sé es que desde que lo vi por primera vez en aquella discoteca quería hablar con él. Me descargué esa aplicación porque vi que la tenía instalada en su móvil, y lo encontré. Necesitaba escribirle y saber más y más de él, aunque él no pudiera saber quién era yo en realidad. Supe desde el primer momento que era especial. Las flores de mi casa, el azul del cielo. Todo ha cogido un brillo especial tal y como me dijo Alessio. Pero todo se precipitó anoche, cuando se me acercó pidiéndome explicaciones. Quería dárselas, pero no delante de mis amigos. Y lo único que hice fue lo que sentía que debía hacer, salir tras él y contarle la verdad: que era yo desde el principio, desde el primer día, desde aquella noche en la que llegó a aquella discoteca desorientado, sin saber dónde estaba y preguntándose qué hacía en esa fiesta. Y quizá la respuesta sea que teníamos que encontrarnos para que rompiera todos mis esquemas, porque sin duda los había roto, y ahora me encuentro en un barco rumbo a una isla perdida en busca de respuestas que en realidad ya conozco, pero lo único que necesito es ver y escuchar el mar para intentar reunir el valor de decirle que lo siento y que no sé cómo hacer las cosas bien, que me dé un poco de tiempo, ya que no sé si este es el camino que debo tomar o que simplemente estoy aterrado. Se me escapa una lágrima mientras digo todo esto en mi cabeza. Siento vergüenza y miedo. Miedo a decepcionar a mi padre, a mi entrenador, a mi hermano Luca, a todos. Me agarro fuerte a la barandilla y pienso en que quizá me queda poco tiempo en este mundo, pero el poco que me quede quiero aprovecharlo hasta el último minuto.

Frente a mí, un gran acantilado deja ver un faro blanco. Cuando lo miro, lanza su potente luz entre los colores del amanecer y me quedo perplejo ante semejante belleza. Nunca antes lo había visto, quizá porque siempre me quedaba dentro del barco contestando mensajes, mirando Instagram o simplemente durmiendo. Pero eso tiene que significar algo, quizá deba seguir la luz para salir de la oscuridad. En ese momento recibo varios mensajes por el grupo que tenemos los chicos de natación. Todos me preguntan que dónde me he metido y por qué no estoy en clase. Les contesto que necesito airearme y respirar. Desde el diagnóstico de mi corazón puedo usarlo de excusa cuando necesito despejarme unos días y que nadie me moleste con mensajes, ni siquiera mi entrenador. Todos me respetan cuando les digo que necesito un descanso, aunque quizá en ese momento estaba con la moto en un pueblo perdido de Italia.

Me pongo la mano en el pecho y siento mi corazón palpitar. Una de las cosas que más me preocupa y de la que no he hablado nunca con nadie es si realmente sentiré de verdad antes de morir. Quiero saber si volveré a sentir que mi corazón se acelera por alguien, como hacía tiempo que no sentía. Por más chicas a las que besara, no pasaba nada. Hasta anoche, cuando Elías y yo nos besamos. Noto mi corazón con más fuerza que nunca, puedo escuchar cada latido en mi interior. Fuertes y sin descanso. Pum. Pum. Y por eso posiblemente no había podido casi pegar ojo en toda la noche, porque sé que aquello ha sido muy distinto a todo lo que he sentido en mi vida hasta entonces.

Me acerco a la parte delantera del barco mientras nos aproximamos a mi islita. Es pequeña, se puede recorrer de punta a punta caminando, aunque los pocos niños que hay van en bici. Las casas de colores se reconocen ya desde la distancia. Mi sonrisa se agranda conforme nos vamos acercando. Siento que esto es lo que necesito en este momento.

Las gaviotas salen a recibirnos, algunas vecinas se asoman por las ventanas de las casas y los niños frenan sus bicis para ver cómo el barco echa el ancla. La isla de Procida me da la bienvenida de nuevo, como si en realidad fuera mi abuelo quien lo hiciera, abriéndome las puertas de sus caminos, sus casas, sus peñascos y sus calas. La escena me sobrecoge. El barco se detiene y los marineros lanzan la escalera para que los pasajeros podamos bajar a tierra. Cojo mi mochila y me doy prisa, tengo muchas ganas de llegar a la cabaña de mi abuelo. El marinero me desea que pase una feliz estancia y avisa de que soy el último. Nada más salir del muelle me fijo en las sábanas colgadas que zigzaguean entre los balcones de las coloridas casas, y también en varios niños que hablan con los ancianos que están sentados en la puerta del único bar de la isla. Los saludo al pasar. Todos saben que soy el nieto de Braulio. Nadie me conoce aquí por ser el famoso nadador, sino por quién era mi abuelo. Giro en la calle de las casas de colores y llego hasta una pendiente que lleva hasta la playa de Ciraccio, donde se encuentra mi caseta. Bajo las escaleras hasta la arena y me quito los calcetines y las zapatillas. Nada más apoyar los pies en la arena ya siento que estoy en casa. Me acerco deprisa hasta la cabaña, que me espera cubierta por la parte del acantilado y pegada a la zona rocosa. Solo la separan unos quince metros del mar. Saco la llave con rapidez y la introduzco mientras aparto la cadena que dejé puesta hace dos meses. Abro la puerta destartalada por la humedad y el tiempo y me gusta mucho lo que veo. Todo sigue en el mismo lugar, el colchón, la barca rota y pendiente de arreglar. Me acerco hasta ella y acaricio su madera resquebrajada y el nombre de mi abuela. Dejo sobre el colchón mi mochila y veo entonces el viejo bote de pintura que hay en la esquina. Quizá he tenido que venir aquí por alguna razón, pienso. Lo que no imaginaba es que tenía la respuesta justo delante de mí.

Elías

—¿Cuándo me contarás tu deseo antes de morir? —me pregunta Silvia cuando salimos del salón de actos—. Tengo mucha curiosidad.

—¿Le haces esa pregunta a todo el mundo que conoces desde hace tres días?

—Pues sinceramente, sí. Me dice mucho de la persona que tengo enfrente. Así que, si quieres que seamos buenos compañeros, hagamos los trabajos juntos y peleemos por esa matrícula de honor, haz el favor de contestarme.

—Lo haré, pero no esperes una gran respuesta. Es algo sencillo, más bien intenso, pero muy especial para mí.

—¡Bien! —exclama ella.

—Me encantaría ver el atardecer desde una pequeña barca en el mar. Ese momento en el que los rayos del sol acarician el agua y todo se tiñe de naranja —digo mirando por una de las ventanas e intentando imaginarlo—. Ese instante me parece mágico, y si lo piensas, por más fotos que hagas, por más cuadros que pintes, ningún atardecer es igual a como lo vemos nosotros y nuestras retinas. Nadie podría capturarlo igual, por más fotos que hicieras no podrías conseguir captar todos los detalles de los colores que tienes frente a ti y sería solo para nosotros y para nuestros recuerdos.

—¿Ver el atardecer desde una barca? —exclama Silvia—,

¿lo dices en serio? —pregunta con un gesto raro—. Podrías haber dicho convertirte en un best seller, o viajar a todos los lugares posibles del mundo. Pero no, tú lo único que deseas antes de morir es ver cómo se esconde el sol desde un cayuco.

—Veo que no lo entiendes. Es algo más que eso. El mar siempre me ha transmitido mucha paz. Lo he visto poco a lo largo de mi vida, pero las pocas veces que lo tenía delante me inspiraba muchísimo. Imaginaba historias, pequeñas novelas de amor que tenían lugar en pueblos escondidos cerca del mar. Por eso lo de ver cómo se oculta el sol en medio de ese infinito horizonte.

—Bueno, visto así parece más especial, pero es que teniendo tantas opciones de deseos me ha parecido flojete, la verdad —dice Silvia.

—¿Cuál es el tuyo, entonces? —le pregunto ahora mientras salimos de la facultad. Tenemos un pequeño descanso de quince minutos y vamos a sentarnos en los escalones de la entrada, donde se está mucho más fresquito.

—Creo que, llegado el momento, desearía abrir mi propia librería. Hacer de ella un lugar especial para que la gente pudiera encontrarse y mirar novedades, regalar historias a los seres queridos, organizar presentaciones. Creo que ese es un deseo guay, sí.

—Me parece precioso, Silvia —contesto.

—No me hagas sentir mal por pensar que el tuyo era un poco mojón. Ahora me han dado ganas a mí también de ver un atardecer desde una barca.

Los dos nos reímos mientras nos sentamos en las escaleras de la facultad. El hormigón está fresco, ya que todavía no pega el sol de lleno en el edificio. Silvia ha sacado un zumo de su bolso y yo la botella de agua que he cogido esta mañana de casa. Miro en dirección al edificio de ciencias del deporte y justo en ese instante reconozco a algunos de los compañeros del equipo de natación de Enzo que estaban anoche en la fiesta.

Bajan las escaleras. Están todos, Pietro, Alessio, el hermano pequeño de Giovanni Corso, Filipo…

—Míralos, las estrellas de la universidad —comenta Silvia mientras abre el zumo—, todo el equipo al completo excepto…

—Enzo —termino la frase.

—Empezando el curso en su línea, ausente —añade Silvia.

—Quizá está enfermo ¿no? —respondo yo—, con todo lo del corazón y eso.

—Bueno, puede ser. Giorgia dice que lo tiene muy jodido, hay muy pocos donantes de órganos a su edad y si esperan mucho no llegará ni a competir en los mundiales —añade. Yo observo cómo sus compañeros de equipo se suben a los coches y desaparecen de allí—. La vida es muy puta. Años preparándote para cumplir un sueño y cuando llega te diagnostican una enfermedad en el corazón, qué horror. ¿Has vuelto a hablar con él después de la pelea que tuvisteis ayer?

Pienso en si debo contarle la verdad. En si decirle que sí, que hablamos y que además me besó. Y que fue un beso increíble. Pero en vez de eso, acabo preguntando algo con miedo.

—¿Crees que llegarán a tiempo de salvarlo?

—El destino tendría que poner mucho de su parte, la verdad —responde ella—. Sus compañeros tienen el miedo en el cuerpo, siempre están pendientes de él y a la mínima que pasa algo, todos se unen para darle ánimos y fuerzas. Van a visitarlo, suben cientos de vídeos y fotos suyas para animarlo y que no sienta que está solo, sino que tiene a mucha gente a su lado.

—Menos mal que los tiene a ellos —contesto—, no me quiero imaginar lo que sería pasar por todo eso tú solo.

Pienso en que anoche estaba besándolo y en que me encantaría volver a hacerlo. Me meto en Instagram y veo que, como era de esperar, él no me ha seguido. Pienso todo el tiempo en qué estará pensando él, en si me hablará en algún momento o si quizá debería hacerlo yo. Entonces marco el botón para enviar un mensaje privado por Instagram. Tecleo varias veces mientras estamos ahí sentados. Escribo una frase, la borro. Escribo otra, miro al frente y la vuelvo a borrar. Bloqueo el teléfono y lo desbloqueo rápido, escribo: «¿Qué tal estás? La verdad es que me había acostumbrado a charlar con Arión por el chat… Supongo que ahora podríamos hacerlo por aquí ¿no? Si quieres seguir hablando conmigo, claro. A mí me gustaría mucho… Hoy empiezo las clases en la Sapienza, por cierto, ¡qué ganas! Y qué nervios… pero sé que irá bien… Pasa buen día. Besos… :)» y lo envío casi sin pensar. El mensaje aparece como entregado y de nuevo me vuelvo a poner nervioso. Bloqueo el teléfono y volvemos dentro, ya que va a empezar nuestra primera clase: Literatura europea avanzada.

Enzo

Suena una notificación de mi móvil en el bolsillo del pantalón. En una mano llevo un cubo con el tubo, las gafas de bucear y los escarpines, y un libro en la otra. Me dirijo a la cala escondida que hay cerca de mi cabaña. Recuerdo ir a esa misma cala cuando era muy pequeño, con mi abuelo. Allí lo veía pescar y cada vez que vuelvo a ese lugar me siento en paz. Tengo pensado pasar allí todo el día, me he preparado dos bocadillos y una botella de agua en la nevera que tenía la cabaña. Quiero bucear y sentirme en calma, sin pensar en nada más. Sumergirme en el mar me produce una sensación de alivio, es como si el tiempo se detuviera. Quiero dormir sobre la arena y esperar a que llegue el atardecer. También sé que pensaré en él. Por más que quiera evitarlo. De hecho, no he pensado en otra cosa desde la fiesta que no sea en él y en el beso que le di. Y ahora pienso en cómo estará llevando su primer día de clase, en si hoy irá a nadar o en si le habrá contado a alguien lo que pasó.

Llego a la pequeña cala escondida y extiendo la toalla bajo una de las grandes rocas que sobresalen del acantilado que tengo justo encima de mí. El eco de las motos y los coches se escuchan en lo alto, ignorantes de la existencia de ese pequeño lugar secreto. Me tumbo y el sonido de un mensaje llega a mi teléfono. Lo agarro y ahí está. Es Elías. Y entonces me pongo más nervioso, una sensación parecida a cada vez que lo tenía delante. Leo una y otra vez su mensaje. Qué tal estás. Y una carita sonriente. Bloqueo el móvil y suspiro mirando al frente, donde las olas rebosan a pocos metros de mis pies. Dejo el móvil sobre la pequeña mochila y cojo las gafas de bucear y el tubo. Soy bueno haciendo apnea gracias a la natación, y eso me permite poder bajar unos cuantos metros de la superficie y ver especies de corales y peces preciosos. Me ajusto las gafas y el agua roza mis tobillos. Me adentro poco a poco en el mar y cojo una gran bocanada de aire antes de sumergirme por completo. El agua es cristalina y los pececillos enseguida vienen a mí. Empiezo a sumergirme dándole rápido a las piernas para ganar impulso, hasta que comienzo a ver las preciosas paredes de corales a mayor profundidad. Sus colores son tan bonitos que te dejan embelesado. Algunas estrellas de mar descansan sobre ellos. Paso nadando por uno arco formado por la propia roca. Al otro lado me espera una familia de caballitos de mar que se esconde al verme. Sigo hasta llegar al fondo y decido tumbarme sobre la arena. La luz del día atraviesa el agua y se refleja en los corales por los que zigzaguean algunos peces. En ese momento siento que, si mi corazón decidiese pararse ahora, moriría feliz. Me incorporo y un reflejo en el suelo me hace acercarme de nuevo. Parece algo brillante. Remuevo la arena y encuentro una concha de abulón. Recuerdo verlas de pequeño, cuando mi abuelo me las traía. Decía que eran muy difíciles de conseguir. La cojo y la miro con detenimiento, sus colores, reflejados, son preciosos.

Echo un vistazo de nuevo a todo lo que me rodea y decido subir a la superficie. Camino hasta la toalla sin soltar la concha y me tumbo boca arriba mientras el sol seca las gotas de agua que corren por mi pecho. Dejo la concha en un lateral de la toalla y cojo de nuevo el móvil. Creo que lo mejor es darle una explicación razonable de por qué he hecho esto. Entro en Instagram y ahí tengo su solicitud de mensaje. Él no puede saber si lo he leído hasta que no acepte. Y la acepto. Voy a escribirle, pero no sé muy bien por dónde empezar. Tecleo y borro, porque lo que estoy escribiendo no suena nada bien. Vuelvo a probar y tampoco. Gruño y dejo el teléfono, luego vuelvo a agarrarlo y escribo: «Todo bien, aunque con mucha resaca. No me acuerdo de nada, ja, ja, ja. ¿Tú qué tal?». Y se lo envío. Es cruel, pero es lo mejor. No le convengo. No se merece alguien como yo, tan cobarde y, sobre todo, tan al filo entre la vida y la muerte. No se merece que yo sea su primer beso, su primera historia. Se merece alguien que pueda dárselo todo, que pueda prometerle y entregarle todo el tiempo del mundo. A mí el tiempo se me escapa entre los dedos como si fuera arena de mar.

Al momento, llega su respuesta. «Sí, yo también tengo resaca, ja, ja, ja. Entonces ¿no te acuerdas de nada?». Leo su mensaje nervioso, sé que le voy a hacer daño. Tiemblo al escribir y miro al mar, pensando en si lo que voy a hacer es realmente lo correcto. Y en mi cabeza, al menos, lo es, aunque nunca imaginé lo mucho que me arrepentiría de mandar aquel mensaje. «A partir de la mitad de la noche, no. Bebí tanto que todo es confuso, mis amigos me acompañaron a casa. Pero bueno, ¡fue un placer hablar contigo un rato!». Y se lo envío. No le sigo de vuelta para que no vea que tengo ni un mínimo de interés. Creo que así se cansará y pasará de mí. Me quedo pendiente del teléfono. Ha leído el mensaje, pero no ha contestado. Me recuesto sobre la mochila y abro el libro que llevo conmigo. Capítulo tras capítulo, siento que los ojos me pesan, y al cerrarlos siento el frescor de la pequeña brisa que corre por aquel lugar y me acomodo hasta quedarme profundamente dormido. Tengo una sensación en el estómago que me revuelve y me hace sentir raro, pero pienso que con el paso del tiempo se irá. Como la pintura sobre una barca vieja. O como el desgastado color de las páginas de algunos libros que llevan años y años en la librería.

Me despierta una gran ola que roza mis pies. Abro los ojos despacio y miro al horizonte, donde el sol comienza a descender poco a poco. Son las seis de la tarde y me he quedado dormido. No he pegado ojo en toda la noche y me he despertado tan temprano que mi cuerpo me pedía reposo. Y dónde mejor que en este lugar. En el móvil tengo una llamada perdida de mi entrenador y otra del doctor Pellegrini. Pero lo que no hay es un mensaje suyo. Me meto en nuestra conversación de Instagram y al lado de mi último mensaje aparece la confirmación de que lo ha leído. Pero no hay rastro de una respuesta, por lo que imagino que se habrá enfadado. Me doy cuenta de que me ha dejado de seguir, como era de esperar. Entiendo su reacción, pero no pensé demasiado lo que hice y ahí tengo las consecuencias. Veo una llamada perdida de la residencia en la que está mi abuela. Llamo al instante por si ha pasado algo.

—Residencia Vital Parque, ¿qué desea? —saluda una chica muy amable al otro lado del teléfono.

—Hola, soy Enzo Magnini. Tengo una llamada perdida vuestra, seguramente por mi abuela, que está allí con vosotros. Es Nina Magnini.

—¡Oh! —exclama la mujer al momento—, ¡Enzo! —sigue con alegría—, ¿qué tal estás? Tu abuela quería que te llamásemos porque decía que echaba de menos hablar contigo. Justo ahora está en uno de sus descansos en la sala común, si quieres puedo acercarle el teléfono para que habléis.

—¡Sí, claro! —digo yo—, me encantaría.

—¿Hola? —La tibia vocecilla de mi abuela aparece al otro lado del auricular.

—¡Abuela! —exclamo nada más oírla—. ¡Soy yo, Enzo!

—¡Ay, tesoro mío! Te llamamos antes, pero imagino que estarías entrenando.

Sonrío.

—No abuela, hoy estoy de descanso. No te imaginas dónde estoy.

—Anda, ¿y eso? ¿Dónde estás, *mio carino?* —me pregunta.

Mi abuela y mi abuelo se conocieron aquí, en esta isla. Ella era camarera en el único bar que hay en el pueblo y que regentaban sus padres. Y mi abuelo por aquel entonces faenaba cada noche. Se encontraban en esta cala para despedirse mientras el sol se escondía, momento en el que mi abuelo se subía al barco y me abuela volvía de nuevo al bar. Era su lugar, y esta isla siempre tendrá un hueco en sus corazones y en su historia.

—Estoy en la islita, abuela. En Procida —digo tímidamente.

—¡En Procida! —exclama ella—, *il mio amore, l'isola della mia vita...* Ya sabía yo que tu abuelo te había dado la llave de nuestro pequeño refugio frente al mar, ¿verdad que sí? —y se ríe.

—Sí, abuela. Me dijo que me quedase su llave, que quería que cuando ya no estuviese, fuera para mí.

—Tu abuelo... —suspira—, no hay día que no lo eche de menos.

—Y yo también, abuela.

—¿Sabes que en aquella cabaña nos dimos nuestro primer beso? —Noto ahora en sus palabras, como si la tuviera delante, que me habla con una sonrisa en la cara, pero con los ojos humedecidos al recordar su historia con mi abuelo.

—¿De verdad? —le pregunto curioso. Nunca me lo había contado.

—Sí. Siempre le decía que me parecía un lugar mágico. Por eso compró aquella pequeña barca, nos gustaba mucho subirnos en ella y remar hasta el medio del mar para observar cómo se escondía el sol. En esos momentos era la mujer más feliz del mundo, Enzo —me cuenta mientras el sol comienza a esconderse.

—Menuda historia de amor, abuela...

—Ya te tocará, hijo. Ya te tocará.

—¿Tú crees?

—Pues claro, mi niño. Solo tienes que estar atento de que cuando llegue, no se te escape. Personas como tu abuelo no se encuentran todos los días. Y estoy seguro de que a ti te pasará igual. Llegará alguien que te hará muy feliz —su voz era calma y serena, el sol se estaba escondiendo y el sonido de las olas junto al de la voz de mi abuela me provoca un momento de tranquilidad y paz absoluta.

—¿Y cómo sabes cuándo es esa persona? —le pregunto—, la de verdad.

Ella se ríe y después se toma un respiro antes de volver a hablar.

—*Lo senti n'el cuore, veramente!* Tu corazón, esa es la clave, Enzo, tu corazón lo siente. Bombea más rápido y, si estás atento, te darás cuenta de que cada momento que vivas, te gustaría compartirlo con esa persona. Verás que todo se queda en silencio, como si estuvierais solos en el mundo. Y nunca más volverás a sentir miedo, porque os tendréis. Y eso es lo más importante. En ese momento, hijo, sabrás que la persona que tienes delante es con la que quieres compartir el resto de tu vida.

—¿Y si no me queda tiempo, abuela? —le pregunto mientras las lágrimas caen a la arena—. ¿Y si no es lo que todo el mundo espera de ti?

—*Mamma mia*, eso no importa, mi bellísimo Enzo. Tenemos que disfrutar de cada minuto que la vida nos regala al lado de esas personas especiales para que siempre puedan saber que hasta tus últimos días decidiste pasarlos a su lado y no renunciando a vivirlos por el simple hecho de no saber hasta cuándo duraría.

Las palabras de mi abuela coinciden con el ocaso. Me atraviesan en canal y llegan hasta lo más profundo de mi corazón, ese que se va parando por momentos. No puedo renunciar a vivir lo que sea que ocurra con Elías por no hacerle daño. Tengo que aprovechar cada día. Cada minuto que me regale mi corazón hasta que llegue el final. Me despido de ella y cuelgo para grabar con el móvil cómo el horizonte retiene el naranja del sol que acaba de esconderse y la luna, en lo alto, se muestra preciosa entre tantísimos colores en uno. Y entonces sé que tengo que hacer algo, y tiene que ser cuanto antes. Camino de vuelta a la cabaña junto al embarcadero mientras las olas me rozan los pies y la figura de la luna se cuela entre mis dedos.

Elías

La luna se cuela por los arcos del Coliseo de Roma. Silvia tenía razón, los monumentos de esta ciudad se ven mucho más bonitos de noche. He salido a caminar porque no me apetecía estar en casa. El día de hoy habría estado genial de no ser por la conversación con Enzo. Nadie lo sabía y nadie lo sabría nunca, ya que no quería volver a saber nada de él. No entiendo por qué ha jugado conmigo así, me siento una especie de experimento, ya que la única razón lógica que he encontrado después de estar pensando todo el día en lo que pasó es que lo que quería era salir de dudas. Y salió. No le gustan los chicos. Pero yo fui su prueba, y ahora, el que se encuentra así, después de haberlo besado, soy yo. Me siento fatal por dentro.

Me vibra el móvil y deseo que sea él, pidiéndome perdón por todo. Miro la notificación, pero es Sari. «¿Todo bien? ¿Te apetece que nos llamemos?». Suspiro y pienso que me encantaría poder contarle lo que ha pasado, decirle cómo me siento, ya que ella siempre sabe cómo deshacerme los nudos del estómago. Esos que a veces no me dejan respirar.

—¡Qué rapidez, chico! —exclama Sari desde el auricular. Nada más oír su voz mis dedos tiemblan, parpadeo y una lágrima cae sobre la acera. No puedo articular palabra—. ¿Elías? ¿Me oyes?

—Sí, te oigo —respondo cogiendo aire por la nariz mientras me siento en un banco frente al Coliseo.

—¿Estás bien? ¿Pasa algo? Parece como si estuvieras...

Y entonces me rompo. Saco todo lo que llevo dentro y lloro desconsoladamente.

—Sari...

—Pero Elías... no, ¿qué pasa? Me estoy asustando. Relájate... respira, va.

Consigo calmarme poco a poco, mientras escucho la voz de mi amiga, a tantos kilómetros de aquí.

—Veras... es que... yo...

—Elías, tienes que calmarte, coge aire lentamente y suéltalo. Respira, suelta. Respira, suelta. —Obedezco y consigo calmarme mientras cojo y suelto el aire—. Y ahora, cuéntamelo desde el principio.

Suspiro con fuerza y miro al frente. Algunos turistas y gente que sale de fiesta están por los alrededores del Coliseo, pero yo estoy lejos, así que no se percatan de mi presencia. Le cuento a Sari todo con pelos y señales, desde que llegué a Roma y esa misma noche lo vi en aquella discoteca hasta el beso que nos dimos anoche en el callejón estrellado.

—Y por eso estoy así —añado secándome las últimas lágrimas.

—Mi amor, no sabes la rabia que me da no estar ahí para poder darte un abrazo.

—No sabes cuánto lo necesito, Sari —digo yo sincero—. No se lo he contado a nadie. Ni a mis compañeras de piso, ni a mi madre. A nadie salvo a ti.

—Has sido muy valiente al dar el paso y escuchar tus sentimientos, ¿sabes? Y gracias por confiar en mí. Es normal que necesites desahogarte y compartirlo con alguien, no me imagino lo que debe de ser llevar esto tú solo sin poder contárselo a nadie.

—Nadie me creería.

—Creo que lo mejor que puedes hacer es tomar distancia. No olvides por qué estás ahí, Elías. Persigue tu sueño de convertirte en el escritor que siempre has querido ser. ¿No querías vivir experiencias? A lo mejor esta no ha salido como te habría gustado... Y está claro que Enzo se ha portado regular tirando a mal, pero... ¿Y la de escenas dramáticas que puedes escribir ya en apenas unos días en Roma?

Entre los gemidos y las lágrimas me sale una risa sincera.

—Tienes toda la razón.

—Aunque también te digo que para ser tu primer beso podías no haberte complicado tanto la vida —sigue ella con humor para sacarme otra sonrisa. Y lo consigue.

—Quién me mandará a mí...

—¿Cómo has dicho que se llama?

—Enzo Magnini.

Tras unos segundos de silencio...

—¿Casi un millón de seguidores? —exclama Sari—. ¡No me jodas!

—Por eso solo te lo he contado a ti. Si alguien se enterase...

—Ya me imagino los titulares: pillan a Enzo Magnini, el nadador más famoso de Italia, con su nueva ilusión: Elías Sainz, un joven estudiante de literatura que acaba de pisar Roma y ha vuelto loco al nadador.

—¡Sari! —grito.

—¿He conseguido que te rías? —me pregunta—. Entonces ya me quedo más tranquila.

—¿Cuándo vendrás a verme?

—Pues justo ayer lo comenté con tu madre, que me la crucé por el pueblo. Quizá podamos ir juntas a hacerte una visita en un par de meses.

—¡Eso sería genial! —exclamo—. Os podría enseñar la ciudad, seguro que para entonces ya me la conoceré mucho mejor.

—Oye, tengo que dejarte, mi madre me está esperando para que veamos una película juntas; ya sabes, la tradición de los miércoles —dice ella—, pero si necesitas algo escríbeme ¿vale? Y respira, abraza tus emociones y dales el lugar adecuado. Es normal que sientas algo de rabia y frustración... El tal Enzo está buenísimo, ¿quién no se enfadaría si un tío así te hace *ghosting* de repente? Pero lo conoces de dos días, como aquel que dice. Imagina todo lo que te queda aún por descubrir en Roma, todas las personas que aún tienes que conocer... Las vueltas dan mucha vida, Elías.

Sonrío. Sari siempre tan sabia, tan madura, tan paciente, tan comprensiva... ¿Qué haría sin ella?

—Tranquila, estaré bien. Tus consejos siempre llegan a tiempo. Te echo de menos, dale un besazo a tu madre.

—Muchos más para ti. *Ciao, Elías, bellísimo, ci vediamo presto!!!* —exclama antes de colgar haciendo que me ría de nuevo por su entonación nefasta.

Camino por Roma sin saber muy bien a dónde voy a llegar, pero me gusta la sensación de descubrir poco a poco esta ciudad. Mientras camino me meto en su Instagram para dejar de seguirlo y veo que su foto de perfil se ha rodeado de color porque acaba de compartir algo en su historia. No quiero meterme, pero a la vez sé que necesito saber qué ha estado haciendo hoy. Al entrar descubro un mar colmado de colores frente a la pantalla. Es un lugar precioso y Enzo lo graba desde la orilla. La luna está en lo alto y me parece un lugar mágico.

Camino un rato más con música tranquila en mis oídos y decido que lo que debo hacer es dejarlo ir, hacer como si el beso de anoche no hubiese ocurrido nunca, porque solo ha ocurrido para mí y para nadie más. Ni para él. Ni para mis amigos. Ni para los suyos. Me acerco hasta el puente que hay frente al castillo de Sant Ángelo y me asomo. El reflejo de la luna colma de luz el río Tíber, y los miles de candados colocados por parejas de enamorados brillan en la noche de Roma.

Me encaramo hasta la parte de granito y me siento con las piernas hacia el vacío. Los turistas han dejado la ciudad y ya no hay tanta gente. En mis auriculares suena una canción de The Irrepressibles. Es una de mis favoritas. Cierro los ojos y por un momento, subido en ese puente, siento que él me coge la mano. Está a mi lado, con el casco de la moto. Lleva otro en su brazo. Me invita a descubrir la ciudad a su lado, en su moto, agarrándole la cintura. Eso es lo único que quiero, saber que ha sido real, que ha ocurrido. Y que me ve. Que no soy invisible y que existo de verdad. Abro los ojos y allí no hay nadie. Solo silencio y los acordes de mi canción sonando muy alto. Me bajo del puente y emprendo el camino a casa. Quiero descansar, pensar que mañana será otro día y que poco a poco se irá yendo. Y será como si nada hubiese ocurrido.

Cuando llego a casa, Silvia y Giorgia ya están durmiendo. Voy al baño y me mojo la cara con cuidado de no despertarlas. Mañana empezaré una asignatura a la que le tengo muchas ganas, Narratología: composición y estructura de la novela moderna. En realidad, Sari tiene razón, ¡me muero de ganas de escribir! Llego a la cama, me dejo caer y enciendo la luz de la mesita sobre la que descansa un libro de Carlos Ruiz Zafón. Por él estoy aquí. Desde que leí ese libro suyo supe que quería contar historias. Y me hace entender que no debo desviarme de mi propósito. Aunque en todas las entrevistas que he leído de él dice que el motor principal de sus historias es siempre el mismo: el amor.

Antes de apagar la luz me imagino por un momento en aquella playa, escuchando las olas del mar, y no estoy solo. Él está a mi lado. Entonces escribo lo que necesito sacar fuera desde lo más profundo de mí mismo. Cojo el ordenador y abro un archivo en blanco. Miro a la pantalla y empiezo a teclear.

Enzo

Las gaviotas me despiertan con el sonido de las olas de fondo. Anoche dejé la puerta de la cabaña entreabierta para que entrara un poco de aire. Es muy temprano, ni siquiera ha salido el sol, pero no puedo perder tiempo. Tengo que recoger todo y marcharme cuanto antes. Cojo la mochila y tapo la barca con la lona prometiéndole que intentaré arreglarla pronto. Cierro bien con la llave de mi abuelo que guardo en mi cartera.

Camino por la playa con decisión, consciente de que lo de hoy no será fácil, pero creo que merecerá la pena. Subo por la playa y veo el faro de la isla, que sigue iluminando el mar. Es un faro precioso al que nunca he ido porque está a más de una hora andando, pero Marco, el viejo farero que vive todavía allí, era un buen amigo de mi abuelo. Solían pasear juntos horas y horas, y mi abuelo pasaba mucho tiempo con él en el faro.

Cruzo las calles vacías del pueblo, en las que solo se escuchan mis pasos. Las bicicletas de los críos descansan sobre las puertas y las paredes, y algunos perros y gatos duermen todavía, a la espera de que la vida del pueblo arranque un día más.

El único barco que llega a la isla está a punto de atracar en el pequeño embarcadero que sirve para dejar y recoger pasajeros. El barco de Caremar, la empresa que me llevará a Nápoles, es puntual. Es muy antiguo y la pintura está carcomida por el óxido, lo que me da una idea de los años que lleva en el mar. Atan los amarres a un bolardo que hay frente a mí y tres pasajeros bajan por la escalera lateral. El hombre alza la voz para que se le escuche en todo el pueblo: *Napoli!* Yo me acerco y le enseño el billete que he comprado por internet. Frunce el ceño, poco familiarizado con los tíquets electrónicos, y me dice que pase sin siquiera haber comprobado el billete. Estoy nervioso cuando subo a bordo. Me quedan unas cuantas horas hasta llegar a Roma y poder hacer lo que realmente quiero: ir a buscarlo.

Son casi las diez de la mañana. El viaje se me ha pasado muy rápido, pero, aun así, siento que necesito llegar cuanto antes. Bajo del barco deprisa y ajusto bien los nudos de mi mochila para poder correr más rápido. Aprovecho que hay un poco de atasco y cruzo zigzagueando los coches. El sonido de los cláxones y de las ruedas acelerando a unos metros de mí me sobresalta. Una moto me pasa a pocos metros, me insulta y yo le saco el dedo. Esquivo unos cuantos coches más y consigo llegar a la acera contraria.

Nápoles es el caos hecho ciudad, un caos maravilloso, vivo. Echo a correr por Vía Duomo. Un par de gatos se asustan, se apartan de la acera y se esconden en los bajos de un coche. Comienzo a notar que mi corazón se acelera y decido detenerme. No puedo someterlo a tanto esfuerzo sin parar. Saco la botella de agua que llevo en la mochila y bebo un buen trago para intentar reponerme. Suelto el aire y noto que me cuesta respirar. Pienso en que quizá lo mejor sea continuar caminando. Llego a la estación central y me acerco a la ventanilla.

—¡Hola!

Una chica mastica chicle al otro lado.

—Hola, ¿qué desea?

—Un billete en el próximo tren a Roma, si es tan amable —le digo.

Ella sonríe y mira el ordenador a la vez que teclea.

—Veamos… el siguiente va lleno —me informa—, pero puedo sacarle un billete para el tren de la una.

Joder. Para la una.

—Sí, vale. Muchas gracias —contesto.

La chica teclea y se gira para recoger el billete que se imprime en la máquina.

—Veintidós con ochenta, por favor.

Saco la cartera de la mochila y dejo el dinero en el mostrador. Lo cuenta, me da el cambio y el billete.

—Muchas gracias, muy amable.

—Siguiente —dice ella.

Cuando estoy yéndome un chaval de unos doce años abre los ojos como platos al verme con el billete en la mano. Me giro, asustado por si pasa algo.

—Mamá, mamá. Es Enzo Magnini —le dice a su madre, que está a su lado.

Yo le sonrío y me acerco a saludarle.

—Hola, chaval —le choco la mano—, ¿cómo te llamas?

—Kilian —contesta él, eufórico.

—Encantado de conocerte, Kilian.

—¡Eres mi nadador favorito! —exclama—, tengo tu bañador y la colección que sacaste de gorros. Los uso para entrenar todos los días.

—No sabes cómo te admira —me dice la madre—. Ya ha sacado las entradas con sus ahorros para verte en los mundiales.

Eso me hace cambiar el gesto.

—Bueno sí… aún no se han confirmado los nadadores seleccionados que competirán, pero… sí, seguro que te lo pasarás genial.

—¿Nos podemos hacer una foto? —me pide él entonces.

—Claro. Por supuesto. A ver…

Me agacho un poco para estar a su altura y lo cojo del hombro. La madre hace cien fotos. Se nota que ella también está nerviosa. El chavalín sonríe y me despido de ellos.

—¡Gana el mundial, Enzo! —grita—. ¡Eres mi apuesta!

Le sonrío y me interno en la estación en busca de un banco donde poder sentarme y leer tranquilo. Saco mis gafas de sol y la gorra que llevo en la mochila por si alguien más me reconoce. La ilusión de ese niño por verme en los mundiales y que se haya gastado sus ahorros para ir a la competición me agobia un poco. Llego a un banco al final de un andén, cerca de unas grandes cristaleras por las que se ven unas nubes que ahora comienzan a disiparse y dejan ver el azul del cielo. Saco mi teléfono y llamo a la única persona que me va a decir la verdad.

—*Coglione di merda* —saluda nada más descolgar.

—Hola, Massimiliano —respondo, consciente de que me va a caer una buena bronca por no haber contestado sus mensajes ni sus llamadas.

—En la playa, ¿no? —dice él—, ¿estás disfrutando? Si quieres te mando un par de mojitos y dos tías en pelotas para que te abaniquen, *porca miseria*. —Yo me limito a permanecer en silencio—. Te recuerdo que el ministro de Deportes dejó a mi cargo la selección de los nadadores que competirían en el mundial, y sabes que no la voy a cagar. No voy a elegir a ineptos, porque es el trofeo que llevo toda mi vida deseando levantar, así que no voy a consentir que cuatro gilipollas no se lo tomen en serio y me dejen en ridículo delante de todo el país.

—Massimiliano…

—Massimiliano —responde él haciéndome burla.

—Estoy volviendo a Roma.

—Haces bien, porque mañana la prensa publicará los nombres de los nadadores seleccionados y todo el mundo se echará las manos a la cabeza cuando no te vea en esa lista, ¿me entiendes? Da tú las explicaciones que quieras, puedes contar lo del corazón, o lo de que estás agobiado porque lo dejaste con la novia, o las excusas que te apetezcan. Pero yo ya me he cansado, capullo.

—Te pido que me des una oportunidad —le pido al borde de las lágrimas.

—Te he dado muchas, Enzo. Muchas. Pasas de venir a entrenar, diseñé un entrenamiento que no supusiera mucho esfuerzo para ti —añade enfadado— y ni te has presentado. Esta tarde tampoco vendrás, y yo tengo que concentrarme en tus compañeros, en los que realmente se están esforzando por entrar en la lista. Lo siento mucho, pero estás fuera.

Y entonces cuelga. Suspiro y me levanto del banco. No podía ser cierto. El sueño de toda mi vida era competir en ese mundial. Formar parte de la plantilla de campeones que pelearían por conseguir el oro por Italia y pasar a la lista de los campeones del mundo. Es lo último que quiero hacer antes de retirarme o antes de que se me acabe el tiempo. Necesito ver a Massimiliano y hacerle entender que ese es mi último deseo.

Faltan casi dos horas para que el tren salga. Estoy muy agobiado y tengo ganas de llorar. Mi vida poco a poco va alejándose de mí, no estoy haciendo lo que de verdad quiero. No estoy siendo quien quiero ser. Y me siento sobrepasado. No quiero pasar los días así, triste y solo. Quiero que mis últimos días sean los mejores, pero aquí estoy, solo, llorando en una estación de tren muy lejos de la gente que me quiere y alejando de mí a la única persona que realmente necesito cerca. No puedo mandarle un mensaje, no puedo arreglarlo así. Necesito solucionar todo esto en persona, en Roma.

Me siento en el tren y entro en Instagram. El chavalín que me ha pedido la foto antes ya la ha subido a su cuenta, y a la vez, otras cuentas que me apoyan la han compartido con el título de: «Enzo Magnini, con un fan esta mañana en la estación central de Nápoles». Voy hasta la cuenta del chaval y le doy like. Me meto en los comentarios y los que supongo que son sus compañeros de clase y de natación le han comentado cosas como: «¡no puede ser! ¡qué suerte tienes, cabrón! ¡yo quiero!». Sonrío y le dejo un comentario junto a los de todos sus amigos: «Ha sido un placer conocerte, Kilian. Ganaré el mundial».

Después lo busco a él. Tecleo su nombre y no lo encuentro. Borro las últimas letras y lo vuelvo a escribir de nuevo. @eliassainzg. Compruebo que todo esté bien escrito. Dos eses, la zeta ahí y la g al final. Pero nada. No aparece. Me voy hasta el Instagram de su compañera de piso, Silvia. Recordaba haberla visto en la fiesta de disfraces. La encuentro y me meto en su última publicación, que es una galería de esa misma noche. Entonces encuentro una foto en la que sale con él. Pincho en su nombre y me aparece «página no encontrada». Me quedo mirando por la ventana del tren y entonces lo entiendo. Me ha bloqueado.

Aunque sé cómo arreglarlo. Busco en mis contactos, aunque me cuesta recordar su nombre. Reviso un recuerdo de hace un par de meses y entonces aparece. Marco su nombre en mi teléfono para llamarlo y enseguida da tono.

—¿Sí? —saluda un hombre mayor al otro lado de la línea.

—¡Giulio! —exclamo—, ¡soy Enzo! Enzo Magnini.

El hombre tarda unos segundos en contestar.

—¡Mi madre! —dice al segundo—. ¡Enzo! ¿Cómo estás? ¡Tienes mi teléfono! —casi grita.

—Sí. Lo tenía guardado de cuando entrenaba después de clase. ¿Qué tal va todo? —le pregunto curioso.

—Todo va bien. Ya de vuelta a las clases, ya sabes; la rutina. ¿Tú qué tal?, ¿preparado para el mundial? No se habla de otra cosa por aquí… Mañana sale la lista de nadadores.

—Sí, todo genial. Mañana sale, sí. Oye Giulio, te llamaba por una cosa, para ver si me puedes echar un cable.

—¡Por supuesto, amigo! Dime qué necesitas.

—¿Puedes mirar en el cuadro de reservas de la piscina si hay un tal Elías Sainz apuntado para nadar hoy?

—Veamos… ¿Has dicho Elías? —pregunta de nuevo el hombre.

—Sí. Elías.

—A ver…

Después de un largo silencio, el conserje de la piscina de la universidad vuelve a hablar.

—¡Elías Sainz! —exclama—, aquí está. Se ha apuntado en el último turno, en el de las ocho. Está él solo.

—Genial. Si te parece, yo me encargo de cerrar la piscina. Deja la llave donde siempre. Y así puedes salir antes, que seguro que te apetece volver pronto a casa.

—¡Oh! —exclama—. ¿Seguro que quieres cerrar? No me importa esperar hasta que terminéis de nadar.

—No te preocupes, yo me encargo.

Giulio y yo nos conocemos desde que empecé a estudiar aquí. Conmigo tenía predilección porque pasaba muchas horas en el agua y venía siempre a preguntarme cómo lo llevaba. Muchas noches me hacía el favor de dejarme nadar más tiempo a cambio de que cerrase la piscina. Y así fue cómo logré ganarme su confianza.

—Como prefieras, hijo —accede—. Ha sido un placer hablar contigo, como siempre. Algún día diré que yo veía cada día cómo el campeón de los mundiales nadaba en esta piscina.

Me reí al escuchar aquello.

—Ojalá puedas decirlo pronto, Giulio. Ojalá. Un abrazo, amigo.

Y cuelgo. Ya lo tenía. Elías estaría nadando en la piscina de la universidad a las ocho. Eso me da un margen muy corto desde que terminase de entrenar con el equipo en la piscina de

Villa Flaminia, salir con la moto a toda velocidad hasta la otra punta de Roma para conseguir hablar con él. Pero no había otra opción y no podía esperar más.

Sigo con el libro que estoy leyendo. Habla sobre un amor de verano en un pueblo costero de España. La protagonista se llama Marina y me está fascinando por cómo está escrito. Antes de que me diera cuenta, faltaban menos de diez minutos para llegar a Roma. Y entonces noto cómo el corazón vuelve a acelerarse

Elías

—¿Qué vas a hacer esta tarde? —me pregunta Silvia.

—Quiero empezar el análisis para hacer el comentario crítico de la novela que nos ha enviado el profesor de narrativa —digo—, y a las ocho iré a nadar.

—Pero si el comentario es para la semana que viene —exclama Silvia mientras abre el portal.

—Ya, pero si puedo ir avanzando, eso que me quito. ¿Sabes que anoche comencé a escribir? —le cuento.

Ella se detiene y me mira.

—¿A escribir el qué? —me pregunta.

—Bueno, es una idea, no sé si realmente vale para hacer una novela, pero al menos siento que es especial.

—Me estás diciendo que has empezado a escribir tu libro.

Está parada en medio del portal. La cojo del brazo y la arrastro hasta el ascensor.

—¡No he dicho eso! —exclamo.

—¡Si!, ¡por supuesto que lo has dicho!

—He dicho que tengo una idea.

—¿Y cuál es la idea? —me pregunta entonces.

Nos montamos en el ascensor y ella marca el número de nuestro piso.

—Quiero escribir una historia de alguien que llega a un lugar desconocido y conoce a alguien que le va enseñando la ciudad poco a poco, y de alguna manera comparten momentos especiales durante los meses que él pasa aquí. Y de lo importante que es para las personas el primer amor.

—Vaya —dice ella—, se nota que quieres conseguir la beca Feltrinelli.

—¿Te imaginas que lo publican? —sonrío—. Y que tú eres mi editora.

—Ojalá, Elías.

El ascensor llega al quinto y entramos en casa. Giorgia ya ha llegado y está preparando algo en la cocina.

—¡Qué bien huele! —exclamo nada más entrar.

—Es una receta de mi madre. ¡Sentaos!

—¿Cómo es que has salido tan pronto? —le pregunta Silvia.

—Resulta que el médico adjunto eligió a dos estudiantes en prácticas para ayudarlo en una de sus operaciones más difíciles, y lo hemos hecho tan bien que nos dejó salir del hospital antes que el resto —responde con una amplia sonrisa—. Hay que celebrarlo.

—¡Enhorabuena, Giorgi! —le digo mientras la abrazo.

—¿De qué era la operación? —pregunta Silvia.

—Un trasplante de corazón a un niño muy pequeño. No pensábamos que fuese a salir bien, la verdad —confiesa—, pero ha salido.

Enzo aparece en mi cabeza. No puedo evitarlo, aunque ya no quiera saber nada de él. Me gustaría preguntarle a Giorgia si sabe algo sobre su posición en la lista de espera o si es probable que encuentren un donante, pero me limito a coger los platos y los vasos y llevarlos al salón. Comemos el risotto de setas y trufa que ha preparado Giorgia siguiendo la fabulosa receta de su madre. Está buenísimo. De postre tenemos unos helados que ha comprado en el súper de debajo de casa. Charlamos y nos reímos, hablamos de hacer una escapada los tres juntos algún fin de semana que no tengamos mucho que estudiar. Hablamos de ir a Florencia, donde quieren enseñarme varios museos que creen que me inspirarán. Cualquier plan con ellas me parece una gran idea.

Lo recogemos todo y voy a mi habitación para hacer la redacción de clase y prepararme los siguientes días. Me pongo música y comienzo a redactar. La termino en apenas una hora y me siento tan motivado e inspirado que antes de cerrar el ordenador abro el documento de la noche anterior. En él hay una serie de conceptos, ideas y una pequeña sinopsis de lo que me gustaría que fuera el manuscrito del libro. Es la historia de un chico corriente, callado y con muchas preguntas en la cabeza, que deja atrás su pueblo en medio de la nada para echar a volar a una ciudad italiana en la que conoce al chico más guapo del mundo.

Pienso que si escribo esa historia, aunque solo sea ficción, podré contar lo que siento y lo que me hubiera gustado vivir a su lado. Comienzo a teclear un principio como el que viví hace unos cuantos meses en mi pueblo, cuando mi profesor me comentó la idea de estudiar fuera. Saco la libreta y empiezo a trazar mapas y momentos que quiero plasmar en la novela. Solo me falta un nombre para el protagonista. Me quedo mirando a través de la ventana hasta que me llega un mensaje al teléfono. Es mi amiga Sari preguntándome si estoy un poco mejor. Pero el sonido del mensaje me da una idea. Es el mismo sonido que me llegaba cada vez que Enzo me escribía a través de la aplicación Romeo. Y entonces lo recuerdo. Mi protagonista se llamará Byron, y el chico del que se enamorará perdidamente, Arión.

Me paso toda la tarde tecleando en el ordenador. Cuando salgo a beber un poco de agua, Silvia me mira y adivina que estoy escribiendo. Yo le sonrío y vuelvo a sentarme en la silla. El tiempo vuela y ya son las siete y media de la tarde. Esta última hora he estado escribiendo en el balcón, hasta que he recordado que había reservado hora para nadar. Cierro el ordenador y cojo mi mochila para salir pitando a la piscina de la universidad. Estoy tomándome en serio esto de empezar a hacer deporte, y me vendrá genial para despejarme.

El autobús me deja en la puerta del campus. Llego a la piscina y me extraña no ver al hombre que siempre está en la garita de recepción para controlar quién entra y quien sale. Paso a los vestuarios y me quito los pantalones y los calzoncillos para ponerme deprisa el bañador. Ajusto el cordón y saco el gorro, las gafas y las chanclas. Meto el macuto en la taquilla y pongo el candado. Miro mi móvil antes de dejarlo dentro. Nada. Aunque tampoco esperaba recibir un mensaje suyo, ya que lo he bloqueado por mi propio bien. Quería dejar de verlo por todos lados.

Me coloco en la calle del centro y dejo la toalla en uno de los bancos del lateral. Aquí fue donde nadamos juntos. Miro al bordillo donde casi me escurrí y donde rocé su torso. Fue justo ahí. Me digo a mí mismo que tengo que parar, dejarlo ir y olvidarlo. Pero cómo voy a olvidarlo. Me tiro de cabeza al agua, deseando que, como ese día, él estuviera en la calle de al lado.

Enzo

Salgo de la piscina de Villa Flaminia muy contento. He llegado a tiempo para el entrenamiento y he podido nadar sin notar presión en el pecho. Massimiliano seguía enfadado, pero lo he visto sonreír un poco cuando pensaba que no le miraba. Le he pedido disculpas y le he contado que este fin de semana necesitaba tomarme un respiro para saber lo que era de verdad importante y prioritario en mi vida, y sin duda este mundial lo es. Me ha dicho que mañana a las diez hay una rueda de prensa para anunciar a los nadadores seleccionados del equipo. De los veinte del club, solo seis serán los finalistas para competir en el mundial y pelear por alguna medalla de oro. No las tengo todas conmigo, porque sabe que no voy a poder estar al cien por cien por mi problema de corazón. Pero, al menos, tenía que demostrarle que mi intención es llegar hasta el final.

En el exterior de la piscina hay prensa esperándonos para hacernos fotos y algunas cámaras de televisión se acercan deprisa.

—Enzo, ¿estás nervioso? —me pregunta una chica—, ¿crees que mañana estarás finalmente en la lista?

Procuro no responder, tal y como nos ha dicho Massimiliano que hagamos. No quiere nada de declaraciones ni noticias que puedan ser diana de comentarios. Me pongo el casco mientras llegan más preguntas.

—¿Podrás competir a pesar de tu problema de corazón? —quiere saber un periodista ahora—. Se habla de que tu estado ha empeorado. ¿Cómo estás, Enzo?

—Todo bien, muchas gracias.

Me cierro el casco y arranco la moto mientras los periodistas se apartan. Miro la hora en mi teléfono móvil. Son las ocho y media. Tengo que darme prisa o no llegaré a tiempo. Acelero entre un ruido ensordecedor y enseguida llego a la gran avenida del Altar de la Patria. Atravieso la ciudad a toda velocidad. Los semáforos están en verde y acelero más y más para conseguir llegar a tiempo. Sigo con la moto hasta ver, al fondo de la gran avenida de la universidad, la piscina de la Sapienza. Suspiro y deseo que siga dentro, nadando torpemente, como solo él sabe hacerlo. Llego al aparcamiento y dejo el casco dentro de la moto. Cojo mi mochila y recuerdo mi plan: luces, pulsador y ser sincero.

Elías

Estoy descansando en la parte menos profunda antes de hacer los dos últimos largos y volver a casa. Estoy contento de haber entrenado, ojalá pronto empiece a verme más fuerte o menos delgado. Cojo aire y pienso que solo son dos más. Hundo la cabeza y comienzo a nadar. Brazada, aire, brazada, brazada, aire, brazada, brazada y entonces todo se vuelve oscuro. No veo el final de la calle y tengo miedo de darme contra la pared. Joder, pienso. Habrán saltado los plomos.

Me quito las gafas y me sumerjo de nuevo con cuidado hasta llegar al otro lado del bordillo para poder salir. Intuyo la pared de la parte más profunda de la piscina y estiro la mano para tocarla antes de darme un golpe en la cabeza. La alcanzo y cuando salgo me llevo un susto de muerte.

—¿Qué tal va el entrenamiento?

Enzo está ahí, frente a mí, en cuclillas ofreciéndome su brazo para poder salir del agua. No puedo creerlo y no consigo decir ni una palabra. Agarro su mano y él hace fuerza para sacarme. Apoyo los pies en el bordillo y lo miro a los ojos mientras me quito el gorro y las gotas de agua que corren por mis ojos.

—¿Qué haces aquí? —le pregunto sin entender nada.

Él mira a su alrededor.

—Verás, pregunté cuándo nadabas y un viejo amigo me dijo que vendrías sobre esta hora. Y bueno, aquí estoy.

—¿Has preguntado por mí? —me sorprendo. Él me sonríe—. ¿Y por qué?

Entonces mira abajo, traga saliva y se acerca lentamente a mí.

—Porque necesitaba verte.

Eso me pone más nervioso. Me pellizco las yemas de los dedos y noto que mi corazón se acelera.

—Me dijiste que no te acordabas de nada. Ni de verme, ni de salir a por mí en medio de aquella calle, ni tampoco de habernos...

No puedo terminar la frase, lo tengo tan cerca que su figura me impone muchísimo. Me siento la persona más pequeña del mundo. Entonces me agarra de las manos, que me tiemblan.

—Lo siento —me dice al momento—, lo siento mucho. Me dio miedo. Igual que me dio miedo acudir a la cita contigo. ¿Sabes?, el de anoche no fue mi primer beso, pero sí lo fue con un chico, y de alguna forma también está suponiendo un antes y un después... Todo lo que le contaste a Arión sobre tu pasado, tu pueblo, tu padre, tu hermano, sobre tu vida... En fin, Elías, estoy... Me conmoviste, joder. Siento que eres la persona más buena con la que me he cruzado y no quería hacerte daño. Porque yo no soy fácil. Ni mi situación tampoco. Creo que ya sabes a lo que me refiero. Por eso me fui e intenté alejarte de mí. Pensé que fingir no recordar nada de lo que había pasado aquella noche te haría no querer saber nada de mí. Pero te aseguro —añade cogiéndome la mano y acercándose hasta eliminar la distancia entre nosotros— que no he podido dejar de pensar en ti, Elías. Ni en el beso que nos dimos.

—¿Por qué me ibas a hacer daño si esa no es tu intención? —le pregunto.

Él mira al suelo y suspira antes de levantar de nuevo los ojos y acercarse hasta que nuestras narices se rozan.

—Porque no sé el tiempo que me queda —responde—, esa es la verdad. Ahora mismo soy como una mariposa que está viviendo los últimos días de su corta vida. Los médicos me han aconsejado que abandone los entrenamientos y la ambición de competir en el mundial. Mi padre es escéptico y mi madre está aterrada. De hecho, yo también estoy aterrado. Pero nadar es mi pasión, Elías, es mi vida, y no quiero irme sin haberlo hecho. Al menos una última vez.

Trago saliva y empiezo a temblar...

—Pero entonces... Enzo... Yo no sabía que la situación fuera tan grave ¿Qué haces aquí? ¿Qué te ha hecho cambiar de opinión?

Sonríe de corazón mientras sus ojos atraviesan un velo de tristeza.

—Ayer, una persona muy importante para mí me hizo entender que debería dedicar todos los minutos que me queden a la gente especial que hay en mi vida. Y, por supuesto, tú eres una de esas personas. O me gustaría que lo fueras, Elías. Me gustaría que formaras parte de mi vida, conocerte más, que me cuentes en persona todo lo que quieras, aprender de tu valor, cuidarte y... besarte más veces... si tú quieres.

Levanto la cabeza y le miro a los ojos, brillantes por el reflejo del agua de la piscina.

—Gracias por volver —susurro.

Enzo se acerca muy despacio a mis labios y cuando estamos a escasos milímetros, me dice algo que no olvidaré jamás.

—Ojalá me dejes quedarme hasta el último día. Hasta que... —me coge la mano y la pone sobre su pecho— hasta que él decida pararse.

Al escuchar eso solo puedo hacer lo que deseo desde que se marchó de aquel callejón lleno de estrellas. Le beso. Le beso con fuerza, cogiéndolo del cuello, y él me sube en su pecho con los dos brazos. Me besa como dos personas que se encuentran en medio de la tempestad y hace meses que no se han visto. Me besa sin parar, como si su tiempo se fuera a acabar en pocos minutos. Le aparto la cara un segundo, mientras me tiene en alto.

—No te vas a morir. No puedes morirte…

Él se ríe.

—Encuéntrame un corazón si no quieres que me muera.

Yo miro a sus ojos del color del océano y pienso que nunca me cansaré de mirarle.

—Puedo darte la mitad del mío —propongo.

Él sonríe y vuelve a hablar.

—Con que me des más besos como los de antes, me conformo.

Y eso hago. Besarlo de nuevo y sin parar. Entonces, él me lleva hacia atrás en el aire. Coge carrerilla y cuando me quiero dar cuenta de lo que va a hacer, no tengo tiempo de gritarle ni de decirle nada en absoluto. Los dos caemos en el agua mientras yo estoy en sus brazos y nos besamos. Salimos a flote juntos, no me ha soltado.

—Te voy a matar —le digo abriendo los ojos como puedo—, ¡me has asustado!

—Sí —se ríe—, pero porque quería que vieses esto.

Habla mientras me lleva al centro de la piscina.

—¿Ver qué? —pregunto yo sin entender nada.

—Esto.

Su mano me levanta la cabeza. El techo de la piscina se ha descubierto y puedo ver todo el cielo, plagado ahora de estrellas. Me quedo con la boca abierta, no puedo creer lo que tenemos ante nosotros.

—Dios mío, Enzo.

—Es bonito, ¿verdad? —me pregunta.

Lo miro ahora a él, mientras lo agarro por detrás de su cuello y lo rodeo con las piernas. Él mueve las suyas para que no nos hundamos e imagino la fuerza que tiene para aguantar su cuerpo y el mío.

244

—¿Qué piensas? —le pregunto mientras mira al cielo estrellado.

Tras un largo silencio, me mira de nuevo.

—Pienso que necesito tiempo, Elías. Todo el que puedan darme, para conseguir un corazón que funcione.

—¿Cuánto tiempo te queda? —le pregunto cabizbajo.

—No lo sé. Lo único que sé es que no quiero volver a desaparecer. No quiero seguir escondiéndome, pero con toda la presión de la prensa, el mundial, mi entrenador...

—Shhh —siseo, apoyando mi dedo en su boca—, no te preocupes ahora por eso. Tú céntrate en estar bien y en estar tranquilo. Ya darás el paso cuando tú lo sientas, pero no lo hagas por mí.

—¿Por qué eres tan bueno? —me pregunta entonces.

—¿Y por qué no debería serlo? Creo que las personas buenas son las que hacen que la vida merezca la pena.

—Haces que merezca la pena, Elías.

Y me vuelve a besar en el agua bajo ese firmamento. Entonces noto cómo el calor me sube por todo el cuerpo y el bañador, que ya era ajustado, enseguida me aprieta demasiado. Le rozo con la pierna los pantalones cortos que lleva él y noto algo muy duro. Él me mira riéndose y yo me río con él.

—¿Quieres venir a casa a cenar? —me pregunta.

Yo le miro sin creerlo.

—¿En serio?

—¿Por qué no dejas de dudar de todo? Pues claro que te lo digo en serio.

No le digo que dudo de todo porque, en el fondo, no puedo creer que eso me esté pasando a mí. Y el simple hecho de que me ofrezca un plan me parece un sueño hecho realidad.

—Claro que quiero cenar contigo.

Me coge aún más fuerte para volverme a besar y acercarme a la escalera del fondo de la piscina. Voy cogido a él, siento cada músculo de su gran espalda. Su pelo mojado y sus labios gruesos que no puedo dejar de besar. Salimos de la piscina y vamos a los vestuarios, donde coge una toalla que ha dejado sobre una taquilla.

—¿Ya lo tenías pensado antes tirarte a por mí? —le pregunto.

—Era la idea. Si no querías salir porque estabas enfadado, me metería a por ti.

Me río.

—Sigo enfadado —le aseguro, girándome para bajarme el bañador. Noto su mirada de reojo, buscándome entre las sombras.

—Espero poder arreglarlo —su voz suena ahora en mi nuca, se ha acercado hasta mí. Estoy completamente desnudo, y sentir su voz en mi cuello hace que se me pongan todos los pelos de punta. Me giro para encontrar su mirada. Él también está completamente desnudo.

—¿Y cómo lo vas a arreglar? —le digo mirándole a los ojos.

Noto sus manos en el cuello y su lengua alrededor. Cierro los ojos y apoyo la cabeza en la puerta de la taquilla a la vez que suspiro de placer. Tengo todo su cuerpo pegado al mío. Noto cada músculo de su anatomía. Le cojo de los hombros y lo araño de gusto. Le giro para apoyarlo en las taquillas y ahora es él quien me mira a mí a los ojos. Empiezo a darle besos por el cuello y bajo por su pecho, toco sus abdominales, marcados y duros, todavía llenos de agua de la piscina; paso mi lengua por ellos y sigo bajando hasta su pubis, donde le lanzo una última mirada antes de atreverme a hacer algo que no había hecho nunca. Entonces él suelta un gruñido de placer que hace que me excite todavía más.

Sin embargo, no tardo en dudar, en tener miedo, en arrepentirme, porque nunca he hecho esto con nadie y me preocupa equivocarme, hacer las cosas mal, no dar la talla…

—Tranquilo —me dice él, subiéndome a su altura y acariciándome con calma—. Ya habrá tiempo para todo eso.

—Yo nunca he… —empiezo a decir, sonrojado.

—Yo te enseñaré. Me encantará hacerlo, Elías. Tú me enseñarás muchas otras cosas, estoy seguro.

Sonrío y nos quedamos abrazados un poco más, besándonos, acariciándonos, hasta que nos rugen las tripas y rompemos el silencio del vestuario con sendas carcajadas.

—Esto es solo el principio —me promete frotando su cuerpo duro con el mío, excitadísimo—. ¿Vamos a mi casa?

—Nada me gustaría más —contesto.

Se aparta de mí y va a vestirse. Su anatomía es perfecta. Una espalda enorme y los músculos más marcados que he visto en mi vida. Me levanto yo también y busco por el suelo mis calzoncillos. Nos vestimos deprisa y nos dirigimos a la entrada de la piscina, que está vacía. Pulsa un botón y el techo de la piscina comienza a cubrirse de nuevo. Sonrío al ver que lo tenía todo planeado. Cierra la piscina con llave, no sin antes guiñarme un ojo al ver que su plan había salido bien. Ventajas de ser quien soy, me dice.

—Toma —dice, dándome su casco.

—¿Y tú? —le pregunto al ver que no saca ninguno más.

—Voy a meterme por un atajo. No suele haber tráfico ni tampoco policía.

—Pero Enzo —sueno preocupado.

—Lo vas a agradecer, hazme caso.

Entonces acelera y antes de que pueda agarrarme a su cintura la moto sale disparada por la larga avenida de la universidad. Me pego a él mientras el viento se cuela por la visera de la moto. Quiero ir viendo todo lo que hay de camino, contemplar esta ciudad a su lado. Tengo las manos apoyadas en su abdomen y está ardiendo. Yo, sin embargo, tiemblo un poco de frío. Pasa por un camino repleto de árboles por el que no hay ni rastro de gente, serpentea varias calles y cruzamos un puente por el que veo muy cerca de nosotros la basílica de San Pedro. Al momento llegamos a una calle llena de terrazas. El ambiente es increíble. Hay una fuente en medio de la calle.

—Es aquí —anuncia Enzo bajándose de la moto—, esta es mi casa.

Me quito el casco y él lo coge mientras quita la llave de la moto. Miro a los lados y recuerdo que ya he estado aquí, fue cuando di mi primer paseo por la ciudad. Ahora miro hacia arriba con la boca abierta. El edificio es precioso, cubierto por enredaderas y con unas ventanas de color marrón preciosas.

—¿Cuál es tu casa? —pregunto.

—El ático —responde sonriendo.

No sé qué contestar. Tampoco puedo imaginar las vistas que debe de tener desde ahí arriba de toda la ciudad. El ascensor llega y es muy estrecho, tanto que él con su mochila y yo con el macuto de entrenar casi no cabemos en el pequeño hueco. Nos apretamos un poco y me quedo apoyado en su pecho, así que tampoco me voy a quejar demasiado. Su camiseta huele a él. Es como oler el jazmín en verano y las sábanas recién estiradas. Lo miro y me sonríe. El ascensor llega a la última planta y Enzo abre la puerta de su casa.

—Bienvenido —dice.

Yo, tímido, doy un par de pasos y no puedo creerlo. Una casa preciosa y recién reformada se presenta ante mí. Lo primero en lo que me fijo es en la gran librería que tiene en el salón. Dejo mi bolsa apoyada en el suelo y me acerco con cuidado.

—Qué pasada —alcanzo a decir mientras voy leyendo los títulos de los libros que hay allí. La mayoría están en italiano. También hay fotografías de él de pequeño, pequeños detalles que seguro que tiene un porqué.

—Tienes hambre, ¿verdad? —me pregunta—. Yo siempre como bastante después de entrenar —reconoce entre risas.

—Sí, bueno. Yo me apaño con lo que sea —contesto.

Me acerco hasta él; la cocina y el salón están comunicados, solo una pequeña isla de mármol separa los espacios. Enzo saca dos vasos y los llena de agua. Nos los bebemos de un trago.

—Ven, que te enseño el resto.

Enzo sale de la cocina y sigue hacia el fondo de la casa. Al final hay una gran puerta. Cuando la abre me quedo completamente fascinado.

—Esta es... —digo yo con la boca abierta.

—Esta es mi habitación —termina él.

Es una habitación enorme. Unas luces led de color azul iluminan todo el techo. La cama, que es muy grande, está cubierta de cojines; en las estanterías hay medallas de todo tipo, de oro, de plata, de bronce, y cientos de fotografías, algunas de Enzo nadando o con sus compañeros de equipo en la piscina. En un lateral, tiene vinilos y un tocadiscos.

—Es preciosa, Enzo —murmuro.

Pero lo más bonito, sin duda, está fuera. Una cristalera separa una terraza desde la que se ve toda la ciudad. Me pego al cristal y veo la cúpula de San Pedro. Seguro que puede verse desde la cama.

—Mira, ven —dice él pulsando un botón.

El cristal se empieza a mover y puedo salir a la terraza a observar la preciosidad de vistas que tiene. No sé qué decir. Entonces me coge de la mano y me lleva hacia una especie de escalera que conduce a una parte todavía más alta de la terraza.

—¿Adónde vamos?

—A mi rincón favorito de la casa —dice, y comienza a subir la escalera de caracol.

Arriba, sobre el tejado, hay una mesita hecha con palés. Encima, cojines, un par de velas y varios libros.

—No puedo creerlo —alcanzo a decir.

Toda la ciudad de Roma está ante nosotros. La plaza de San Pedro, el Coliseo, el Trastévere, los miles de luces que iluminan la ciudad, silenciosa desde ahí arriba. Me coge de la mano y me echa junto a él en los palés.

—¿Me enseñarás más lugares secretos? —le pregunto mirándole a los ojos y apoyando mi barbilla en su pecho.

—Todos los que mi corazón me deje darte —responde.

Esa frase es como un dardo, ya que intento olvidar el problema de Enzo. En este instante me siento bien, feliz y hasta emocionado por haber respondido al fin a la pregunta que tanto miedo me daba hacerme. Me gustan los chicos. Pero, sobre todo, me gusta él. Enzo Magnini.

—Vas a salvarte, deja de lloriquear —bromeo—. He visto en Twitter que mañana se publican los nombres de los nadadores que van a competir en el mundial.

Él se queda callado y pasa sus dedos por mi pelo. Yo me apoyo en su pecho y observo las luces de la ciudad.

—Sí. Salen por la mañana.

—Y...

Entonces él suspira.

—Me encantaría poder competir en el mundial. Es mi sueño desde que empecé a nadar. Todos soñamos con que nos seleccionen para algo tan grande. Y ahora, cuando estoy muy cerca de poder conseguirlo, aparece lo de mi corazón —me confiesa—. No creo que el entrenador se vaya a arriesgar tanto, sabe que hay una competencia muy grande con otros países.

—¿Ese sería tu deseo si...? —no quise terminar la pregunta.

—¿Si fuera a morirme pronto? —me pregunta él entonces.

—Bueno, sí. Si supieras que te queda poco tiempo, ¿qué es lo que te gustaría hacer? —Reformulo la pregunta para que no suene tan mal.

Enzo

Conozco la respuesta, pero no me atrevo a decirla. No quiero echarme a llorar, pero estoy cómodo con él, siento que, a pesar de habernos conocido en el peor momento, quizá también sea el más especial.

—Tengo un plan. Me gustaría dejarlo todo organizado para mi funeral. Quiero que la gente se despida de mí de una manera distinta, sería una especie de celebración con todas las personas que han formado parte de mi vida, aunque yo ya no esté. Y para eso necesito dejarlo todo bien atado. Lo he llamado el plan Te veo en el cielo.

—¿En serio? —dice él—, ¿te veo en el cielo?

—Sí. Estoy obsesionado con el cielo. Me encanta tumbarme aquí y pasarme horas mirando hacia arriba, ver el amanecer y el atardecer, o como ahora, que es de noche y puedo ver algunas estrellas. Si tuviera que elegir un lugar donde quedarme después de morir, sería ahí arriba, sobre una nube viéndolo todo ante mí. —Creo que Elías va a salir corriendo en cualquier momento, convencido de que se me ha ido la pinza.

—Enzo, se me han puesto los pelos de punta —me dice sin embargo—. ¿Por qué das por hecho que te vas a morir?

—La última vez que fui a consulta, el médico le pidió a mi madre que nos dejase un momento a solas —empiezo a explicarle—, y me dijo que ojalá tuviéramos suerte de que llegase un donante compatible, pero que hay que estar preparado para todo, y eso también incluye estar preparado para que las cosas no salgan bien. Me dijo directamente que hiciera lo que siempre hubiese querido hacer, que no perdiese el tiempo, y que si tengo un último deseo, que lo haga. Pasara lo que pasase.

—¿Y por eso pensaste en tu plan? —me pregunta Elías mirándome ahora a los ojos.

—Cualquier persona pensaría que mi plan es ganar el mundial y despedirme por todo lo alto —respondo sonriendo—, ya que uno de mis mayores miedos siempre ha sido defraudar a mi padre, a mi hermano, a toda la gente que está ahí, apoyándome sin descanso. Pero no... Hay un lugar muy especial para mí, donde me gustaría invitar a todos mis amigos, mi familia y que allí pudieran despedirme y esparcir mis cenizas desde lo alto del faro —contesto.

—Un lugar cerca del mar.

—Sí, pero que solo unos pocos conocen. Ese sería mi deseo antes y después de morir. Dar a todas las personas que me quieren un lugar al que puedan ir a pensar en mí, a recordar anécdotas y a reír y sanar la herida que pueda dejar en ellos.

Y ahí estaba. El deseo que llevo pensando desde que supe que puedo quedarme sin tiempo. No quiero irme de este mundo sin asegurarme de que dejo un recuerdo especial en la gente que me quiere y que yo también quiero. Deseo que mi muerte no sea un momento de luto. Por supuesto que habrá tristeza y malas caras, pero me gustaría intentar cambiar eso, al menos el tiempo que me quede de vida. Por eso he pensado en este plan desde hace unos meses.

—¿Y tú?, ¿cuál sería tu deseo antes de morir? —le pregunto yo entonces.

Elías se queda en silencio mientras me acaricia el pecho.

—Es un deseo algo peculiar —empieza por fin—, pero que lo guardo como oro en paño hasta que llegue el momento de vivirlo. Creo que me inspiraría mucho para lo que quiero escribir. —Se queda unos segundos callado—. Mi deseo sería ver el atardecer desde una pequeña barca sobre el mar —concluye—. ¡No te rías, por favor! —exclama girándose para verme la cara.

—No me he reído —le digo—. Al contrario, me parece muy… —No sé cómo definir su deseo. Era pequeño, sencillo y abrazable—. Es muy tú —digo entonces con una sonrisilla.

—Espero poder vivirlo pronto.

—Pensaba que tu deseo iba a ser publicar un libro.

Él roza con sus dedos mi torso, dibujando caminos y carreteras por las que ir.

—Podría haberlo dicho, pero me gustaría que si finalmente consigo que la historia que estoy empezando a escribir se publique, que sea porque realmente creen en mí. Así siempre sabré que fue porque apostaron por la historia y no porque era mi último deseo —concluye.

—Podría haberlo dicho, pero de verdad creo que no me van a elegir, porque sería jugársela mucho con un nadador que está… —me toco el pecho— un poco roto.

Nos quedamos unos minutos en silencio y cierro los ojos sintiendo lo bonito que sería todo a su lado. Cenar en aquel restaurante cerca del Coliseo, llevarle en la moto a aquel mirador, bañarme con él en el mar, pero sobre todo, intentar por todos los medios hacer que su deseo se haga realidad antes de que sea más tarde para mí. Tengo que arreglar esa barca antes de que se me acabe el tiempo. Tengo que darle su atardecer en medio del mar. Pienso que el destino puede ser maravilloso, que hay veces que pone en tu camino personas para que no las sueltes de tu mano, y que mi abuelo me dejase la llave de aquella isla junto a su vieja barca era por algo. Tengo la respuesta delante de mí, descansando sobre mi pecho.

Elías

—Estaba delicioso —le digo limpiándome con una servilleta los restos de miel que me ha dejado la pizza que ha preparado Enzo. Sacó masa casera que tenía en casa y la preparamos juntos, aunque él le añadió los ingredientes estrella y me fue enseñando cómo colocarlos para que le dieran un sabor más especial.

—Me alegro de que te haya gustado. La cocina tradicional es uno de mis puntos fuertes —dice con una sonrisa.

Yo miro la hora.

—Debería volver a casa.

—Ah. ¿Te vas ya? —pregunta él. Yo no sé muy bien qué decir. A estas horas ya no hay metro y no sé qué línea de autobuses nocturnos me dejará más cerca de casa.

—Sí, porque no estoy muy cerca de mi barrio que digamos y no quiero llegar mucho más tarde, mañana tengo clase.

—Puedo acercarte en la moto —me ofrece.

—¿De veras? Pero no te preocupes, de verdad. Puedo volver andando… solo tengo que mirar bien el Google Maps.

—¿Dónde vives? —me pregunta.

—En la plaza Bolonia.

Elías va hasta su habitación y cuando vuelve lleva un casco que todavía no había visto.

—Toma, anda —dice sonriéndome mientras me da el casco. Yo le devuelvo la sonrisa y cojo mis cosas antes de salir.

Bajamos en el ascensor y nos volvemos a besar. Sus labios saben todavía a la miel de la pizza y le doy un pequeño mordisco, como la primera vez que nos besamos. Nada más salir de su casa, Enzo mira a los lados, supongo que para asegurarse que no hay fotógrafos cerca. Son más las doce de la noche y en la calle no hay nadie. Solo se escucha el eco del agua que cae de la fuente que hay en la misma calle de la casa de Enzo.

—¿Vamos? —me pregunta ya subido en la moto.

Me subo detrás de él y le agarró por la cintura. Él mira hacia donde he apoyado las manos y hace algo que no olvidaré nunca. Me coge las dos manos y las mete dentro de la camiseta. Su torso está ardiendo y mis manos están frías. Enzo arranca la moto y acelera por las calles de Roma. Apoyo mi cabeza en su espalda y por un instante cierro los ojos mientras el aire me rebosa por el casco. Con mis manos en sus abdominales y a toda velocidad, pienso que me encantaría poder contarle todo esto a mi madre, explicarle lo que siento, y que estoy conociendo a un chico, que estoy ilusionado y a la vez aterrado por lo que pueda pasarle.

Suspiro e intento olvidarme de aquello y agarrar cada momento que viva junto a él. Sean pocos o sean muchos. En el espejo de la moto veo el reflejo de su cara. Sonríe. A pesar de todo lo que está pasando, sigue manteniendo su sonrisa.

Atravesamos varias avenidas y en los semáforos, cuando la moto se detiene, Enzo mete sus manos también por debajo de la camiseta para que estén con las mías. En pocos minutos llegamos a la plaza de mi casa.

—Es justo ahí —le señalo la acera que hay en el lateral de la plaza, detrás de la parada de autobús.

Enzo me lleva hasta la misma puerta de mi casa y apaga la moto.

—Ya ha llegado a su destino, caballero —dice sonriéndome.

—No hacía falta, Enzo…

—Sí, sí hacía falta. De alguna manera tendré que ganarme que me desbloquees.

Me quedo con la boca abierta. Dios mío.

—Enzo…, de verdad que yo…

—Yo habría hecho lo mismo —reconoce—, aunque prefiero que tengas mi móvil y me hables por ahí.

Extiende su mano y le dejo mi móvil desbloqueado encima de su palma. Anota su número de teléfono y me lo devuelve. Lo ha guardado como Enzo y unas estrellas.

—Ahora te llamo —le digo—, y mucha suerte mañana. Estarás en esa lista.

Él me sonríe.

—Espero que sí —contesta.

—Bueno… buenas noches, Enzo.

Él sigue sonriendo pero no se mueve, por lo que entiendo que es mejor que suba a casa, ya que no nos besaremos. No sabía muy bien cómo iban los ritmos de todo esto.

—Descansa —me dice antes de que entre en el portal.

Pero me detengo, pensando en que quizá debo dejar de pensar tanto en cómo hacer las cosas y hacerlas directamente. Doy media vuelta y me topo con Enzo delante de mí.

—Yo te iba…

Y entonces me besa. Me coge la mano mientras nuestros labios se encuentran de nuevo. Al separarnos yo me quedo ahí, sin moverme.

—Así mejor —susurra—. Buenas noches.

Se pone de nuevo el casco y arranca la moto a la vez que yo entro en el portal. Me fijo entonces en las flores que crecen alrededor del arco que conecta con la entrada. Están preciosas, de un color blanco puro y bonito. Subo hasta casa y abro la puerta con cuidado, por si Silvia y Giorgia están dormidas, pero cuando cierro muy despacio las oigo a las dos gritar.

—¡Por fin apareces! —exclaman.

Yo sonrío y entro en el salón.

—Hola —saludo.

—Pensábamos que te habías ahogado.

En ese instante, una moto de gran cilindrada acelera y hace que las dos se giren hacia el balcón. Sin duda, es Enzo.

—¿Dónde estabas? —me pregunta Silvia.

No me había dado tiempo a pensar en qué decirles. No me creerán si les digo que he estado yo solo caminando por ahí hasta las tantas, así que opto por la respuesta más sensata.

—Pues… he ido a cenar con un chico.

Ellas pegan un salto.

—¿Qué? —exclama Silvia—. ¿OTRO? Yo no puedo más.

—Ven ahora mismo aquí a sentarte —me urge Giorgia.

—Dejadme que lleve la bolsa a la habitación y os cuento todo.

En realidad, estoy improvisando una excusa para, al menos, ganar un poco de tiempo. Voy hasta mi habitación y lanzo la mochila. Piensa, Elías, piensa. De dónde ha salido, quién es, cómo se llama. Cierro los ojos y por un momento comienzo a imaginar una historia, una que todavía no está escrita. Podría haberlo conocido en una librería, un chico guapo de ojos claros y las orejas más bonitas que he visto nunca. Su sonrisa es tranquila y apacible. Se llama Carlos, como el autor de mi libro favorito, el que siempre llevo a todos lados. Perdón, Carlo, porque es italiano. Y nos hemos besado, ha sido un primer beso perfecto, el inicio de una historia inolvidable Como un buen libro, que nunca quieres dejar de leer y que cuando acabas, entre lágrimas, sabes que siempre tendrá un lugar especial en tu librería y en tu corazón.

—¿Elías? —me llama Silvia—, ¡vienes o qué!

Cojo aire y de camino pienso en cada detalle.

—Tienes hasta otra cara —dice mi nueva amiga cuando regreso al salón y me siento en el sofá entre ambas—, se te nota en los ojos.

Normal; después de haber acabado con Enzo Magnini encima de mí en el vestuario de la piscina, haberme preparado la cena y traído a casa en moto, como para no estarlo, pienso.

—Estoy contento, la verdad, es un chico muy majo.

—Pero, a ver, ¿cómo ha sido?

Yo me río y espero poder construir una historia verídica en mi cabeza sin pasarme demasiado.

—Pues he aprovechado antes de ir a la piscina para pasarme por una librería del centro. Estaba ojeando libros cuando de repente un chico que trabajaba allí se me ha acercado para preguntarme si podía ayudarme en algo y una cosa llevó a la otra y bueno, me preguntó cuánto tiempo llevaba en Italia, porque aunque me defiendo en italiano ha notado que no era de aquí, claro, y luego me pidió mi teléfono para enseñarme la ciudad un día de estos si yo quería… Pero su turno acababa enseguida y me ha preguntado si me importaba esperarle… Y antes de darme cuenta estaba teniendo mi primera cita con un chico. Bueno, mi primera cita a secas.

—Qué de novela todo —comenta Giorgia.

—¿Por qué a mí nunca me pasan esas cosas? —se queja Silvia.

—¡Enséñanos una foto! —me pide Giorgia.

Sonrío consciente de que, quizá, lo de escribir historias se me da mejor de lo que creía. Ellas cambian de tema y antes de dormir nos damos un gran abrazo y nos deseamos un buen descanso. Entro en mi habitación y cierro la puerta, me dejo caer sobre la cama y busco su nombre en mi libreta de contactos. Ahí está, su nombre junto a unas estrellas. Tecleo una frase y la borro, y después la vuelvo a escribir de manera distinta. Luego la leo casi unas diez veces y lo envío. «Gracias por la noche de hoy, ha sido inolvidable. Me encantaría poder besarte de nuevo, si me muerdo los labios siento como si estuvieras delante. Buenas noches y mucha suerte mañana, mi ganador». Bloqueo el teléfono y lo dejo caer sobre mis labios.

Enciendo las luces que tengo alrededor del cabecero y decido coger el ordenador. Abro el documento que comencé ayer. Escribo gran parte de la noche con los auriculares puestos. He descubierto canciones preciosas, la mayoría lentas y de amor.

Son casi las tres de la mañana cuando dejo el ordenador sobre la mesa y cojo mi móvil. Tengo un mensaje de Enzo. «Gracias a ti, Elías. Ni en todas las vidas posibles hubiese esperado conocer a alguien tan especial como tú. ¡Necesito saberlo todo de ti! Creo que juntos somos el mejor plan. Te veo pronto. Descansa, E.». Me quedo leyendo su mensaje un rato, de principio a fin. Pero en mi cabeza se quedan grabadas a fuego esas cinco palabras. Juntos somos el mejor plan. Sonrío como un imbécil y pongo una alarma a las nueve, ya que mañana tenemos clase a las diez. Apoyo el móvil en la mesita, al lado del libro de Carlos Ruiz Zafón, y poco a poco cierro los ojos sin saber lo que ocurrirá cuando los vuelva a abrir.

Llego a la facultad con Silvia. Todavía sigo algo dormido después de haberme quedado escribiendo hasta las tres de la madrugada. Subimos las escaleras del edificio y nos sentamos juntos. Las dos primeras horas tenemos Géneros narrativos, donde estudiamos la historia, la evolución, la forma y los ejemplos paradigmáticos de las principales formas narrativas, el relato, la novela, etc. Tengo el móvil en la mano y actualizo Twitter para ver si salen los nombres de los nadadores seleccionados para competir en el mundial. Me fijo en que varios alumnos y alumnas de clase hacen lo mismo que yo. He seguido a varias cuentas de noticias de Roma, a la Federación italiana de Natación y a la cuenta oficial de la Sapienza.

—¿Se puede saber qué esperas encontrar a las diez de la mañana en Twitter? —me pregunta nerviosa.

—Nada, estoy solo… mirando.

—Esta asignatura es muy importante para esa matrícula de honor, y más si quieres ser escritor, señorito.

—Ya lo sé, ya lo sé.

Guardo el teléfono en el bolsillo izquierdo y sigo actualizando. No quiero pensar en cómo estará Enzo en su casa. Me lo imagino caminando de un lado a otro esperando el mensaje, la llamada o cualquier cosa que le avise de si ha sido seleccionado o no. La clase avanza y cada vez estoy más nervioso. Entonces, de repente, un tuit con un vídeo en directo muestra a un señor mayor sentándose ante una mesa llena de micrófonos. El rótulo lo identifica como Massimiliano Castellini, entrenador. Es la hora, van a anunciar a los seleccionados en directo.

—Voy al baño, ahora vuelvo.

—¿Al baño? —pregunta Silvia sin entender nada.

Salgo corriendo de la clase y subo el volumen de la emisión en directo. En la parte superior derecha hay un contador con el número de espectadores. Sube de cien en cien sin detenerse. Voy por el pasillo y llego hasta la entrada del edificio. Siento el estómago revuelto, sé lo importante que es esto para Enzo, sobre todo ahora, con su problema de corazón. Me siento en uno de los escalones de la facultad. El grupo que hay enfrente está viendo la misma retransmisión, que tiene casi veinticinco mil espectadores.

—Buenos días a todos —saluda el hombre delante de los micrófonos—. Como saben, estamos aquí para anunciar a los nadadores seleccionados que representarán a Italia en el Mundial de Natación que se celebrará este sábado en el Estadio Olímpico del Nuoto, en Roma. Aprovecho para invitarles a asistir y así darles fuerzas y ánimos a nuestros nadadores. No ha sido una elección fácil. Como saben, tenemos deportistas extraordinarios, pero estos seis seleccionados destacan por su técnica, por su perseverancia, por su brillante actitud y sobre todo por su constancia a la hora de entrenar. Sin más preámbulo, les anuncio a los campeones. —Siento en ese instante cómo mi corazón comienza a latir mucho más rápido y más fuerte. Toda Italia está expectante—. En primer lugar, el nadador Pietro Arnaldi. En segundo lugar, Alessio Ricci. —Por favor, Enzo, por favor, Enzo, repito una y otra vez—. En tercer lugar, Fabio Battisti. —Por favor, solo quedan tres, por favor. Cierro los ojos con miedo a no escuchar su nombre—. En cuarto lugar ha sido seleccionado Ángelo di Maria. En quinto lugar, Leonardo Pastrani. —No puede ser, por favor. Enzo. Enzo—. Y en último lugar, pero no menos importante —Italia guarda silencio. Contengo la respiración y cierro los ojos, siento que estoy a su lado, agarrándole la mano bien fuerte, viviendo este momento junto a él— el nadador Enzo Magnini.

Me levanto y los ojos me brillan. Grito un gran «¡SÍ!» y la gente se gira de inmediato. Busco deprisa su chat y le escribo. «Te lo mereces, mi campeón. Enhorabuena». Vuelvo caminando a clase y en los pasillos no se habla de otra cosa.

—¡Han seleccionado a Enzo! —escucho al pasar por una clase.

Todo el mundo habla de él en Twitter. Lo idolatran. En ese momento mi móvil vibra. Al levantarlo, veo su mensaje. «Eres mi talismán. Gracias por todo, quiero verte». Sonrío y siento una alegría tan fuerte e intensa por él que me siento pleno. Habría corrido a abrazarlo si hubiera hecho falta. Al volver a clase, Silvia me sigue con la mirada hasta que me siento.

—¿Dónde has ido a mear, a la facultad de Criminología? —me pregunta.

—Calla —le digo—, ¿me he perdido algo?

—Que tenemos que hacer un ensayo comparativo para la semana que viene. Y poco más, la verdad. Ah, bueno, sí. Que han salido los nadadores seleccionados para competir en el mundial de natación.

Yo la miro sin cambiar el gesto.

—¿Ah, sí?

—Sí. Han seleccionado a Enzo.

—Me alegro por él —digo impasible.

—Sé que no vas a querer que vayamos, pero es la primera vez que celebran el mundial aquí. Además, este año, para la apertura de la competición han anunciado la actuación de Pinguini Tattici Nucleari, que darán un concierto gratuito por los mundiales.

—¿Quiénes? —pregunto.

—Es mi grupo favorito. Bueno, y el de Daniela. Y el de Valerio. Es el grupo que hemos escuchado todo el verano y creo que sería un planazo verlos en directo para terminar el verano.

—Si tú lo dices…

—Además, piensa que si gana cualquiera de los seis nadadores harán una fiesta por todo lo alto justo después. Todavía no ha ganado nadie una medalla de oro.

—¿Tú irás? —pregunto.

—Hemos hablado de ir Giorgia y yo junto a los demás, los que vinieron a la fiesta. Daniela también se ha apuntado. Si quieres podemos sacarte una entrada a ti también. Salen a la venta esta tarde.

—¿Esta tarde ya?

—Sí, y se agotarán en minutos. Ya sabes, mueven masas.

Asistiré al mundial de natación junto a Silvia, Giorgia y sus amigos este sábado. Me hace tanta ilusión que hayan seleccionado a Enzo que toda la mañana mantengo una sonrisa difícil de disimular.

Enzo

Mi móvil echa humo. Llamadas, mensajes, privados y comentarios en Instagram y FaceTime de mis compañeros de equipo. Cada minuto tengo diez notificaciones más felicitándome por ser uno de los seleccionados. Intento atender a todo el mundo, pero no me da tiempo. Salvo cuando llega su mensaje, momento en el que sonrío todavía más y contesto al instante.

Estoy muy feliz. Cuando escuché mi nombre por boca de Massimiliano, mi entrenador, me he puesto a saltar por la casa, salté en la cama, me abracé a la almohada y grité sobre ella. Por alguna razón, Massimiliano me ha seleccionado para formar parte del equipo que representará al país en el mundial de este sábado. Una parte de mí siente que ese lugar puede ser el mejor para despedirme de la natación. Enciendo la televisión y en todos los canales están nuestras caras. Subo el volumen para escuchar al comentarista.

—¡Y la sorpresa llegó al final! —le dice una periodista a otro.

—No estábamos seguros de si el entrenador iba a elegir a Enzo Magnini o no, ya sabemos que con sus problemas cardíacos al joven le va a resultar muy difícil la competición, pero finalmente le ha dado una oportunidad, Giulia —contesta él.

—Creo que el entrenador le ha brindado esa plaza entre los campeones a modo de despedida, para que de algún modo, pase lo que pase, pueda sentir que compitió en un mundial y luchó por hacerse un hueco en la historia de los campeones del mundo.

—¡Puede ser, Giulia!

—Es evidente que Enzo no estará al mismo nivel que los demás nadadores por su estado de salud. Pero todos sabemos el gran cariño que le tiene este país. Sin duda, el mundo estará expectante cuando salte al agua.

En ese momento mi madre me llama al móvil. Estaba esperando a que se enterase de la noticia antes de dársela yo mismo.

—¡Mamá! —digo sonriendo.

—Hola, hijo —saluda con una voz mucho más apagada.

—¿Mamá? —pregunto nada más escuchar su tono de voz—, ¿qué pasa, estás bien?

—Sí. Sí, hijo. Acabamos de ver las noticias. Enhorabuena.

Algo no va bien, su voz nunca suena así, y menos cuando hay buenas noticias.

—Mamá, ¿qué pasa?

Ella, tras un largo silencio, suspira y vuelve a hablar.

—A tu padre y a mí nos gustaría hablar contigo, ¿podrías venirte a casa a comer?

—¿Hablar?, ¿de qué?

—Bueno, queremos hablar contigo tranquilamente. Te esperamos aquí, ¿vale?

—Vale, pero... ¿no os alegráis de que me hayan seleccionado? —No entiendo nada.

—Claro que nos alegramos, sabemos lo importante que es para ti. Y tu padre... Bueno, ya lo conoces, está rabioso de contento, pero... Hablamos cuando vengas. Un beso de los dos, Enzo.

—Adiós, mamá.

Cuelgo y me quedo mirando el teléfono. No entiendo muy bien qué está pasando. Siguen entrándome mensajes de enhorabuena y la mayoría de prensa italiana está subiendo las fotografías de los seis seleccionados. Me visto y me asomó al balcón. Veo cómo varios coches y motos llegan a mi puerta casi a la vez. Son cámaras de televisión y fotógrafos. Suspiro. Luego veo que el entrenador Massimiliano ha hecho un grupo de wasap con los seis, Pietro, Alessio, Fabio, Ángelo, Leonardo y yo. Al momento nos llega su primer mensaje: «Enhorabuena a los seis. Nos vemos hoy en la piscina del estadio olímpico. El entrenamiento es de 18.00 a 21.00 h. Además, vendrá prensa para haceros las fotografías oficiales del mundial».

Sonrío al leer el mensaje. Formo parte de los seis campeones y aún no lo he asimilado, es realmente increíble todo lo que ahora comienza, como ya nos habían avisado en estas semanas previas antes de conocerse a los seleccionados: empezaríamos con una semana frenética de entrenamientos, entrevistas, nuestras caras dando la vuelta al mundo, y me hace muy feliz pensar que llegar aquí es el premio por tanto esfuerzo durante todos estos años. El Campeonato Mundial de Natación es el mayor reconocimiento para un nadador, aunque nadie se hubiera llevado todavía una medalla de oro. Nuestro entrenador, Massimiliano, estuvo a punto, pero se quedó con la de plata, vencido por un alemán en el año 1976. Y en los últimos años quien más cerca estuvo fue Giovanni Corso en 2019, que ganó el bronce.

Cojo las llaves, me pongo una camisa de cuadros azules y las Vans marrones junto con las gafas de sol y bajo por las escaleras. Llego hasta el portal de la calle y oigo un alboroto fuera. Respiro antes de salir, consciente de lo que me espera. Una nube de fotógrafos me recibe al otro lado. Los flashes comienzan a saltar y los micrófonos de la televisión llegan hasta mí.

—¡Enzo, Enzo!

—Buenos días a todos —saludo.

Veo que va a ser imposible llegar hasta la moto con toda la gente que hay concentrada frente a mi puerta.

—Enzo, cuéntanos, ¿qué te ha parecido la noticia? ¿Estás feliz? ¿Te ves con fuerza de competir?

No quería contestar nada, pero entonces recuerdo al niño que me paró en la estación de tren en Nápoles. Seguramente estará viéndome junto a su madre. Él y muchos más chavales que sueñan con lo que hoy me está pasando a mí.

—Estoy muy feliz y me veo con fuerzas para ganar este mundial. Desde aquí quiero agradecer la confianza depositada en mí a todos los que me apoyáis día tras día con mensajes de ánimo y por supuesto también al entrenador y a mi equipo, del cual estoy muy orgulloso. El sábado os espero en el estadio olímpico. Muchísimas gracias a todos.

Me preguntan a gritos todos a la vez. Hago oídos sordos y me dirijo a la moto.

—¡Enzo! —exclama una periodista—, ¿crees que Chiara estará en la competición?

—¿Irá a verte, Enzo? Hay rumores de reconciliación por sus indirectas lanzadas a través de Instagram, ¿tienes algo que decir?

Llego por fin a la moto y antes de ponerme el casco, vuelvo a dirigirme a los micrófonos de los periodistas.

—Muchas gracias por todo.

—¡Enzo! —grita otra periodista—, ¿estás conociendo a alguien? ¿Tienes alguna amiga?

Arranco la moto y acelero para salir de mi calle, que se ha convertido en un campamento de fotógrafos y periodistas. Voy en dirección a mi casa, donde me esperan mis padres y mi hermano para comer. De camino pienso en lo mucho que me ha gustado el mensaje de Elías, y también en que me encantaría que viniera el sábado. Sería algo muy especial para mí. El semáforo está en rojo y saco mi teléfono para escribirle. «Enzo, 12.25. Me gustaría que vinieras el sábado. Avísame si quieres ir y te guardo un par de entradas. Espero que vaya genial tu mañana, E.».

Sonrío y mi hermano Luca abre la puerta de casa.

—¡Pero bueno! —exclamo.

—*Mio fratello!* ¡Acabas de salir en la tele! —grita agarrándome de la mano. Mía y Nani corren por el jardín, y dentro de la casa, entre las grandes cristaleras de detrás de la piscina, veo a mis padres en la cocina. Me saludan, pero sus caras son serias. No entiendo qué ocurre. Luca y yo entramos en casa y mi madre viene a mi encuentro y me abraza.

—Hijo.

—Hola, mamá. ¿Qué pasa? Estáis muy serios.

—Pasa, vamos al salón. Tu padre va a preparar una lasaña.

En el salón, mi padre me espera de pie. La televisión está puesta, en el rótulo puede leerse ENZO MAGNINI Y SUS PROBLEMAS DE CORAZÓN.

—Hola, hijo. —Mi padre me da un beso.

—Hola, papá.

—Ven, siéntate aquí.

Apaga la televisión y deja el mando sobre la mesa. Mi madre se sienta a su lado y yo ocupo el sofá que hay al lado, frente al jardín.

—Luca, ve con Mía y Nani a ver qué están haciendo, ¿vale?

El pequeño sale al jardín de nuevo con un juguete en la mano.

—¿Por qué no queréis que esté? —pregunto mirando a mi hermano.

—Es mejor así —dice mi padre.

—¿Me podéis explicar qué pasa? —Ya no aguanto más—. No entiendo nada.

—Verás —comienza mi madre, que se incorpora un poco y coge la mano de mi padre—, sabemos la ilusión que te hace competir en ese mundial, que te hayan seleccionado y que

ahora mismo estés en todas las televisiones, medios y todo esto
—dice ella mirándome; mi padre asiente, pero no me mira, su
mirada está clavada en el suelo—, pero esta mañana nos ha
llamado el doctor Pellegrini y ha insistido en que si compites
en el mundial del sábado pondrás en grave peligro tu salud.

Mi padre respira hondo y me mira a los ojos serio, con
semblante preocupado como pocas veces lo he visto.

—Me he dado cuenta de lo egoísta que he sido, Enzo —dice
con un hilo de voz—. He estado siempre tan... Estoy tan
orgulloso de ti, de mi hijo, que no había caído en la cuenta del
riesgo al que te sometía para cumplir un sueño, una meta, que
te coloqué sobre los hombros desde muy pequeño.

Abro la boca para intervenir, pero él levanta una mano
y continúa.

—Déjame terminar, hijo, esto es importante para mí... La
prensa, la televisión, los medios, la publicidad..., todo eso es
secundario ahora. Da igual cuál sea mi posición y mi nombre
en la compañía y cuánto hayamos invertido en construir tu
carrera. Habrá más oportunidades. Habrá otros mundiales.
Yo no lo había visto hasta ahora, estaba cegado por tu triunfo,
que era también mi triunfo de alguna manera. El doctor Pellegrini ha sido tajante y contundente: lo sensato es esperar
hasta que llegue el trasplante. Habrá más competiciones. Porque tu corazón ahora mismo está muy débil —mi padre empieza a llorar—, pero nosotros, Enzo, no queremos que ese
campeonato nos deje sin hijo.

Entonces los ojos de mi madre se iluminan y se llenan de
lágrimas también.

—Sabemos la ilusión que te hace, pero por favor, no lo
hagas —susurra ella—. Te lo pedimos por favor.

Suspiro y echo la cabeza hacia atrás. Mis ojos se humedecen
al oír aquello. Era algo que ya sabía, pero que había asumido.
No quiero renunciar al sueño de toda mi vida por lo que me
ocurre, no quiero quedarme de brazos cruzados esperando un

trasplante que no llega nunca mientras pierdo oportunidades de vivir cosas increíbles y que nunca olvidaré. Es cierto que el deporte, la natación, la competición de alto nivel, es algo que me inculcó sobre todo mi padre, desde pequeño, y de alguna forma fue él quien sembró en mi cabeza el anhelo de vencer, de triunfar, de convertirme en el mejor. Pero llegó un día en que ese sueño dejó de ser suyo y se convirtió en el mío. Y ahora que todo puede pararse en cualquier momento —mi corazón, para empezar—, pienso si me arrepentiré más si lo intento y fracaso, o si no hago nada y mi corazón se detiene igualmente antes de que llegue el trasplante. No. No puedo sentarme a esperar. Eso no va conmigo. Nunca he sido así. Mis padres, con lágrimas en los ojos, agarrados de la mano, me miran expectantes.

—Mamá, papá…, os agradezco que os preocupéis tanto por mí. Os entiendo, de verdad, pero lo siento mucho, no quiero renunciar al sueño de toda mi vida por lo que me pasa. No solo es lo que llevo esperando desde que empecé a nadar, no solo competir en el mundial es un modo de agradecerle al mundo toda la confianza que han depositado en mí, sino que estoy seguro de que me arrepentiría si no lo intentara. Mi corazón aguantará, os lo aseguro. Y si no…, bueno, habré sido feliz hasta el último segundo, siendo fiel a los valores que me habéis inculcado, a la fortaleza, la lealtad, el compañerismo, y sintiéndome dueño de mi propia vida. ¿Sentarme a esperar un trasplante que puede no llegar nunca? No, ese no soy yo. Y vosotros lo sabéis. Ese no sería vuestro hijo, vuestro Enzo. Así que, por favor, concederme al menos intentarlo. Es lo último que os pido.

Mis padres lloran y yo con ellos. Sé que es duro dejar morir a un hijo, pero yo soy el que quiere saltar al agua una última vez sabiendo que todos estarán mirándome y viéndome al menos intentarlo. Eso es lo que me han enseñado desde pequeño. Caerse y levantarse pero, sobre todo, no quedarse quieto. Y eso es justo lo que voy a hacer. Nos abrazamos y lloramos. Al momento entra Luca y al vernos así viene corriendo y nos seca las lágrimas con sus manitas sin entender nada.

—¿Por qué lloráis? —pregunta inocente.

—Porque tu hermano va a ser campeón el sábado —responde mi padre.

—¡Y vamos a ir a verlo! —exclama mi madre—, ¿a que sí?

Luca comienza a saltar y a gritar.

—¡Sí! ¡Sí! ¡Sí! —grita—. Voy a animarte desde las gradas, tete.

—Nada me haría más feliz, Luca —digo cogiéndolo y subiéndolo a mis brazos—. ¡Ataque de besos! —grito mientras le beso por toda la cara.

Mis padres nos miran y mi madre se seca las lágrimas. Me han cuidado, me han protegido, y en la mirada de mi madre veo que no ha sido suficiente. Le doy la mano y sonrío para que vea que todo está bien. Y que, si yo no tengo miedo, ella tampoco debería tenerlo.

—Tienes un brillo especial en los ojos —me dice entonces mi madre—. ¿Has conocido a alguien?

Yo le sonrío.

—¿Cómo lo has sabido?

—¿Pero aún no te has dado cuenta de que una madre lo sabe absolutamente todo de sus hijos? ¿Y podemos saber algo de ella? —dice secándose las lágrimas. Yo simplemente sonrío, ya que no tienen ni idea de que es un chico.

—Que es alguien muy especial. Y muy buena persona —respondo.

—Eso es lo más importante.

Salgo al jardín a tomar un poco el aire. En ese momento mi móvil se ilumina. Es el doctor Pellegrini.

—Doctor.

—Enhorabuena, Enzo —me dice él.

—Muchas gracias. Me llama para pedirme que no compita ¿verdad?

Él se ríe al otro lado del teléfono.

—Te llamo para decirte que ojalá ganes ese mundial, Enzo. Tus padres me llamaron esta mañana para convencerme de que te pidiese que no lo hicieras, pero ese no es mi trabajo. Mi trabajo es otro.

Yo no sé qué decir ante las palabras del médico que ha estado a mi lado durante los peores momentos.

—¿Cree que podré conseguirlo? —le pregunto sincero—, ¿cree que mi corazón aguantará?

Él suspira y se queda en silencio unos segundos.

—Si te soy sincero, Enzo…, sería un milagro que tu corazón aguantase los metros que tienes que nadar a una velocidad tan alta.

—Pero si no compito…

—Si no compites y no tenemos un donante, también morirás en menos de un año. Es lo que quería decirte.

—El final es el mismo —digo—, en los dos casos acabaré igual.

El silencio es tremendo, solo se escucha el piar de los pájaros alrededor de la casa.

—Quizá mueras siendo campeón del mundo. El único de toda Italia.

—Muchas gracias por llamarme, doctor —le digo.

—Simplemente quería…

Sonrío mirando al horizonte, desde donde se ve toda la ciudad.

—Quería despedirse —le digo riendo.

—Bueno… sí, ya sabes.

—Se lo agradezco. Al menos venga a la competición del sábado, me gustaría verlo. Una última vez.

—Dalo por hecho, muchacho. Allí estaré con mi mujer y mi hijo.

—Una última cosa, doctor, ¿se acuerda de los electrocardiogramas que me hizo en los que se escuchaba mi corazón?

—Sí, claro.

—¿Me podría mandar el último?

El doctor Pellegrini se queda en silencio.

—Claro…, claro que podría, pero Enzo ¿para qué quieres…?

Cuelgo y me quedo en silencio en el jardín. Me siento bajo el árbol que planté junto a mi padre cuando era pequeño. La luz del sol se cuela entre las ramas y una mariposa se posa en uno de mis dedos. Es azul, y es preciosa. Me quedo embobado mirando cada detalle de sus alas. A los pocos segundos echa a volar y suspiro en silencio. La gente ya se está despidiendo de mí. En realidad, es algo previsible. La vida no tiene otros planes para mí y debo aprovechar cada minuto aquí. Me pongo la mano en el pecho, justo donde mi corazón palpita, y lo escucho en silencio. Pum. Pum. Pum. Y entonces tengo una idea.

Cojo el casco que está en la mesa de la entrada y antes de cerrar la puerta miro de nuevo al salón. Todos descansan, y siento una gran paz al verlos juntos, cuidándose unos a otros. Esa es mi familia, la mejor que me podía haber tocado. Fuera, el sol cae de lleno en el jardín. El agua de la piscina brilla y se refleja sobre los cristales. Compruebo la hora para ir bien de tiempo al entrenamiento de esta tarde y para las fotos oficiales que nos harán. Solo quedan dos días para el sábado y necesitaba un día entero para hacer una cosa, algo que, si salía bien, creo que haría muy feliz a alguien. Arranco la moto y siento una fuerza en mi interior que pocas veces había sentido antes. Antes de acelerar, le mando un mensaje a ella. Es la única que puede ayudarme en este momento y darme lo que necesito.

Elías

Salgo de casa decidido a pasar la tarde escribiendo. Estoy realmente inspirado y ya he escrito cincuenta páginas de la historia que está brotando en mi cabeza. Le he preguntado a Enzo por algún sitio que le guste y ha querido saber qué es eso que estoy escribiendo para recomendarme un lugar acorde. Es una historia de amor, le he contestado, y a continuación me ha mandado unas coordenadas. He cogido el autobús que me indica el móvil. Son veinte paradas. De camino, me fijo en los carteles que hay por todas las calles anunciando el mundial del sábado. Han empapelado cada marquesina, pared y tablón de la ciudad. Las entradas se han agotado en segundos, pero Silvia, Giorgia y todos sus amigos, los que conocí en aquella fiesta, podrán ir a la final. A mí, Enzo me ha pasado una entrada personal para que no tenga que preocuparme de nada. Silvia me ha añadido a un grupo de wasap junto a todos los demás, que están muy emocionados por ver actuar al grupo de música que los ha acompañado este verano. También esperan que algún nadador italiano quede ganador. De repente me vibra el móvil. Es Daniela, a través del grupo en el que me han metido.

Daniela 16.55
Mirad qué mal rollo.

Envía una captura de pantalla de Twitter, donde el tema más comentado de Italia es *#GrazieMilleMagnini.* Entro deprisa a la aplicación y pincho en el hashtag que aparece en primer lugar. Todo son mensajes bonitos y fotografías editadas de Enzo en los que le agradecen su esfuerzo por llegar hasta el mundial y por inspirar a tanta gente a no tirar la toalla, a seguir y luchar hasta el final y no renunciar a cumplir sus sueños. Hay mensajes muy emotivos que me hacen sentir un vacío en el cuerpo, porque todos parecen estar despidiéndose de él. También noticias de médicos y especialistas que opinan que la competición es de un peligro extremo para él por su patología cardíaca, pero que todos entienden que el chaval quiera cumplir su deseo de nadar, ya que encontrar un donante en tan poco tiempo es muy complicado.

Me seco una lágrima y pienso en que me encantaría seguir conociéndolo, en que quiero conocer sus manías y sus miedos, sus gustos y lo que odia por completo. Me encantaría celebrar cumpleaños a su lado y viajar de su mano. Construir poco a poco un nosotros que se vuelva eterno. Pero al abrir los ojos todo eso se desvanece, en mi cabeza suena el tictac de un reloj que me anuncia que cada segundo que pasa es un segundo más cerca de la vida sin él. Y no quiero. No quiero por nada del mundo quedarme sin tiempo con él.

El autobús se detiene y me doy cuenta de que es donde tengo que bajarme. Las puertas se abren y salgo deprisa. El móvil me indica que estoy a seiscientos metros. Empiezo a andar. Tengo que adentrarme en un laberinto de callejuelas del barrio de Ponte. Camino deprisa mirando el móvil porque quiero enviarle una foto del lugar que me ha sugerido para seguir sumando los pocos recuerdos y momentos que forman nuestra historia. El móvil marca trescientos metros y levanto la mirada. Al fondo, una fachada circular se presenta ante mí. Me acerco hasta ella y el móvil me indica que he llegado a mi destino. Al alzar la cabeza encuentro una iglesia escondida entre dos viviendas. Es pequeña y no hay nadie alrededor. Entro y el silencio es total, hace frío a pesar de los rayos del sol que entran por una vidriera superior. Hay frescos alrededor, es preciosa. Me acerco por el pasillo central con mi libreta en la mano, pero allí no hay nadie. Llego hasta el altar y en uno de los laterales descubro una figura de mármol. A sus pies hay una máquina de velas que funciona con monedas. Me acerco sin hacer ruido, por si alguien aparece y me asusta. Al llegar hasta la gran figura, observo que solo hay una vela encendida. Supongo que no viene mucha gente por aquí. Pienso en por qué Enzo me ha recomendado este sitio para escribir y compruebo que las coordenadas estén bien. Lo están. Es aquí. En un lateral de la escultura hay una inscripción. Me acerco para leerla y dice lo siguiente: «San Adiutor, patrón de los nadadores, los ahogados y los marineros». Los pelos se me ponen de punta. Al lado de la máquina de velas descansa un libro abierto en el que ha firmado mucha gente. Miro la parte izquierda de la página y dice lo siguiente.

2 de agosto de 2022

Familia Rosetti.

Nuestro hijo de dos años, Simón, se ahogó hace dos veranos en una playa de Nápoles y desde entonces estamos rotos. Nuestro pequeño ángel se fue y se llevó con él toda la alegría de nuestra casa y también su luz. Pero sabemos que desde el cielo nos podrá guiar a todos aquí abajo y acompañarnos en cada paso que demos. Tu hermana se graduó este año y decidió tatuarse tu nombre como regalo de cumpleaños. No queremos aprender a vivir sin ti y te pedimos que no nos dejes nunca. Tu familia que te quiere y te extraña.

Una lágrima cae y casi impacta en la hoja. Paso mis dedos por las letras que allí hay escritas y llego a la siguiente, que está más abajo. La fecha es de ayer mismo y la tinta aún parece fresca.

Querido Adiutor:

Ahora no me conoces, pero creo que lo harás pronto. No es por ser pesimista, pero nadie me ha dado una buena noticia todavía y todo apunta a que no pasaré del sábado. Pero antes de marcharme quiero dejar aquí escritas unas últimas palabras, para quien las lea. He vivido una vida increíble; corta, pero realmente apasionante. Mi familia es perfecta y espero que mi hermano pequeño pueda perdonarme no vivir más, pero él se quedó el corazón bueno y prefiero que así sea. He conocido a gente increíble durante estos veintitrés años y también gente que me ha hecho daño, pero he aprendido a perdonar. He descubierto que la vida son los momentos que la conforman y que puedes haber vivido una vida larga pero llevarte pocos momentos de ella. Yo me llevo grandes recuerdos para allí arriba, Adiu. Porque te puedo llamar Adiu, ¿verdad? Aunque realmente, como dicen en los buenos libros, lo mejor llega al final. Y llevan razón. He conocido a una persona con la que me gustaría tener más momentos, muchos más de los que mi corazón puede darme. Es una persona buena, simpática, risueña y con un talento que seguro que el mundo está deseando conocer. Por eso quería pedirte algo, ya que creo que al ser el santo de los nadadores y de los ahogados tengo doble derecho a pedir un deseo. Es pequeño, pero creo que podrás concedérmelo. No quiero nada para mí, sino para él. Te pido que le rodees de gente buena, que conozca a alguien que lo quiera hasta el último día de su vida y le haga profundamente feliz. Que se casen y tengan una casa con vistas al mar, y que cuando haya vivido todo eso, mire al cielo y sepa que el primer amor nunca se olvida, porque yo nunca me olvidaré de él. Dios mío, Adiu. Estoy locamente enamorado de él, aunque no se lo haya dicho. Me gustaría ser yo quien viva todo eso a su lado, pero no ocurrirá, aunque mi corazón, después de pararse, seguirá llevando su nombre. Espero que puedas cumplir mi deseo. Nos vemos pronto.

E. M.

No puedo dejar de llorar. Mis dedos tiemblan sobre el papel, no puedo articular palabra ante lo que acabo de leer. No puede ser cierto. No puedo creer que alguien sienta eso por mí. La respiración se me acelera porque no quiero despedirme de él, no es justo que la primera persona que realmente me ha visto entre lo invisible se marche tan pronto. No es justo. Enzo quería que leyese esto antes de marcharse y por eso me ha mandado aquí. Sonrío al leerlo de nuevo. Salgo de allí. Necesito llamarle, escuchar su voz. Busco su nombre, cojo aire y escucho un tono. Y otro. Y otro más. Y otro. Y cuando va a saltarme su contestador…

—Elías —oigo.

Me río mientras sigo llorando.

—Estás enamorado de mí —le digo.

Él se queda en silencio y escucho su risa.

—¿Lo dudabas? —me pregunta. Yo me sigo riendo mientras me seco las lágrimas—. ¿Te ha gustado el lugar?

—Me ha gustado mucho —le contesto—. No sabía que existiera algo así.

—Poca gente lo conoce, por eso quería que tú también supieras que allí siempre podrás encontrarme.

—No te despidas de mí todavía, Enzo.

—No me estoy despidiendo, idiota —responde él—. Estoy en el vestuario, van a hacernos las fotos promocionales del mundial.

—Saldrás guapo.

—Eso espero, porque seguramente será la que usen en mi tumba.

—Por favor, no digas eso —le digo riéndome.

El silencio se extiende entre nosotros.

—¿Te apetece dormir conmigo? —me pregunta.

Sonrío de oreja a oreja al escuchar aquello.

—Claro que me apetece.

—Si quieres, cuando salga del entrenamiento paso a recogerte donde estés con la moto y vamos a casa.

—Vale —le digo.

—Tengo que colgar, que empezamos ya. Y no llores, ¿vale? Quiero escucharte sonreír.

—¿Cómo me vas a escuchar sonreír, bobo?

—A ver, sonríe.

—Para —digo riéndome.

—Así. Muy bien. ¿Ves que fácil? Te veo luego.

—Adiós, tonto. ¡Y sal guapo!

Él se ríe al otro lado del teléfono.

—Se hará lo que se pueda.

Cuelga y me quedo mirando el teléfono para después sonreír. Estoy justo debajo de la fachada circular de la pequeña iglesia. En una de las columnas está dando el sol y decido acercarme y apoyar mi espalda allí. La calle en la que se encuentra es tranquila y se está muy a gusto. Saco la libreta y busco lo último que escribí anoche. Luego busco mi bolígrafo de tinta líquida y sigo la historia que tanto me está gustando escribir.

Enzo

—¡Descansad todos mañana! —ordena el entrenador Massimiliano—. Y desconectad. Aprovechad que tenéis unas horas libres antes del gran día. Y recordad lo mucho que valéis.

Nos acercamos los seis y nos abrazamos a él. Nuestro entrenador está realmente emocionado por el mundial que se disputará el sábado y nosotros sabemos lo importante que es para él.

—Enzo, quédate un momento —me pide cuando nos separamos. Los demás se van para el vestuario y yo me quedo junto al entrenador.

—Dígame.

Él se sienta en un banco en mitad de la piscina.

—Muchacho, ¿tienes claro que quieres competir?

Yo suspiro y me siento a su lado. Sabía que esta conversación iba a tener lugar en algún momento.

—Sí, entrenador. Lleva siendo mi sueño durante todos estos años.

—Ya, hijo… pero dicen que quizá si esperas un poco más…

—Si espero un poco más, en el mejor de los casos viviré preguntándome si tomé la decisión correcta, atormentándome mientras alimento una esperanza inútil. Y no quiero eso. Quiero saber que esto no me frenó, sino que me dio más fuerza todavía para conseguir lo que me proponga.

—Eres ya un campeón, Enzo —me dice él entonces—, va a ser difícil vencer a los cabrones de los alemanes, pero creo que ya te has ganado a todo el mundo que vendrá a vernos. Y eso es lo más importante.

—Muchas gracias, entrenador. De verdad. Este tiempo con usted ha sido realmente motivador, aunque también duro. Pero creo que he aprendido, gracias a usted, que rendirse no es una opción nunca, y que si no te levantas después de caer, siempre verás todo desde el suelo. Y la vista al caminar de nuevo es formidable.

—Me alegro de haberte sido útil. Vete a casa y disfruta. Te veo el sábado en la competición.

Me pongo de pie y me vuelve a abrazar. Es un abrazo largo y en silencio. No hay nada más que decir, pero en el fondo nos lo estamos diciendo todo: gracias.

Salgo de la piscina y mis compañeros me esperan alrededor de mi moto.

—¿Os vais a poner melancólicos vosotros también? —pregunto nada más verlos con las caras serias.

—Qué capullo eres, Enzo —dice Pietro.

—Ven, anda —sigue Ángelo.

Uno de ellos saca una especie de caja de color azul. Es pequeña y muy fina. Pienso en lo que puede contener, pero no tengo ni idea. Me la entrega y la sostengo en la mano.

—¿Y esto? —pregunto aún sin abrirlo.

Voy a abrir la caja y veo que a Leo se le escapa una lágrima. Descubro lo que contiene y se me eriza el vello, un escalofrío me recorre la espalda y Pietro vuelve a hablar.

—No podemos ir al mundial sin un capitán —dice—, y hemos pensado que te mereces serlo tú. —En la caja hay una banda estrecha con la palabra CAPITÁN. Es de color azul cielo, y con el escudo de nuestro equipo de natación—. Giovanni ha dado su aprobación y el entrenador también. Eres el nuevo capitán del equipo.

Sonrío y los ojos se me humedecen al instante.

—No sé ni qué decir chicos…

Y me lanzo a abrazarlos. Esos muchachos me han acompañado durante todo el proceso de aceptar que mi corazón se debilita por momentos, el de celebrar cada pequeño triunfo. Todos nos sentimos parte de una misma familia, y que me elijan capitán para el mundial es sin duda algo que nunca olvidaré. Nos abrazamos una vez más y hablamos de nuestros planes para mañana. Algunos iban a aprovechar el día libre antes de la competición para estar rodeados de su familia y amigos, recibiendo cariño y fuerzas. Otros desconectarían con sus parejas o harían alguna escapada en coche. Yo les digo la verdad, que pienso irme solo a mi lugar favorito del mundo, ese que nadie conoce todavía pero que pronto descubrirán. Arranco la moto y cuando se van llamo a Elías.

—¿Dónde estás? —le pregunto.

—Sentado bajo la cúpula de la iglesia. Llevo escribiendo desde que hablamos.

Me río al oír aquello.

—Veo que te ha inspirado.

—Mucho.

—Dame diez minutos y te recojo.

—Te espero. No me moveré de aquí —me responde.

—No lo hagas, me muero por besarte.

Oigo su risa.

—Hasta ahora, Enzo.

—Hasta ahora, Elías.

Acelero todavía más para llegar lo antes posible. Es mi última noche a su lado y no quiero desperdiciar ni un solo minuto. Mañana tengo que salir muy temprano hacia mi lugar secreto; allí me espera ella y no puedo llegar tarde. Todo está planeado.

Elías

Enzo ha pedido cena a domicilio y está descorchando una botella de vino blanco.

—Ponte cómodo —me dice.

—¿Cómodo? —le pregunto.

Él se ríe mientras saca dos copas.

—Ve a mi habitación y coge cualquier pantalón corto. Estarás mucho mejor.

—Ah, vale.

Voy hasta su habitación y abro el armario. En uno de sus cajones hay varios pantalones cortos de deporte, algunos con su propio nombre y número. Agarro el de color verde y me lo pongo. En un lateral pone MAGNINI, y en la otro su número, el dieciséis. Vuelvo a la cocina y lo encuentro preparando una tabla de queso junto con un poco de embutido. Las copas de vino ya están sobre la mesa del salón.

—Qué bien te quedan —dice cuando me mira.

—Me los podría quedar, tienes tres iguales.

Él viene con la tabla que ha preparado al sofá.

—Para ti —me dice sonriente.

Deja la tabla sobre la mesa y cuando me incorporo a por un trozo me pone el brazo en el pecho y me recuesta de nuevo en el respaldo del sofá. A continuación se acerca y me besa. Y yo le beso a él, porque es lo que llevo deseando desde que salí ayer por esa puerta. Deseaba besarlo en mitad de la universidad si lo hubiera visto, delante de todo el mundo para celebrar que lo habían seleccionado para el mundial.

—Me habría encantado que me enseñaras más cosas de esta ciudad: los bares donde te gusta emborracharte, los restaurantes que guardas para cenas especiales y los rincones que son solo tuyos.

—Podría prepararte una lista para cuando no esté.

Lo miro fijamente. Su nariz está frente a la mía y sus labios son mi debilidad.

—Pero no tendrá sentido ir a todos esos sitios sin ti.

—A mí también me habría gustado ir contigo. Pero, por favor, no estés triste. No podría perdonarme haberte hecho daño. No a ti.

—Lo intentaré, pero sabes que me dolerá.

—Solo serán los primeros días —dice él entonces—. Luego quiero que sigas disfrutando de esta ciudad, que descubras tus propios lugares y escribas la mejor historia de amor que se haya escrito nunca. Prométeme que lo harás.

Una lágrima cae y él se acerca de inmediato a quitármela.

—Te lo prometo.

—¿Tienes ya título? —me pregunta.

No he pensado cómo titular la historia. No sé cómo será el nombre de este libro que ni siquiera sé si se convertirá en novela.

—Todavía no.

—Seguro que te vendrá cuando menos lo esperes.

Él se acerca a las copas de vino y coge las dos.

—Brindemos.

Yo le miro y sonrío.

—Porque el sábado seas el primer campeón del mundo en la historia de Italia —digo.

Él me mira y agacha la cabeza. Sus ojos brillan de repente.

—No creo que pueda conseguirlo, Elías.

—Yo creo que sí —le rebato—, hazme caso.

—¿Estarás ahí? —pregunta cogiéndome de la mano.

—Justo delante, para gritar con todas mis fuerzas.

—Muchas gracias.

Me vuelve a besar y nos bebemos la copa de vino. Pone algo de música de fondo. Me coge de la cintura y me sube a su pecho. Yo lo rodeo con las piernas y me lleva en volandas hasta el cuarto. Todo es oscuridad, pero los reflejos de las farolas se cuelan en la habitación. Y es bonito. Me tumba en su cama y se quita la camiseta. La poca luz define todavía más sus abdominales y sus brazos. Se quita los pantalones y se queda en calzoncillos. Lo miro de arriba abajo. Acerca su cabeza a mi cuello y me besa. Su lengua húmeda recorre mi nuez y mis clavículas. Me incorpora y me quita la camiseta. Yo me dejo llevar. Me baja los pantalones y me quedo también en calzoncillos. La música sigue sonando en el salón y noto su mano llegar hasta mis bóxer. Los baja y se dirige hasta allí dándome besos en el pecho y el ombligo. Apoyo la cabeza en la almohada y miro al techo. El calor recorre todo mi cuerpo y hace que doble la espalda. Él se acerca a mis labios y me besa más todavía. Me giro sobre él y me pongo encima. Observo con más detalle su cuerpo y su cara, su sonrisa perfecta y traviesa, y llevo mis manos hasta sus calzoncillos. Le beso el costado, las axilas, cada una de las costillas que zigzaguean en su piel y los abdominales tersos. Me dejo llevar de nuevo. Un huracán de fuego en mi cabeza y en mis manos. Enzo gime, me acaricia el pelo, dice mi nombre entre susurros… Me tumba de nuevo y se pone encima, pero esta vez me agarra las manos y las pone detrás de la almohada. Le miro y sé que voy a sentirlo dentro. Es lo que quiero. Pocos segundos después abro la boca ante el placer que me está dando. Y él hace lo mismo. Lentamente soy suyo y él es mío. Somos nuestros. Me acaricia las piernas para que sepa que está cuidando de mí cada segundo y que nunca ha dejado de hacerlo, desde que nos conocimos en esa fiesta. Y me deja claro las ganas que tenía de que este momento llegase, ahora que lo hace más rápido. Y más rápido, y le pido que no pare y que siga. Sus manos se agarran fuerte a las mías. Nos movemos, y siento su fuerza mirando hacia Roma. Y sigue todavía más rápido y yo estoy a punto de explotar. Él también. Y lo hacemos, para después caer rendidos en la cama sin dejar de suspirar. Él suelta aire y yo miro al techo pensando en lo que acaba de pasar. Me giro y lo veo con los ojos entornados, intentando recuperarse.

—No te mueras todavía —le suplico.

Él se echa a reír.

—No entra en mis planes —responde besándome de nuevo por el pecho y volviendo a empezar...

Enzo

Todavía no ha salido el sol, es de noche y estoy abrazado a Elías. Duerme sin camiseta, pero gracias al calor que desprendo no ha pasado frío. Suelto mis manos, que siguen alrededor de su cuerpo, al que he estado agarrado toda la noche, y él ni se inmuta. Salgo de las sábanas y cojo una manta que tengo en el lateral de mi armario. La extiendo alrededor de Elías. Cojo una hoja de la pequeña libreta que hay en mi escritorio y le escribo una nota. Voy hasta la cocina y preparo dos boles de desayuno. Llevan yogur, fresas, plátano, unos cereales de frutos rojos y miel. No tardo en comerme el mío y al suyo le pongo un plástico alrededor y le dejo la nota que he escrito al lado. Cojo mi mochila y miro el reloj del horno. Marca las 06.45 h. Tengo que irme ya. Pero antes de salir, vuelvo a mi habitación y sin hacer ruido, me acerco hasta él y le doy un beso en la frente, sin que se despierte. Lo miro y sé que todo está bien. Me siento en paz y pienso que podría acostumbrarme a verlo ahí, en mi cama, ocupando parte del espacio. Ese espacio que durante tanto tiempo ha sido solo mío. Entorno la puerta y cojo las llaves. Cierro con cuidado y pienso en el día que me espera hoy hasta que vuelva por la noche. Pero confío, al menos, en ser capaz de sacarle una sonrisa para el resto de sus días.

Elías

Abro los ojos con cuidado y el cielo azul de Roma me da los buenos días. Me incorporo y observo a mi alrededor. Enzo no está en la cama. Y tampoco lo oigo por la casa. Apoyo los pies en el suelo, donde ahora se refleja la luz del sol por la mañana y pienso en lo bonito que es despertar aquí. Salgo de la habitación y llego al salón. A la izquierda, en la isla de la cocina, hay una nota al lado de un sobre.

Buenos días, Elías:

Espero que hayas dormido bien. Te has destapado varias veces y he tenido que volver a taparte en medio de la noche, aunque espero que no hayas pasado frío.

Hoy tengo cosas que hacer fuera de Roma, pero puedes quedarte en casa el tiempo que quieras. Te he preparado un bol de los míos, está en el frigorífico. Puedes ponerte una peli o hacerte la comida más tarde. Como si estuvieras en tu casa.

P. D.: Yo que tú, desayunaría en la terraza.
Te veo mañana en la competición.

ENZO

Sonrío con la nota en la mano y abro el sobre, dentro hay una entrada para la competición de mañana. Cierro los ojos y me la llevo al pecho. Mañana era el gran día. Abro el frigorífico donde efectivamente está el bol que Enzo me ha preparado antes de irse vete tú a saber dónde. Anoche me dijo que el entrenador les había dado el día libre y supongo que habrá cogido la moto para estar solo en cualquiera de sus lugares favoritos.

Le hago caso. Cojo el bol y subo a la terraza, no sin antes coger una de sus sudaderas de competir. La huelo y es como estar todavía abrazado a él. Me siento a la mesa y le mando un selfi. Y le doy las gracias por todo. La noche ha sido inolvidable. Miro mis mensajes y tengo varios de Silvia y Giorgia preguntándose dónde estoy. Silvia quiere saber por qué no he ido a clase. Le mandaría una foto, pero nunca me creería, así que le digo que no se preocupe, que estoy bien y que iré a comer a casa. Me parece un poco violento quedarme en casa de Enzo sin que él esté.

Desayuno mientras observo la calma de la ciudad en un día como este. A lo lejos veo una de las partes del Coliseo, y justo frente a mí, la cúpula de la basílica de San Pedro. Desde ahí todo parece diminuto, la gente que pasea, los coches que se mueven, los pájaros que sobrevuelan los tejados. Termino de desayunar y me acerco a las flores que tiene Enzo al lado de la barandilla. Su olor me llena el cuerpo y el alma. Con el plato en la mano echo un último vistazo a la terraza. Es un lugar precioso. Un lugar en el que me habría gustado escribir alguna noche.

Lavo el bol y lo dejo apoyado en el escurridor. Me visto con mi ropa, doblo su sudadera con cuidado y la vuelvo a dejar en el armario. Voy a salir de la habitación y antes de hacerlo la miro de nuevo, con detenimiento. Sus medallas, sus trofeos, las fotos con sus compañeros de equipo, sus pulseras, los recuerdos de muchos viajes y una foto de algo que me era familiar. Me acerco al corcho donde hay tantas cosas y acerco el dedo a esa fotografía. Es ese lugar. Era el callejón donde nos besamos por primera vez. Justo debajo pone E&E en bolígrafo, seguramente escrito pocos días después de que ocurriera. Se me humedecen los ojos y al echarme hacia atrás me doy cuenta de que es un mapa de recuerdos, desde su niñez hasta ahora. Hay todo tipo de cosas, y la última que ha añadido es esa. Sonrío y cojo mis cosas. Luego cierro la puerta y dejo que el silencio llene la casa.

Cojo el autobús para volver a casa. De las farolas de la avenida principal de Roma cuelgan las fotografías de todos los nadadores con la fecha de mañana anunciando el mundial de natación. La ciudad entera se prepara para recibir a los nadadores más conocidos del mundo. En los medios no se habla de otra cosa, y en el autobús leo la portada del periódico que un hombre lleva en la mano. Bajo la foto de los seis nadadores que les hicieron ayer mismo, el titular es PREPARADOS PARA HACER HISTORIA.

No hay nadie en casa cuando llego. Silvia todavía estará en clase y Giorgia en el hospital. Sobre la mesa del salón están las entradas para la competición de mañana. Todos estaremos allí para apoyarlo y para, de alguna manera, despedirnos de él. Entro a mi habitación y pienso en cómo llevaré lo que ocurrirá mañana. No hace tanto tiempo que conozco a Enzo, pero tampoco me ha hecho falta más para saber que nunca olvidaré su paso por mi vida. Fugaz, pero como todo lo que ocurre de manera inesperada. Siempre tendrá un hueco en mi corazón Y en mis recuerdos.

Pienso en lo que me preguntó anoche. Me gustaría poder decirle el título de la novela que estoy escribiendo antes de que su tiempo se acabe. Y decido ir al lugar que me recomendó por primera vez para ver el atardecer. Irme yo solo, escuchar el silencio y pensar en ese título que todavía desconozco. Miro la hora y cojo mi libreta y un par de bolígrafos. Quiero estar allí, frente al cielo.

Enzo

Ella ya sabe lo que tiene que hacer. Tiene pocas horas, pero creo que lo conseguiremos antes de que zarpe el último barco de vuelta a casa. No puedo irme sin aquello. Mientras ella se pone manos a la obra en su pequeño taller unas calles más arriba, yo aprovecho para terminar el proyecto que tengo pendiente desde hace varios veranos. Quito la lona y abro mi mochila. He traído pintura para adecentarla, martillos para recubrir el suelo y lijas para la madera astillada. Solo tengo cuatro horas para hacer que este viejo tesoro se convierta en lo que un día fue. Cojo aire y lo suelto. Aquí es donde quiero invertir mi día libre. O mejor dicho, mi último día antes de irme. Esto quizá explique por qué no lo había hecho antes: porque me faltaba una razón para hacerlo. Y ahora ya la tengo: Elías.

El atardecer se extiende sobre el mar y lo miro desde mi pequeño refugio. Ojalá estuviera él aquí para poder verlo junto a mí. Se me humedecen los ojos al pensar que no podré besarlo nunca más y que nunca podré abrazarlo como anoche. Y mientras lijo la madera astillada de la barca de mi abuelo, las lágrimas caen sobre ella y pienso que debo darme más prisa o no lo conseguiré. Esto es solo por él, para que siempre pueda recordarme, para que cada vez que la mire sepa que yo estoy a su lado.

Elías

Estoy en el Jardín de los Naranjos, el lugar que me recomendó Enzo cuando hablábamos por la aplicación Romeo. Está atardeciendo y yo tengo la libreta abierta y el bolígrafo en la mano. Intento escribir el título de la novela. Miro a las parejas que hay por allí. Todos se abrazan y miran cómo cae la noche. Los últimos rayos se reflejan en ellos. Pienso en la historia que estoy escribiendo. Es una novela de dos personas que se encuentran en el camino, dos personas que se necesitan sin saberlo y que cuando se encuentran, ambos saben que son lo que siempre han buscado, lo que siempre han querido y no pueden creer que se hayan encontrado entre tanta gente, que siendo el mundo tan grande hayan coincidido en el mismo lugar bajo el mismo cielo.

Un momento. Me quedo quieto y levanto la cabeza. El cielo está comenzando a teñirse de rosa y ya se divisan algunas estrellas. La Osa Mayor está justo ahí. Sonrío y un escalofrío recorre mi estómago. Ya sé el título de esta historia. Siempre lo he sabido, porque él me lo dijo sin saberlo. No hay un título mejor para esta historia de amor. Cojo el bolígrafo y lo anoto en mi libreta con letras mayúsculas. Mi teléfono suena poco después. Es Sari, como si intuyera que acabo de vivir algo importante.

—¡Hola! —exclamo a través de la pantalla. Es una videollamada.

—Elías, ¿qué tal estás?

Reconozco de inmediato dónde está, en la tumbona que tiene en el jardín de su casa. Al fondo veo las montañas de mi pueblo.

—Mira, mira —digo, y giro el móvil para que aprecie la preciosidad de vistas—, ¡tienes que venir pronto!

—¡Sí! —exclama—, se lo dije a tu madre ayer, que me la encontré en el súper de la plaza. Quizá esté por allí antes de lo que imaginas, cuando termine los exámenes del primer cuatrimestre.

—Me encantaría, Sari. Esta ciudad es mágica…

—¿Y lo de Enzo? ¿Lo llevas mejor?

Entonces recuerdo que la última vez que hablé con ella fue para desahogarme cuando Enzo me dijo que no recordaba haberme besado.

—Pues… tengo algunas cosas que contarte —confieso con una sonrisa en la cara.

—¡Miedo me das!

Le cuento todo lo que ocurrió al día siguiente de haberla llamado, que Enzo apareció inesperadamente en la piscina y que me pidió perdón por cómo se había comportado, que me preparó la cena en su casa y vimos las estrellas desde su terraza.

—Elías, ¿me lo estás diciendo en serio?

—Te lo prometo.

La gente comienza a irse una vez que el sol se ha escondido. Pero yo sigo un rato más antes de que cierren.

—Me alegro mucho de que haya decidido disculparse y dar un paso al frente contigo… pero…

Noto su preocupación en su tono de voz como si la tuviese delante, son muchos años juntos.

—Pero…

—Pues que me da miedo que te haga daño —confiesa.

—No puedo aprender sin haberme caído primero, ¿no? Es también lo especial de vivir, Sari, y además, ya sabes que antes tenía la sensación de que no podía desilusionarme porque nada me despertaba esa chispa, y ahora…

—Y ahora estás viviendo tu propia novela romántica —dice riendo.

—¡Sí! Que las propias personas que se cruzan por tu vida te inspiren a escribir. ¡Nada me parece más bonito!

—Pues tienes toda la razón.

Tras un largo silencio, observo desde el mirador la cúpula de la basílica de San Pedro, la misma que también veo desde su terraza, pero mucho más cerca. Tras un largo suspiro, la mirada de mi mejor amiga y la mía se vuelven a cruzar. En su sonrisa serena detecto lo contenta que está, lo feliz que le hace verme a mí feliz, por fin, viviendo.

—Si escribo sobre él, nunca me olvidará.

Enzo

—Espero que te guste —me dice ella cuando me da la pequeña caja—, ha sido en tiempo récord, pero creo que ha quedado bien.

Lo abro y lo observo. Brillante y con la forma perfecta. La forma que debe tener.

—Es precioso.

—Y con un significado muy especial.

Me fijo en el interior y acaricio la pieza con los dedos. He conseguido llegar a tiempo.

—¿Y ya está? —le pregunto.

Ella se queda en silencio y me mira.

—Y ya está, Enzo —me dice.

La miro y nos abrazamos, conscientes de que esta es la última vez que nos vemos.

—Guárdame el secreto —le pido antes de irme.

—Descuida.

Salgo corriendo hasta la zona del puerto. Tengo que coger sí o sí ese barco para volver. Mañana a las diez de la mañana estamos convocados en el Estadio Olímpico de Roma. La competición es a las doce. Todo está preparado. Nos han pasado varias fotografías de cómo han dejado el estadio y casi me emociono al ver las lonas con nuestros retratos a lo largo y ancho de toda la avenida. Hay vallas de seguridad ya preparadas para que la gente no se apelotone en las entradas. Calculan que vendrán veinte mil personas y la ciudad se ha blindado para que no haya ningún altercado.

Subo al barco, que zarpa a los pocos minutos. Abro de nuevo la caja y saco esa preciosidad. Es mi manera de despedirme, por lo que pueda pasar, y además, es lo mínimo que puedo hacer por él. Miro por la ventana del barco y el faro que corona la montaña me ilumina con su luz. Después, todo vuelve a ser oscuridad. No puedo evitar pensar en si me dolerá morir. Pienso en qué habrá después y si de alguna manera podré seguir en esta vida, no sé, en el cielo o lo que haya. No he mirado el móvil en todo el día y tengo cientos de mensajes deseándome buena suerte para mañana. Abro una foto de Elías, que ha desayunado en casa. Después me ha enviado otra en el Jardín de los Naranjos. Se ha ido a escribir allí, me dice, y leo que hasta tiene el título de su libro. Sonrío al ver que, a pesar de todo, sigue sacando ratos para cumplir con su gran sueño. Publicar esa historia. Cierro los ojos poco a poco, mientras de fondo escucho mis latidos cada vez más y más despacio. Casi imperceptibles.

Elías

Antes de irme a dormir le envío un mensaje de ánimo a Enzo. He estado viendo un par de capítulos de *Anatomía de Grey* con Giorgia y Silvia, que están deseando que llegue mañana. Por ver a su grupo favorito y porque toda la universidad va a estar en la competición. Dicen que va a ser un día histórico. Yo intento que no se me note, pero estoy muy nervioso. Y tengo mucho miedo. Me he tomado una manzanilla y creo que es mejor que descanse. A pesar de todo, mañana tengo que estar ahí, junto a él, para animarle y hacerle sentir todo el cariño posible. Apago la luz y suspiro sin imaginar que mañana mi vida cambiará para siempre.

La alarma suena y me estiro en la cama. No he dormido muy bien, estaba tan nervioso que me he levantado varias veces y luego no pude volver a coger el sueño. Miro mi móvil y leo el mensaje de Enzo de hace una hora.

Enzo 08.30
Acaban de llegar a recogerme. Voy a dejar el móvil en casa… Estoy muy nervioso, Elías. Me encantaría abrazarte ahora. Te veo allí.
Te quiero, mucho.

Sonrío al leer su mensaje y suspiro al pensar lo nervioso que debe de estar el pobre. Cojo aire y siento el estómago vacío, pero no tengo hambre. Estoy muy nervioso. Todo ocurrirá en apenas dos horas y no puedo dejar de pensar que no quiero que lleguen las doce. Salgo de mi habitación; Giorgia y Silvia ya están levantadas.

—¡Buenos días! —exclaman las dos.

—¡Por fin, por fin! —grita Silvia.

En el salón han puesto una playlist del grupo que va a actuar antes de la competición. Las dos bailan una de sus canciones más famosas. Silvia me agarra de las manos para que baile con ellas, pero no tengo ganas.

—Va, ¿qué te pasa? —quiere saber—, encima de que nos han dado el día libre por la competición.

La universidad ha decretado el día como festivo para que todos los estudiantes puedan asistir al mundial de natación. En televisión ofrecen imágenes en directo de un reportero a las puertas del estadio olímpico, donde ya hay gente esperando para acceder.

—Voy a ducharme —digo algo serio.

Mis amigas se miran sin entender qué me pasa.

—Vale, te esperamos aquí y en un rato salimos para allá todos juntos, ¿vale? Los demás ya están llegando.

Yo asiento con la cabeza y cierro la puerta del baño. No llores, no llores, pienso. Estoy muerto de miedo. No quiero ir y ver en directo a Enzo llegando hasta el final. Será una imagen que no podré olvidar nunca. Cierro los ojos e irremediablemente pienso en él flotando sobre el agua, en sus compañeros saltando a socorrerlo y en la gente chillando. No puedo. Suspiro y me mojo la cara, tengo los ojos rojos por las lágrimas de anoche, cuando me levantaba en la madrugada. Pero tengo que hacer un esfuerzo, por él. Me pidió que estuviera allí, apoyándolo, y eso es lo que voy a hacer. Coger fuerzas de donde sea y estar allí, gritando su nombre y animándole.

Me meto en la ducha y abro el agua, que cae por mi cuerpo y me alivia en cierta medida. Intento no pensar en nada, dejar la mente en blanco. Vuelvo a mi habitación envuelto en la toalla y me visto. Me estoy atando las zapatillas cuando de repente suena el timbre. Son los amigos de Giorgia y Silvia. Al parecer vienen todos. Me levanto, me pongo colonia y me miro en el espejo. Lo puse hace poco y con él la habitación parece más llena. Me veo en el reflejo, hago una inspiración profunda y suelto el aire despacio. Lo hago un par de veces y pienso que estoy listo. Pero en realidad no lo estoy. Mi estómago está vacío y los nervios no me dejan ni hablar. Antes de abrir la puerta sonrío para convencerme de que todo está bien y que ninguno de sus amigos me note raro, aunque será muy difícil. Cierro los ojos y abro la puerta. Estoy listo.

—¡Hombre, Elías! —exclama Valerio—, ya te echábamos de menos.

Marzia y Daniela están a su lado y Augusto acaba de cerrar la puerta. Recuerdo haber bailado con ellos la semana pasada, la noche que conocí a Enzo.

—¡Hola, chicos! —saludo intentando sonreír—, ¿qué tal estáis?

En la televisión siguen las imágenes en directo. En ese momento, el reportero alerta de algo.

—¡Sí, aquí están! —Un pequeño autobús negro llega al estadio escoltado por la policía—. Son ellos, los seis nadadores que competirán por Italia. Acaban de ser trasladados al interior del estadio. Todo está preparado para que dé comienzo esta ceremonia por los vigesimoquintos mundiales de natación.

—¡Bueno, qué! —dice Augusto—. Vamos tirando que al final se nos hace tarde.

Un móvil suena de repente. Es el de Giorgia.

—¿Sí? —contesta.

—¡Hostias! —exclama Daniela.

—¿Qué pasa? —pregunta Silvia.

El timbre suena en casa de repente. Pienso en quién falta y me acerco a abrir.

—¿Sí?

—¿Elías Sainz? —pregunta un hombre.

—Sí, soy yo.

—Traigo un paquete para usted.

Un paquete para mí. Estoy sorprendido. Habrá sido mi madre, que me envía algún detalle. Mientras sube, vuelvo al salón.

—No me lo puedo creer —sigue Daniela con la mano en la boca. Está leyendo su móvil—. Pillamos a Enzo Magnini en el día previo a la competición junto a su nueva ilusión. Una chica rubia de veinticinco años en una isla al norte de Nápoles.

—¡Joder con el Enzo! —exclama Alessio—, despidiéndose a lo grande.

No. No podía ser. Aquello no podía ser verdad.

—Chicos, tengo que ir a cubrir un turno de urgencias —anuncia Giorgia.

—¿Qué? —exclama Silvia.

—Me tengo que ir ya, lo siento. Pasadlo superbién.

Yo no reacciono. A nada. Me acerco a Daniela y le cojo el móvil. Miro la pantalla y veo tres fotografías de Enzo hablando con una chica y abrazándola muy acaramelados. No puedo creerlo. No puede haberme hecho esto. No puede ser. ¿Será cierto lo que dice el titular y el contenido del artículo? No, me digo, tú eres esa persona especial, me repito, no esa chica… Pero ¿quién es ella, y por qué no me ha comentado nada Enzo sobre su viaje a Nápoles y sobre ella si hemos estado hablando en todo momento?

No puedo controlarlo. Hay fantasmas que nunca se marchan del todo. Miedos. Inseguridades. Mis ojos se llenan de lágrimas y me siento perdido, acorralado, solo.

—¡Elías! —exclama Giorgia desde la puerta—. ¿Te pasa algo? Estás blanco. Y te han traído un paquete, ¿quieres que te lo…?

—No me encuentro bien —digo con un hilo de voz antes de encerrarme en mi cuarto.

Las voces se quedan atrás. No las oigo. Me tapo la cabeza con la almohada y siento que me hundo. ¿Será verdad? ¿Me habrá engañado todo este tiempo? ¿Por eso no quería que lo contáramos? ¿Por eso le he ocultado todo esto a Giorgia y a Silvia, mis amigas?, ¿para preservar el anonimato de un mentiroso y un traidor? La cabeza me da vueltas. ¿Cómo he estado tan ciego? ¿Quién querría estar conmigo?

—¡Elías! —grita ahora Silvia, que aporrea la puerta—, ¿qué pasa?

—¡Marchaos!, por favor. Es… la tripa, estoy… Ahora os sigo, cuando se me pase, por favor…

Silvia y Giorgia vacilan, susurran al otro lado de la puerta algo que no llego a oír. Sé que se debaten entre insistir y entrar en mi cuarto o darme el espacio que les pido. Finalmente oigo sus pasos por el pasillo, alejándose.

—De acuerdo, nosotras vamos yendo… ¡Llámanos si necesitas cualquier cosa!

Entonces todo se vuelve silencio. Y rabia. Y mucho dolor. Me pongo de pie y observo cómo mis manos tiemblan. Agarro mi mochila y meto el cargador del móvil, la libreta, el ordenador y mi pasaporte. Necesito irme de aquí, a cualquier otro lugar. Necesito huir y no enfrentarme a esta situación, a estos miedos que tanto conozco, a toda esta oscuridad… ¿Cómo he podido pensar que alguien como él iba a estar con alguien como yo? Qué ignorante he sido. ¿Cómo he podido pensar que había alguien ahí fuera para mí, que podría vivir una historia de amor auténtica y maravillosa con alguien inalcanzable como él? Vete de aquí ya, Elías. Vete.

Salgo de mi habitación. Todos se han ido al estadio. Miro mi teléfono y busco su contacto. Pienso en escribirle, en llamarle, en preguntarle cómo ha sido capaz de utilizarme, de aprovecharse de mí… Pienso en que quizá me equivoco, quizá no es lo que parece y entonces lo estropeo otra vez, como siempre hago… No puedo ir a verlo, eso lo tengo claro. No soy capaz. El móvil me tiembla en las manos. Joder. No. No. No. Miro hacia arriba y sé que me está dando un ataque de ansiedad. Tranquilo. Elías. Respira. Respira. Cojo mis llaves y antes de cerrar veo el paquete que han venido a entregarme; lo meto en la mochila y cierro fuerte la puerta. Bajo las escaleras de casa a toda prisa y llego al portal. La luz del sol impacta en mi cara y entorno los ojos, que me duelen de llorar. Veo pasar un taxi con la luz en verde, levanto la mano y le grito para que se detenga.

—¡Eh! —El taxi para y entro de inmediato—. A la estación de tren.

Me seco las lágrimas y sonrío de impotencia al pensar en cada cosa que me ha dicho Enzo estos días. Cómo no he sabido verlo. Todo era falso, todo era mentira. Cómo pude creerlo. El taxista me mira por el espejo retrovisor y yo miro por la ventana. La radio está conectada y el periodista habla en directo.

—Nos encontramos en el interior del Estadio Olímpico de Roma, donde en pocos minutos dará comienzo la ceremonia de inauguración de estos mundiales de natación. No cabe un alfiler en el estadio. Sobre unas veinte mil personas son las que se han congregado aquí.

—Así es, Mario —sigue el segundo comentarista—, todo está listo para que dé comienzo este mundial. Los nervios están a flor de piel y la gente está completamente entregada. Han venido desde toda Italia y del mundo.

Enseguida llegamos a la estación de Termini.

Pago y salgo a toda prisa del taxi. De camino a las ventanillas, miro el móvil. Tengo varias llamadas perdidas de Silvia y un mensaje de Sari, pero ahora no puedo atenderlas. Voces del pasado me embotan la cabeza.

—¿Adónde va el próximo tren? —le pregunto a la chica de la taquilla.

—Pues… —Ella mira la pantalla y después a su reloj—. En quince minutos sale uno a Venecia.

—Perfecto. Deme un billete.

Me dirijo deprisa hacia el control de seguridad. Dejo mi mochila en la cinta y el guardia me pasa un detector de metales. Me pide que continúe y cojo mi mochila. En la vía seis ya está el tren que me llevará a Venecia. Subo las escaleras y busco mi asiento. Suspiro y cojo aire. Quiero llamar a mi madre y contárselo todo. Decirle todo lo que me ha pasado, que quizá fue un error venir hasta aquí. Necesito uno de sus abrazos. Cerca de ella, pensaba que nadie podía hacerme daño. Nunca había abierto mi corazón a nadie y ahora siento que me lo han destrozado. Lo noto hecho añicos.

Me sueno la nariz. El tren sale en diez minutos, pero se me van a hacer eternos. Cierro los ojos y respiro lo más tranquilo que puedo. Pero no es suficiente. Una mujer entra en el tren y llega hasta el asiento que está al otro lado del pasillo, deja su bolso encima de la mesita y se sienta. Lleva una revista en la mano. En portada leo LA NUEVA ILUSIÓN DE ENZO MAGNINI. Y anuncia fotografías exclusivas en el interior. No puedo creerlo. En todos los sitios se anuncia que le han pillado con una chica en una isla. Así es cómo decidió pasar su día libre. Su último día en este mundo. Qué imbécil he sido, por Dios, pienso una y otra vez. La mujer me mira y ve mis ojos rojos. El hombre sentado en el asiento de delante está viendo en el móvil la retransmisión en directo del mundial. Oigo la voz de los comentaristas.

—¡Vamos ya con Fabio Battisti! —grita—, el tercer nadador que intentará conseguir una medalla por Italia.

El tercero, pienso yo. Todavía no ha nadado Enzo. Pero lo hará en breve. Una rabia me consume por dentro mientras los ojos se me inundan de lágrimas.

—Perdona, ¿quieres un pañuelo? —me dice la mujer. Yo he acabado con todos los que llevaba.

—Sí. Se lo agradezco —le contesto.

Ella se acerca a mi asiento con el bolso en la mano.

—¿Qué te pasa? —me pregunta.

—Nada...

—Uno no está así por nada —insiste ella.

La miro. Sus arrugas dan fe de todo lo que esta mujer habrá vivido en su vida.

—Que me han roto el corazón —le contesto.

Ella me pasa la mano por el pelo.

—Va, hijo, todo se arreglará. Ya lo verás. Eres muy joven todavía.

—¿Puedo? —le digo cogiendo la revista.

Ella me mira sin saber qué le estoy pidiendo. Pero necesito verlo con mis propios ojos, darme cuenta de lo engañado que he estado. Aunque duela. Abro la revista y llego a las páginas de las fotografías exclusivas. En la primera foto se ve a Enzo junto a la chica, hablando y dándole un papel. En la segunda salen abrazándose. En la tercera, se ve cómo en otro momento del día, solo sale Enzo frente al mar con un bote de pintura. En la cuarta se ve de nuevo a la chica y a Enzo; es ya de noche y se están abrazando de nuevo. Y en la última fotografía que hay se ve cómo ella le da algo. Es una especie de caja de color verde. Me quedo mirando esa caja y un escalofrío recorre mi cuerpo. Los pelos se me ponen de punta y miro hacia la ventana del tren.

—No puede ser. —Pego un salto en el asiento y bajo de inmediato la mochila del compartimento de arriba—. No puede ser, no puede ser, no puede ser. —Abro las cremalleras y busco entre todo lo que he echado la caja que me han entregado esta mañana. No la encuentro hasta que la toco. Está ahí. La saco y quito el envoltorio. Me quedo helado. Es la misma caja de la fotografía—. No puede ser. No. No. No. —Abro con cuidado la caja mientras la mujer me mira.

—Hijo, ¿qué ocurre? —pregunta.

Las manos me tiemblan al abrirla. No puedo creer lo que veo. Un anillo en forma de onda se encuentra ante mí. Al lado, un iPod diminuto conectado a unos cascos. Lo cojo y me coloco los cascos. No puedo creerlo. El anillo tiene forma de onda de audio. Tengo miedo a presionar el play, pero lo hago, temblando y sintiendo que el corazón se me va a salir. Lo pulso y todo el tren se queda en silencio. No me puedo creer lo que estoy escuchando. Pum. Pum. Pum. Pum. Pum. Pum. Pum. Hay una nota en la caja. La abro y una lágrima cae sobre ella. «Elías, antes de que mi corazón se pare, quiero que esté contigo para siempre. Cuídalo, porque siempre será tuyo. Y de nadie más».

Siento que en cualquier momento me voy a desplomar. El sonido sigue en mis oídos. Pum. Pum. Pum. Pum. Pum. Pum. Tengo que salir de allí. Tengo que ir al estadio. Tengo que correr. Tengo que volar o no llegaré a tiempo. Él no me verá entre la gente y no podré perdonármelo nunca.

Enzo

El estadio olímpico está a rebosar, no cabe ni un alfiler. Acaba de competir mi compañero Fabio Battisti. Yo lo haré en último lugar. De momento no hemos conseguido ninguna medalla, pero el público no para de animarnos. Me he asomado un par de veces para intentar encontrar a Elías, pero no consigo verlo entre la gente. Seguro que está ahí. No se habrá olvidado. Suspiro y pienso que cada vez está más cerca el momento que tanto tiempo llevo esperando y a la vez evitando. No hay vuelta atrás. Lo voy a hacer, y voy a dar todo de mí por intentar conseguir una medalla.

Me ajusto la banda de capitán y la beso. Y también pienso en él, en si le habrá gustado el anillo, si se lo habrán dado antes de venir. Seguro que le ha hecho mucha ilusión. Estoy temblando y pienso que todo el mundo está ahí. Mi familia, mi hermano pequeño, mis amigos, mis compañeros de la universidad, mis profesores. Incluso han traído a mi abuela. Todo está preparado.

—Enzo, prevenido. Faltan dos y sales tú —me dice una chica de la organización.

Siento que mi corazón se acelera por minutos y que cada vez estoy más cerca de tocar el cielo.

Elías

—¡Pare! —grito a un taxista que va por en medio de la avenida—. ¡Por favor!

Pega un frenazo y me subo corriendo en el asiento delantero.

—¡Pero, chico! —exclama la conductora.

—¿Regina? —No puedo creerlo. La mujer con la que me senté en el avión cuando llegué a Roma.

—¿Elías? —pregunta.

—Por favor, Regina. Acelera, acelera por favor. Al estadio olímpico. ¡Corre! —grito.

La conductora mete primera y acelera haciendo que todo el mundo que está en la acera se gire.

—¿Qué ha pasado, hijo mío? —pregunta.

—No puedo explicártelo ahora, pero por favor, por favor, haz que llegue a tiempo. Haz que llegue.

Acerco mi dedo a la radio. Tiemblo y ella me toca el hombro para que me tranquilice. Acelera, va lo más deprisa que puede. Serpentea por las calles y sale a la autovía en menos de dos minutos.

—¡Señoras y señores! —exclama el locutor—. Se dispone a nadar el quinto nadador, Leonardo Pastrani. Los cuatro nadadores anteriores no han conseguido muy buena posición. Veremos qué puede hacer Leo. ¡Y ahí vemos cómo se prepara ya Enzo Magnini! La gente se pone de pie al verlo. ¡Dios mío, qué emoción!

—Regina, por favor, corre.

—Voy, hijo, voy. Es por él, ¿verdad?

Yo asiento con la cabeza y tiemblo a la vez.

—No he podido decirle todavía que… —balbuceo—, que le quiero. Quería decírselo cuando me mirase antes de saltar al agua, pero he cometido un error y ahora no voy a llegar a tiempo, no voy a poder despedirme. —No puedo dejar de llorar al pensar que no voy a llegar. No me verá en primera fila, tal y como le dije. Y pensará que no he ido—. No voy a llegar —digo de nuevo.

—Vas a llegar. Te lo prometo.

El coche marca ciento cincuenta kilómetros por hora en un tramo limitado a noventa. Al fondo se ve que varios coches comienzan a frenar.

—No puede ser —susurra ella, reduciendo la velocidad.

—¿Qué pasa? —pregunto.

—Tiene que haber pasado algo.

—No. No. No —grito—. ¡Joder!

Regina mira a su alrededor y veo que pisa el acelerador de nuevo.

—¿Qué haces?

—Conseguir que llegues —responde ella.

En medio de la autovía está la apertura del quitamiedos que conecta con el otro sentido de la circulación. Los coches vienen de frente.

—¡Regina! —grito—, ¡no!

Ella pita y pone las luces de largo alcance. Cada vez acelera más y veo que el atasco se ha producido por un accidente en medio de la autovía. Ella sigue acelerando. Al fondo veo el estadio olímpico.

—¡Es aquel! —grito.

Regina sigue pitando y los coches se apartan al vernos. Ella sigue acelerando cada vez más; el cuentakilómetros marca ciento setenta kilómetros por hora.

—¡Ha llegado el momento, señoras y señores! —anuncia el periodista en la radio—. ¡Enzo Magnini es la única oportunidad que le queda a Italia de conseguir alguna medalla en este mundial después de que los otros cinco nadadores no hayan conseguido absolutamente nada! Ahí le tenemos, el nadador se está preparando y observa a la grada, que se acaba de poner en pie para aplaudirle. Dios mío de mi vida, todo el estadio en pie, la ovación es ensordecedora. ¡Tengo los pelos de punta!

—¡Regina, corre! —grito.

El coche entra en el desvío del estadio y gira a toda velocidad hasta llegar al aparcamiento. Regina pita para que se aparten todos los que hay allí y el coche se detiene en seco cuando llega al estadio.

—Gracias —le digo.

—¡Corre, muchacho! ¡Corre! —grita.

Abro la puerta corriendo y todo el mundo me mira. Necesito llegar. Necesito llegar. Por favor, Enzo. No saltes. Por favor. Dame un minuto más. Ya llego, mi amor. Ya llego.

Enzo

Todo el estadio en pie me ovaciona. Mis padres me sonríen y lloran a la vez. Mi abuela me saluda mientras se seca las lágrimas. El doctor Pellegrini, que me manda fuerzas. Mi hermano, que llora sin cesar. Mi entrenador, que me aplaude orgulloso. Mis profesores. Mis compañeros. Todo el mundo está aquí. Es el momento. Pero no consigo encontrarlo a él. No sé dónde está. Y no quiero saltar hasta que no lo vea y le sonría, para decirle que todo va a salir bien.

—Enzo, tienes que ponerte en posición —me avisan.

—Sí. Voy.

Todos los nadadores con los que voy a competir están en su posición, pero yo todavía miro a las gradas. Estoy temblando, pero no consigo verlo. ¿Dónde estás, Elías? En las dos pantallas gigantes que hay aparece mi cara buscándolo. Nadie levanta la mano, y entonces pienso que no está aquí. Pienso que no ha venido, que se ha olvidado. Que quizá para él no era tan importante y que todo esto solo ha sido una historia más. Me acerco al bordillo y me ajusto las gafas. El entrenador me mira de nuevo. Es la hora. No hay vuelta atrás. Todos estamos en nuestras marcas y miro una última vez a las gradas, pero no veo a nadie. Suena el sonido de prevenidos. Y después el que me hace saltar al agua.

Elías

—¡Eeennnzooo! —grito con todas mis fuerzas.

Las gradas ya están en silencio porque ha sido en el momento justo en el que han saltado al agua.

He llegado tarde.

Todo el mundo me mira sin entender nada. Silvia sale corriendo de su asiento y viene a buscarme.

—Elías, por favor —me dice—, ¿qué te ha pasado?

Todos comienzan a nadar a gran velocidad y no sé cuál de ellos es.

—Acompáñame, por favor. Vamos abajo. Vamos ahí abajo. Tengo… tengo que… Tengo que animarle.

—Pero ¿qué dices, Elías?

—Ven, por favor.

Bajamos los dos a toda prisa hasta la primera fila. Veo a su madre, a su padre y a su hermano, que me miran preguntándose quien soy. Toda la grada lo está ovacionando.

—¡Vamos, Enzo! —grito—, ¡vamos! ¡vamos!

Entonces Silvia me mira y creo que lo entiende todo. Que no había ningún Carlo, y que estas noches no las he pasado en otro sitio sino junto a Enzo. Que por eso estaba tan raro, y que esta mañana al descubrir lo de esa chica no quería salir de la habitación. Cojo fuerte el anillo y lo beso. Lo beso sin parar y observo su calle. Va de los últimos, pero necesito que me escuche.

Y entonces grito aún más fuerte.

—¡Enzo! —grito dejándome la voz—. ¡Vamos, mi campeón!

Enzo

Es él. Esa es su voz. Esta ahí. Ha venido. Estoy nadando todo lo rápido que puedo, pero siento pinchazos en el pecho y no quiero parar. No puedo parar. Entonces pienso en él. Pienso en aquella noche, cuando lo vi en la discoteca entre tanta gente. Su cara, inocente, de ser la persona más buena y bonita del mundo. Sentí en mi interior algo que nunca podré explicar con palabras. Pienso en su manera de besarme, que me vuelve loco, y en sus manías, pequeñas pero que a la vez son tesoros que guardar. Me acuerdo del beso bajo las estrellas en aquel callejón. Yo ya toqué el cielo esa noche.

Saco fuerzas de mi interior y nado más y más rápido. Los pinchazos son cada vez más dolorosos, pero me da igual, porque él está ahí. Viéndome y gritando mi nombre para darme fuerzas. Y me las da. Pienso en que ojalá sea feliz, aunque no pueda estar a su lado. Pienso que se merece todo lo bueno del mundo. Pero, sobre todo, se merece muchísimo amor.

Grito dentro del agua porque pienso que mi corazón se va a partir en dos. Veo a lo lejos la pared de la piscina anunciándome el final de la carrera. Y entonces veo sus ojos, de los que me enamoré aquella noche. Y cada día. Saco los brazos y nado todo lo fuerte y rápido que puedo. Me duele el pecho, pero sigo y sigo. Y llego. Y entonces, todo es silencio.

Elías

No puede ser. Toda la grada guarda un silencio absoluto. Los nadadores sacan la cabeza del agua. Todos menos él. El silencio es sepulcral. Entonces, la calle de Enzo se ilumina en la pantalla: 1. ENZO MAGNINI. La grada grita y yo con ellos. Empiezo a llorar y todo el mundo se abraza. Lo ha conseguido. Lo ha hecho. Sus compañeros saltan al agua para ayudarle y el entrenador se acerca corriendo al bordillo. Lo sacan del agua y yo me agarro a la barandilla para saber si está vivo. Pido por favor que lo esté. Pido que sepa que ha ganado antes de irse. Silvia me coge y yo tiemblo del miedo.

—¡Un médico! —pide el entrenador.

La madre de Enzo grita y su padre salta la barandilla. El doctor que acompaña a la familia corre al bordillo y le hace una maniobra a Enzo. La grada sigue en silencio. La cara de Enzo ocupa las dos pantallas gigantes. Está pálido y tiene los ojos cerrados. Lloro abrazado a Silvia, consciente de que se ha marchado. La gente tiene la mirada fija en las pantallas, esperando el milagro. De repente, un grito enorme hace que me gire y veo a Enzo echando agua por la boca. Lo levantan como pueden y él mira a su alrededor. Es el campeón del mundo. Todo el público aplaude y le ovaciona. Sus compañeros lo levantan poco a poco al grito de campeón.

Y en ese instante, nuestras miradas se encuentran. Pide por favor que lo bajen. Todos lo miran, preocupados por si se encuentra mal. Les pide que le dejen, y entonces se acerca caminando hacia donde está su familia. La cámara lo sigue y su imagen se proyecta en todas las pantallas. El fervor es máximo. Silvia da un paso atrás y yo me quedo pegado a la barandilla. Cada vez está más cerca. No consigo decir nada. Sigo llorando mientras él se aproxima. Su madre le extiende su mano, pero él pasa de largo. Lo tengo a unos pocos metros. Todo el mundo contiene la respiración, incluso yo, porque no sé qué va a hacer. Unos pasos más y llegará hasta mí. Aquí está. Me mira y entonces lo entiendo. Me besa delante de todo el Estadio Olímpico de Roma. Y todo el mundo grita de emoción. Silvia se pone la mano en la boca y los demás no dan crédito a lo que está ocurriendo en ese momento. Nos besamos y siento que estamos solos. Siento sus labios, todavía mojados por el agua, y sus manos húmedas. Ahora somos nosotros, sin ninguna máscara. Nosotros y nuestro amor ante el mundo. Nos separamos despacio, el público aplaude y él me mira, me sonríe y me dice con sus labios algo que entiendo perfectamente.

—Te quiero.

Y se va corriendo a abrazar a sus padres y a su hermano. Y también a su abuela. Todo el mundo se abalanza para abrazarlo. Yo me giro y veo a Silvia que no se puede creer lo que acaba de pasar. Nuestro beso se ha emitido en directo en todas las televisiones de Italia, en las pantallas gigantes del estadio y todo el mundo ha sido testigo. Es la muestra de amor más bonita que jamás pensé que recibiría. Silvia me abraza y al momento bajan todos nuestros amigos.

—Era él —me dice ella.

—Todo el tiempo —le contesto yo.

Ella se ríe y mira de reojo a Enzo, que me sonríe entre la gente que lo felicita. Las gradas siguen aplaudiendo a su campeón, porque lo ha conseguido, por primera vez en la historia de Italia.

Le obligan a sentarse en el banco y le dan agua. Los enfermeros entran a la piscina para comprobar sus pulsaciones, que seguro son altas por el esfuerzo. Silvia no se despega de mí, pero yo me acerco un poco más porque necesito saber si todo está bien. La madre de Enzo me mira y entonces veo sus ojos. Son los de su hijo. Ese azul y esas pestañas. El doctor Pellegrini le hace un chequeo mientras Enzo se encuentra tendido en un banco que hay pegado a la grada. Un teléfono suena y el doctor lo coge.

—¿Cómo dice? —pregunta Pellegrini tapándose con la otra mano su oído libre—. Perdone, ¿está usted segura? —insiste mirando a la madre de Enzo—. Enseguida estamos allí, prepárenlo todo. El doctor Pellegrini cuelga, se acerca a la madre de Enzo y le coge la mano.

—¿Qué pasa, Mario? —pregunta ella mirándole a los ojos.

—María, hemos encontrado un donante.

La carrera en ambulancia hasta el hospital San Pedro de Roma es una completa locura. La ambulancia se ha llevado a Enzo y yo voy en el coche de Valerio junto con todos los demás. Nos siguen decenas de vehículos de los medios de comunicación que estaban cubriendo el mundial. Enzo, el chico que me acaba de besar delante de todo el país y que acaba de proclamarse campeón del mundo va a ser intervenido de urgencia. Llegamos al hospital y la madre de Enzo sale del coche junto con su marido; parte de la familia va en otros coches. Se gira entre todo el caos y me encuentra abandonando el vehículo de Valerio. Me hace un gesto para que pase al interior con ellos. Me despido de todos con un abrazo.

—Mucha fuerza, cielo. Todo va a salir bien —me dice Silvia sin soltarme de sus brazos.

Los miro con lágrimas en los ojos agradeciéndoles su cariño. Salgo corriendo hacia la puerta del hospital y su madre me agarra la mano, la prensa sigue disparando fotografías hasta que cruzamos la entrada. Nada más hacerlo, la camilla de Enzo pasa delante de nosotros y nos acompañan deprisa por el interior del hospital. Todo son miradas, ya que todos han visto en directo la competición y saben de quién se trata. También noto que las miradas se clavan en mí. Llegamos hasta el final de un pasillo, separado por unas grandes puertas. El doctor Pellegrini sale de inmediato.

—Es la hora, campeón —le dice a Enzo, y le coge la mano.

—¿Ya, doctor? —pregunta María.

—Sí, estamos todos preparados.

Su madre y su padre suspiran. Todos sabemos que es hora de despedirnos. Rodeamos a Enzo y sus ojos comienzan a llenarse de lágrimas. Veo cómo le tiemblan las manos. Sus padres se abrazan a él y yo me quedo junto a su hermano pequeño, que no me suelta.

—Todo va a salir bien, hijo —dice su padre abrazándole y dándole un beso—. Nos vemos en un ratito, ¿vale?

Enzo asiente y se muerde los labios. Una lágrima rueda desde su ojo derecho y levanta la mano para llegar hasta su hermano, que da un paso para acercarse a él.

—Te quiero mucho, pequeño —le dice rozándole la barbilla con los dedos—. Ahora me tienen que contar a mí un cuento para irme a dormir. —Sonríe. Luca le coge la mano y la agarra con las suyas.

—Volverás, ¿verdad, tete? —le pregunta.

Su madre, rota, no puede aguantar las lágrimas y se abraza a su marido. Yo le acaricio el hombro a Luca para intentar infundirle ánimos.

—Claro que volveré —promete Enzo.

Luca corre hacia sus padres, que lo abrazan, y entonces su mano busca la mía. Y la encuentra.

—Elías, gracias por todo. Pase lo que pase —levanta la mano, en la que tiene las vías conectadas a sus venas, y la acerca a mi pecho—, si mi corazón nuevo no funciona, al menos sabré que siempre viviré en el tuyo. —Apoya su mano sobre mi pecho y yo me echo a llorar.

—Tú nunca te vas a ir, Enzo —digo desconsolado.

El médico se acerca a nosotros y sé entonces que es el momento de despedirnos. Me lanzo hacia él y me preparo para decirle lo que nunca le he dicho, eso que siempre he deseado pronunciar pero que no supe encontrar el mejor momento. Y ahora lo tengo delante de mí. Estaba preparado para decírselo cuando siento que su mano me agarra más fuerte.

—No me lo digas —me pide mirándome a los ojos mientras nuestras lágrimas caen a la vez—, dímelo cuando me vuelvas a ver.

Y me sonríe. Los médicos se lo llevan y suelto su mano. Guardo con todas mis fuerzas esas dos palabras para poder decírselas cuando lo vuelva a ver. Porque lo volveré a ver. Su vida no puede terminar así, tiene muchas cosas bonitas que vivir aún. Y tiene muchos lugares secretos que enseñarme, muchas bromas que hacerme y muchos más atardeceres a su lado. Más recuerdos. Más canciones. Más días. Más vidas.

Me quedo allí, con la mirada perdida cuando su camilla desaparece al otro lado de las grandes puertas. Sus padres y su hermano se dirigen desconsolados a la sala de espera y yo me quedo ahí sin saber qué hacer. Me apoyo en la pared y me siento en el suelo con la cabeza entre las rodillas un buen rato. Estoy muerto de miedo, la simple idea de perderlo me aterra. Las lágrimas siguen cayendo por mis mejillas hasta que noto que alguien me acaricia los hombros.

—Ya… vamos. Ya está.

Levanto la cabeza y encuentro a María, la madre de Enzo.

—Hola…

—¿Me acompañas a dar un paseo? —me pide—, no quiero estar más tiempo sentada —añade con una sonrisa.

La miro a los ojos y asiento con la cabeza mientras me ayuda a incorporarme. Tengo la cara irritada de tanto llorar y ella me ofrece un pañuelo.

—Muchas gracias —digo antes de sonarme la nariz.

—No sé los que he gastado hoy, entre la alegría del mundial y esto. No sé cómo es capaz de aguantar tanto —añade refiriéndose a Enzo.

—Porque es muy fuerte —digo con una sonrisa.

—¿Desde cuándo os conocéis? —me pregunta mientras paseamos por un largo pasillo del hospital.

—En realidad nos conocimos hace una semana. Fue… extraño. Pero desde que nos encontramos, todo tuvo sentido. Me apunté a nadar para intentar saber más de él.

—Y lo conseguiste —afirma—. Sabíamos que nos quería contar algo, pero no encontraba la manera. Supongo que por miedo a decepcionarnos, o a decepcionar a sus amigos, o vete a saber. En cualquier caso, hacía mucho tiempo que no veía a Enzo sonreír de la manera en la que lo ha hecho estos últimos días. Por un momento, parecía como si se hubiese olvidado de que… se le acababa el tiempo. Y estaré siempre en deuda contigo por eso, Elías, siempre tendrás un lugar en mi casa y en mi familia. Porque por tus ojos se ve que eres muy buena persona.

Yo sonrío emocionado.

—¿Por mis ojos? —pregunto.

Ella asiente.

—Los ojos son ventanas al corazón.

Seguimos paseando un largo rato, en uno de los pasillos, a través de los cristales veo a Regina, la mujer que me ha llevado hasta el estadio olímpico a toda velocidad. Tiene la cara descompuesta y está sola en mitad de otro pasillo.

—Voy a salir un momento —le digo a la madre de Enzo, que me sonríe y sigue caminando por el pasillo en dirección a la sala de espera con los demás.

Las puertas se abren de par en par cuando me detectan y entonces los veo. Ella llora desconsolada mientras niega con la cabeza.

—¿Regina? —pregunto acercándome sin entender qué está pasando. Ella levanta la cabeza mientras las lágrimas recorren su cara rota de tristeza—. ¿Qué pasa?

—Elías… —Estira su mano para alcanzar la mía—. Era mi hijo… mi Dante. Era él.

—Pero ¿qué ha pasado?

Ella llora desconsolada y me agarra fuerte la mano

—Que se me ha ido, Elías…, por eso había tanto tráfico en la autovía. Ha tenido un accidente de coche.

Aquello me deja helado. Su hijo, el que me enseñó en una foto hace apenas una semana en el avión, montado en su descapotable recién comprado.

—Regina… yo… —Pero hay momentos en los que las palabras no alcanzan a expresar todo lo que sentimos. Me acerco más a ella y la abrazo con todas mis fuerzas—. Lo siento en el alma.

Sus lágrimas caen en mi hombro. Quiero contarle que he llegado a tiempo, que gracias a ella he visto cómo Enzo se convertía en el campeón del mundo de natación. Que ella fue la primera persona que me dijo que estuviera tranquilo, porque todo iba a salir bien.

—Me llamaron pocos minutos después de dejarte el estadio —me cuenta mientras se seca las lágrimas con un pañuelo— y… y ahora estoy aquí, acabo de firmar la donación de sus órganos.

Aquello hace que mi gesto cambie.

—¿Cómo dices?

—Sí. Al parecer, mi hijo llegó con vida al hospital, aunque clínicamente muerto. Después de hablar con varios doctores me dieron dos opciones: o permanecer a su lado el resto de mi vida teniendo la certeza absoluta de que nunca volvería a ser él, o desconectarlo y donar sus órganos.

—Regina…

—Y yo —sigue sin oírme—, nunca podré vivir igual después de haber perdido a mi hijo, pero espero al menos poder salvar la vida de otra persona y que esa madre no tenga que pasar por lo mismo que yo.

Reacciono dándole un abrazo fortísimo.

—Regina —se acerca una enfermera—, tienes que acompañarnos y firmar unos documentos. Su marido acaba de llegar.

—Ven aquí. —La ayudo a levantarse y abro mis brazos—. Te llamaré e iré a visitarte siempre que pueda, ¿de acuerdo?

—Gracias, Elías...

Y me manda un beso con la mano mientras la enfermera la coge del brazo para ayudarla a caminar. Su figura desaparece poco a poco al final del pasillo del hospital y me quedo un rato pensando en ella. Cuando nos sentamos juntos en aquel avión nunca pude llegar a imaginar que ella sería la clave de la salvación de Enzo. Vuelvo para la sala de espera sin dejar de pensar en el chaval montando en su descapotable con su gran sonrisa y pienso que a veces la vida no avisa de su final y que lo único que podemos hacer, mientras tanto, es rodearnos de gente que nos haga vivirla como si fuera eterna.

Llego de nuevo a la sala de espera y hablo con Lorenzo y María mientras Luca duerme. Me cuentan anécdotas de su hijo para que el tiempo pase más rápido. Son historias de su infancia. Dicen que era muy trasto y no paraba quieto. Me cuentan un recuerdo de su primera comunión. Estaban todos en la iglesia y a Enzo y su mejor amigo, Alessio, les empezó a doler mucho la tripa. Se tuvieron que levantar en medio del oficio para ir al baño a vomitar porque, según contaron después, les dio hambre antes de salir hacia misa y se escondieron en la sacristía y se comieron una bolsa entera de hostias consagradas. Sus padres y yo nos reímos a carcajadas.

Me levanto con intención de tomar un poco el aire fuera del hospital. Solo ha pasado una hora desde que se llevaron a Enzo. Miro mi móvil y tengo cientos de mensajes, ya que la imagen de Enzo besándome en plena celebración del mundial se ha hecho viral. Me han reenviado el vídeo del momento cientos de personas. Algunos amigos me preguntan si soy yo. No quiero mirar nada más. Opto por apagar el móvil y esperar que todo pase rápido.

Respiro en la terraza de la primera planta del hospital. Una enfermera está allí terminando su pieza de fruta cuando yo llego. Se llama Laura, lo pone en su acreditación junto con a un montón de pines y pegatinas de Minions que me hacen sonreír de inmediato. Cierra su táper, pero antes de irse se acerca a mí.

—Disculpa. Solo quería decirte que todo va a salir bien. Pellegrini es el mejor cirujano.

Yo bajo la cabeza porque mis lágrimas vuelven a llegar.

—Muchísimas gracias —le digo.

—Este lugar viene bien para respirar. Tómate el tiempo que necesites.

Y eso es lo que hago.

La prensa sigue en la puerta, hay decenas de cámaras y las emisoras conectan con sus reporteros en directo en busca de novedades. Cuando vuelvo a la sala de espera, miro a Luca, que se ha despertado. El pequeño me sonríe con esos ojos azules como los de su hermano.

—¿Jugamos? —propongo.

—Vale —acepta acercándose a mí.

Juego con Luca y con sus peluches, coches y muñecas. Sus padres me observan y sonríen al ver aquella estampa. Luca se lo está pasando bomba. Una hora después oigo el sonido de las dos puertas que se abren y reconozco de inmediato a la persona que hay tras ese camisón azul y la mascarilla. Su forma de andar, su inconfundible mirada y esos zuecos rosas que destacan en el pasillo tan blanco. La abrazo en cuanto llega a nosotros.

—¿Cómo está? —le pregunto a Giorgia.

—Todo va bien, llevamos casi dos horas preparando las arterias y las venas y estamos listos para introducir el nuevo corazón en el cuerpo de Enzo. El doctor me ha dicho que podéis estar en el cristal contiguo a la sala de operaciones, solo por esta vez —añade para hacernos ver que nos están haciendo un gran favor, sobre todo a la familia con la que tan buena relación tenía el doctor—. Acompañadme.

Nos levantamos rápidamente y dejamos a Luca con sus tíos, que nos hacen un gesto rápido con las manos para que nos demos prisa. Yo no sé si puedo ir con ellos.

—¿Elías? —dice entonces María—. ¡Vamos, ven!

Me agarra de la mano y los tres juntos entramos por las mismas puertas por las que se han llevado a Enzo dos horas antes. Estoy tan nervioso que creo que puedo desplomarme en cualquier momento. Sé que la imagen de él con el pecho abierto, rodeado de tubos y manos que le cortan y cosen no será fácil de olvidar, pero he leído que cuando se trata de una operación así, todo esfuerzo es poco para ayudar al paciente que se encuentra en la mesa de operaciones. Necesitan sentir el calor de la gente que más quiere, aunque estén profundamente dormidos, así que si estando detrás de ese cristal, Enzo me siente más cerca y eso le ayuda a ser más fuerte, allí me quedaré todo el tiempo que haga falta. Giorgia nos facilita unos camisones y unas mascarillas y no tardamos en llegar a unas grandes puertas rotuladas como QUIRÓFANO 3.

—¿Estáis listos? —pregunta Giorgia.

Los tres asentimos y, nerviosos, cruzamos las puertas. Un pequeño pasillo con una gran cristalera nos separa de la mesa de operaciones, que está rodeada de médicos y enfermeros. Todos se mueven y trabajan alrededor del cuerpo de Enzo. Giorgia entra de nuevo en el quirófano y se dispone a ayudar a otra de las asistentes. Todos se preparan para el momento. Sobre una bandeja acercan el corazón nuevo para Enzo. María se agarra a su marido y a mí, y yo la cojo de la mano también.

Respiro y suelto el aire poco a poco. Me doy cuenta de que estoy temblando. No puedo verle la cara con tantísima gente alrededor, pero sí veo su mano sobre la camilla. Pienso en qué estará soñando. El doctor Pellegrini dice algo en alto que se escucha por todo el hospital.

—¡Atentos todos! —exclama—, no quiero ni un solo fallo, ¿me oís? Vamos a proceder al trasplante.

Los tres cogemos aire, conscientes de que es el momento clave. Una chica lleva la bandeja hasta el doctor Pellegrini, que se encuentra justo a la altura del pecho de Enzo. Con la ayuda de dos asistentes, cogen el corazón y el médico separa el corazón dañado de Enzo. El pitido de las pulsaciones se vuelve crónico. Todos contenemos el aire, sabiendo que este es el punto crucial de la operación. Tienen muy poco tiempo desde que quitan el corazón dañado hasta que injertan el bueno.

El doctor saca con sus propias manos el corazón de Enzo y lo deposita en la bandeja. Lo observo, miro fijamente su corazón, que ya no late, y rozo con la yema del dedo mi anillo, ese que alberga cada uno de sus latidos. La enfermera se lleva el órgano y el doctor introduce el nuevo en su pecho. Todos se ponen manos a la obra, más de seis manos trabajan a la vez, cada una con su función. Miran la pantalla del monitor para comprobar si hay pulso. Pero no. Ni rastro. Los auxiliares van y vienen, preparados por si algo pasa. Algunos nos miran de reojo. El doctor Pellegrini saca las manos del pecho de Enzo después de colocar el corazón. Giorgia se gira hacia mí y sé que algo no va bien. Todos miran de nuevo al monitor que tienen delante para comprobar las pulsaciones de Enzo. Cierro los ojos y solo repito una palabra. Vamos. Vamos. Vamos. Por favor, late. Y entonces, ocurre. La máquina de constantes suena y las pulsaciones de Enzo inundan todo el quirófano. El doctor Pellegrini suspira y todos los auxiliares dan saltos de alegría. Sus padres se abrazan y me abren también sus brazos para que lo celebre con ellos. Lo han conseguido. El doctor Pellegrini mira hacia el cristal y sonríe mientras levanta la mano con un gesto de victoria. Enzo ha conseguido que su corazón nuevo bombee. Escuchamos el latido de la esperanza, el de toda una vida por delante y el de hacernos felices a los que allí nos encontramos por escuchar cómo se agarra a la vida. A la suya, porque hoy ha vuelto a nacer. Nos abrazamos tan fuerte que cuando nos miramos todo son lágrimas de emoción y una sonrisa que no nos cabe en el pecho.

Hay que avisar a todos de que la operación ha salido bien, a la prensa, a sus compañeros de equipo, que siguen a las puertas del hospital. Estoy a punto de salir del quirófano cuando algo ocurre. Un sonido hace que me detenga en seco cuando pongo la mano en la puerta metálica. Es un pitido agudo e ininterrumpido. En la sala de operaciones todos miran al mismo lugar: el monitor de constantes no muestra pulso. El doctor Pellegrini reacciona de inmediato y todo entonces comienza a suceder a cámara lenta. Los enfermeros que se encuentran en la mesa de operaciones apartan todo el material y abren paso a un carrito que traen entre dos a toda prisa. Aplican un líquido sobre las planchas y el doctor las agarra deprisa. Aquello no puede estar pasando, tiene que ser una pesadilla. Me pego al cristal y mis ojos se llenan de lágrimas.

—¡Cuatrocientos! —grita el doctor.

La enfermera asiente y el doctor Pellegrini coloca las planchas sobre el pecho de Enzo. Una gran descarga sacude su cuerpo y también el mío al ver la fuerza con la que se ha movido sobre la mesa de operaciones. El monitor sigue sin mostrar rastro alguno de pulso. La madre de Enzo se queda inmóvil, en estado de shock, y su padre no reacciona.

—¡Ochocientos! —grita de nuevo el doctor desde el quirófano.

Las placas se llenan de tensión y vuelven a explosionar en el pecho de Enzo. Su cuerpo se levanta tanto por la fuerza de las placas que al caer golpean contra la mesa de operaciones. El doctor Pellegrini se echa las manos a la cabeza mientras la madre de Enzo grita y su padre sigue en completo silencio observando la escena con los ojos como platos, sin poder creer lo que está pasando.

—¡Doctor, se nos va! —exclama una auxiliar.

No, no, no. Por favor, digo yo en voz alta. Miro desde el cristal cómo los que allí se encuentran ya no saben qué más hacer. El doctor Pellegrini ha comenzado un masaje cardiaco con sus propias manos. Uno. Dos. Tres. Uno. Dos. Tres. Los que están alrededor de la camilla permanecen inmóviles y el pitido de la máquina no cesa. No hay rastro de pulsaciones. El doctor Pellegrini sigue. Noto mis lágrimas en el cristal. El doctor sigue y sigue hasta que un compañero se acerca y lo agarra del brazo para que pare. Pero él no se detiene hasta que se da cuenta de que ya no hay nada que hacer. El doctor Pellegrini baja de la camilla y, roto de pena y con lágrimas en los ojos, coge aire, mira su reloj y pronuncia las palabras que nunca podré olvidar ni sacar de mi cabeza.

—Hora de la muerte: 19.22 h.

Y entonces su madre grita de dolor. Un grito que atraviesa cristales, paredes y pisos. Se desploma de rodillas, abrazada a su marido. Todo es dolor. Mucho dolor. Mis lágrimas caen una tras otra y noto cómo mi corazón también se rompe. No puede ser este el final de nuestra historia. Nos quedaba todo por delante. Miro desde el cristal y veo su carita intubada y sus manos sobre la camilla y entonces echo a andar. Paso junto a sus padres, que están en el suelo, apoyados en una esquina. Alguien intenta detenerme, creo que son enfermeras, pero me aparto de ellas con decisión y abro las puertas del quirófano. El doctor Pellegrini permanece allí, a un lado de la camilla, apoyado sobre un carrito mientras llora sin consuelo. Paso tras paso, noto que me voy rompiendo más y más.

—No puede ser… —digo con la voz rota cuando llego junto a él. Y entonces lo veo, sus labios, sus ojos cerrados y sus manos abiertas. Y grito. Grito con todas mis fuerzas—. ¡Nooo! —Mi voz se quiebra y solo puedo llorar y volver a gritar.

Me cuesta respirar y mis ojos no paran de soltar lágrimas y más lágrimas. Ahí está, frente a mí. En completo silencio. Acerco mi mano a la suya, cojo aire, rozo su mano con cuidado y me imagino lo que podría haber sido una vida a su lado, celebrando cada nuevo triunfo conseguido, besándole en cada atardecer. Veo cómo habría sido envejecer a su lado y saber que, al girarme cada mañana, lo encontraría a él. Porque él me ha hecho entender mi corazón y ahora yo no he llegado a tiempo de despedirme del suyo. Habría sido una vida preciosa y llena de amor.

Mi llanto es tan inmenso que no puedo respirar, pero tengo que hacer una última cosa antes de marcharme. Me acerco aún más a él y pronuncio las palabras que aún no he podido decirle. Aquello que me pidió que le dijera cuando volviese a verlo, pero que no ocurrirá, porque se acaba de ir. Apoyo la cabeza en su pecho y susurro lo que siempre deseé decirle.

—Te quiero. Y siempre te querré.

Mis lágrimas le mojan el pecho, y en ese momento noto una fuerza que proviene de su interior. El doctor Pellegrini, que ya estaba saliendo por la puerta, se detiene en seco. El sonido del monitor de constantes reaparece. Levanto la vista. No puedo creer lo que está ocurriendo. El corazón de Enzo está latiendo y ahora el pitido es intermitente.

—¡Hay pulso! —grita el doctor.

Todos vuelven corriendo y el doctor me mira para saber qué ha pasado, pero yo sigo agarrando la mano de Enzo. Cuando voy a soltarla, un grito me detiene.

—¡No lo sueltes! —dice el doctor Pellegrini—, quédate ahí. ¡Vamos, vamos, vamos!

Todos llegan a la vez y colocan de nuevo los tubos en la boca de Enzo. Tengo su mano agarrada y todos me rodean respetando el hueco que ocupo.

—Vamos, campeón —susurro en su oído—, vamos, por favor. Quédate. Quédate.

El sonido del monitor cambia de nuevo y vuelve a quedarse sin pulso.

—¡Parada! —grita el doctor Pellegrini—. ¡No podemos perderlo, vamos, joder, vamos!

Le están practicando el masaje cardiaco. Yo sigo cogido a su mano y no paro de temblar. Estoy muerto de miedo. Necesito que su corazón, bombee. Que se quede de una vez con nosotros y conmigo. Entonces recuerdo algo que leí una vez, que aunque las personas no estén conscientes pueden llegar a oírte.

—Enzo. Enzo —digo agarrándole la barbilla—, escúchame. Tenemos que ir a tu isla, a tu rincón secreto. Tenemos que descubrir cientos de lugares. Quédate. Quédate por favor.

—¡Sigue, Elías! —me grita el doctor mientras continúa golpeando su pecho.

—¿Te acuerdas de cuando nos besamos por primera vez? —Mis lágrimas caen sin control—. Estábamos en aquel callejón cubierto de estrellas y yo pensé que era como estar en el cielo, pero, nunca te lo dije. Me cambiaste la vida, Enzo, pero, por favor, ahora necesito que te quedes conmigo, quédate conmigo, Enzo, por favor. Vive, por lo que más quieras. Vive.

El sonido vuelve aparecer, su pulso llega de nuevo y me hace sonreír y llorar a la vez.

—¡Hay pulso! —grita una de las enfermeras.

—Vamos a ir a tu piscina y vas a volver a nadar. Vamos a buscar un lugar bonito en el que poner tu trofeo y vamos a viajar, a bailar, a reír y a llorar, y vamos a envejecer juntos y siempre voy a estar a tu lado, amor. Siempre. Porque te quiero, te quiero y te quiero.

—¡El pulso se ha estabilizado! —anuncia una enfermera—. Es estable, Dios mío.

El personal sanitario se abraza y yo sonrío mientras las lágrimas me caen de felicidad al saber que lo hemos conseguido. Que está vivo. Y que su corazón late.

Los auxiliares me piden que salga de allí, pero me niego. Miro al doctor y él comprende que no voy a soltar su mano, que no me voy a separar de él. Voy a quedarme a su lado hasta el final, hasta que abra los ojos y sepa que todo lo malo ha pasado. El doctor ordena que me dejen estar junto a él.

Corren a avisar a la familia de Enzo de que está estable. El doctor me mira y yo me vengo abajo porque no puedo aguantar más. Él se acerca y me coge por los hombros mientras yo sigo agarrado a la mano de Enzo.

—Has hecho que vuelva con nosotros —me dice.

Yo asiento con la cabeza y veo cómo en su pecho, que ahora están cosiendo, su corazón choca con la piel con más fuerza que nunca.

—El amor —le dice una auxiliar a otra mientras se lleva el material quirúrgico de la mesa de operaciones.

—El amor —le contesta ella.

Me quedo todo el tiempo junto a Enzo. Trasladan la camilla a la zona de reanimación, donde el doctor Pellegrini calcula que tardará una media hora en despertarse de la anestesia. Me traen una silla para que pueda sentarme, pero les digo que no es necesario. Me quedo de pie junto a su cama, sin soltarle ni un segundo la mano. Me fijo en la parte izquierda de su pecho, donde percibo el pálpito de su corazón. Estoy muerto de miedo por si decide volver a pararse, pero el doctor me ha dicho que, a partir de ahora, una vez que el cuerpo acepta el órgano, es muy difícil que se produzca rechazo.

El brazo se me está empezando a dormir, así que lo apoyo en la cama y coloco mi cabeza junto a la suya. Le miro y sonrío. Recuerdo lo que he sentido cuando casi lo pierdo y decido que no quiero volver a pensar en ello nunca más porque ha sido una sensación terrorífica. Me fijo en sus dedos y veo que comienzan a moverse poco a poco. Me incorporo de inmediato y sonrío de oreja a oreja. Enzo comienza a abrir los ojos y me ve. Su mano aprieta la mía con las pocas fuerzas que aún tiene. Yo le miro y me siento la persona más feliz del mundo.

—Te quiero, amor —le digo. Él me sonríe y se señala a sí mismo y después a mí. Entiendo lo que quiere decirme—. Nos has dado un susto enorme, Enzo. Pensábamos que te perdíamos. —Mis ojos vuelven a llenarse de lágrimas solo de pensar en ese momento—. Lo he pasado francamente mal, idiota.

Él me agarra con más fuerza y me hace ir hasta donde él está. Apoyo mi cabeza junto a la suya y con su otra mano me acaricia la cabeza como puede para después darme un suave beso en la frente. Las puertas del lateral de la sala se abren y su padre y su madre llegan hasta la camilla.

—¡Hijo! —exclama María al verlo sonreír.

—Qué alegría, Dios mío —dice su padre agarrándole la otra mano.

El doctor Pellegrini llega enseguida.

—Bueno, después de todas las emociones vividas solo me queda deciros que sois una familia increíble. Y que cuidéis mucho de vuestro campeón.

—¿Qué es lo que ha pasado, doctor? —pregunta él con gran esfuerzo.

—Te voy a ser sincero, Enzo. Has estado un buen rato sin vida. Todos pensábamos que ya no había nada que hacer, pero entonces ha ocurrido un milagro. Elías se ha acercado a tu camilla y te ha dicho algo muy importante. ¿Lo recuerdas? —le pregunta. Enzo niega con la cabeza—. Pues te ha dicho que te quería y que siempre te iba a querer. Y entonces tu pulso ha vuelto, como si realmente tu cuerpo se estuviese yendo pero tu corazón, al escuchar eso, quisiera quedarse. Le he pedido a Elías que siguiera hablándote y así es cómo hemos conseguido que vuelvas con nosotros. Hay veces que la medicina no puede llegar más allá y es entonces cuando ocurren cosas extraordinarias. Hoy me ha quedado claro que el amor es la fuerza más importante del universo —añade tocándome de nuevo el hombre—. Cuando subamos a Enzo a planta os contaré lo que va a pasar en los próximos días. Mientras tanto, disfrutad de vuestro hijo —dice mirando a sus padres con una sonrisa. El padre de Enzo lo abraza muy fuerte y su madre le tiende la mano.

—Gracias por salvar a mi hijo, doctor.

Él se ríe.

—Sinceramente, María. No creo que haya sido yo quien lo ha salvado.

Me mira y sonríe. Ella lo entiende y me acaricia la mano.

Los días siguientes fueron muy difíciles. A Enzo le dolía el pecho por los puntos, y yo corría al hospital en cuanto salía de la universidad. A raíz del beso que me dio delante de toda Italia y de medio mundo, mi nombre saltó a la prensa y cada día siguen preguntándome por mi relación con Enzo. Pero yo nunca he dicho ni una palabra. Mi cuenta de Instagram está a punto de llegar a los cien mil seguidores y me ha escrito muchísima gente. Enzo se preocupa en todo momento de que esté bien. Antes de que se enterasen por la prensa o por la gente, llamé a mis padres para explicarles lo que había ocurrido y, de paso, contarles que me gustaban los chicos. Fue el otro día, por la tarde. Les hice una video llamada y les pedí que se sentaran juntos. Mi madre reaccionó bien, pero mi padre se levantó de la mesa y se fue de casa.

No guardo buen recuerdo de los días siguientes. Mi padre no contesta los mensajes ni las llamadas y mi madre me dice que cuando llega a casa ni cena, se va directamente a dormir como un alma en pena, sin hablar ni decir nada. Mi hermano David me mandó un mensaje preguntándome que si era verdad lo que andaban diciendo en internet. Y le digo que sí. Sari ya me ha avisado de que la noticia ha llegado al pueblo. Mi padre estaba en el bar con sus amigos y dijo que él solo tiene un hijo, no dos. Y que si he descubierto quién soy en realidad estando en Italia, lo mejor es que me quede aquí y no vuelva. No se me ha perdido nada en el pueblo, a fin de cuentas.

Ha sido doloroso, pero necesario. Se lo cuento a mi madre y se echa a llorar. Le digo que es posible que cuando tenga que volver me mude a Madrid para no estar en el pueblo junto a él, ya que si él no quiere que yo forme parte de su vida, yo no voy a obligarlo a formar parte de la mía. Mi madre está rota, pero lo entiende. Por supuesto, la he invitado a venir a Roma en cuanto pueda para conocer a Enzo y a su familia, que en todo momento se han portado conmigo de forma excepcional al enterarse de cómo han reaccionado mi padre y otros familiares del pueblo. De hecho, el padre de Enzo me ha llamado para decirme que ni se me ocurra volver, que tengo un hogar y una familia allí, junto a ellos, y que invite a mi madre en su nombre. Lo cierto es que me he emocionado cuando me ha dicho eso. Significa mucho para Enzo, pero sobre todo para mí.

Y en cuanto a mi hermano… Bueno, nuestra relación ya pendía de un hilo desde antes de venirme de Erasmus, así que suponía que la reacción de mi padre y estar con Enzo significarían el adiós definitivo, pero no ha sido así. Un día antes de que Enzo saliera del hospital recibí un mensaje larguísimo de David que tuve que leer varias veces para interiorizarlo del todo:

Hola, Elías… Supongo que te sorprenderá leer este mensaje. Llevo varios días dándole vueltas… Desde que te fuiste el ambiente en casa ha cambiado mucho, pero ahora que papá ha decidido romper así contigo creo que por fin entiendo todo lo que decías, por qué no encajabas aquí ni podías ser feliz. Papá está siendo injusto. Intentaré poco a poco que entienda que tu vida es tuya y que mereces ser feliz con quien tú quieras. Dale tiempo. No sé si lo conseguiré, y de todas formas tú no le debes nada, bastantes años de tu vida malgastaste aquí, pero yo… bueno, es lo mínimo que puedo hacer. Mamá y yo estaremos bien. La cuidaré, te lo juro, me esforzaré para tratarla como merece. Te vamos a echar de menos, Elías, joder, yo… Siento mucho todo aquello que dije. Cada vez que ahora oigo a papá decir que solo tiene un hijo… Se me rompe el corazón, Elías, te lo juro. No tienes por qué perdonarle, porque es horrible que diga algo así, pero sí me gustaría que me perdonaras a mí. Quiero estar en tu vida, quiero ir con mamá a visitarte a Roma y quiero conocer a la persona, al chico, que te ha devuelto las ganas de vivir. Vuela alto, Elías, nosotros te esperaremos en tierra. Te quiere, tu hermano pequeño.

No sé si David cumplirá su promesa, pero cuando acabo de leer su mensaje tengo lágrimas de felicidad en la cara.

El pasado viernes por fin le dieron el alta a Enzo y pudo volver a casa. Pasamos los cinco primeros días en casa de sus padres para asegurarnos de que está todo bien y no sufre ninguna complicación. Le han recetado varias pastillas para el dolor y le han recomendado dar pequeños paseos alrededor de la urbanización, pero sin hacer grandes esfuerzos, claro.

Una de esas noches, cuando estoy a punto de dormirme en el sofá de su casa, recibo un mensaje suyo: «Ven a mi habitación». Quería que estos primeros días pudiera descansar bien en su cama. Subo las escaleras sin hacer ruido para no despertar a sus padres ni a Luca, que ya duermen. Abro con sigilo la puerta y ahí está él, esperándome con una sonrisa. Me meto en la cama con él unos minutos y me abraza por la espalda, como aquella noche en su casa. Tenía tantas ganas de volver a vivir esa sensación y estaba tan seguro de que jamás la viviría que sentir sus brazos alrededor de mi cuerpo hace que me sienta la persona más afortunada y querida del mundo.

—Quiero llevarte a un sitio —me dice entonces.

—¿A qué sitio? —le pregunto yo girando la cabeza para mirarle a los ojos.

—A mi sitio secreto.

Y así es como seis días después, tras recibir la aprobación de sus doctores, nos dejan hacer ese viaje. Todos saben adónde vamos, todos excepto yo. La evolución de Enzo es buena, pero sus padres siguen preocupados. El doctor Pellegrini les dice que tiene que empezar poco a poco a hacer vida normal, y esa escapada le va a venir muy bien. Sus padres lo abrazan en la puerta de casa y me piden que tengamos mucho cuidado. Les digo que no se preocupen. Nos montamos en el taxi que nos lleva hasta la estación de Termini, donde cogemos un tren.

—Tengo que ponerte esto —me dice él sacando una especie de tela negra, como un pañuelo.

—Perdona ¿qué? —No entiendo nada.

—No sabrás adónde vamos hasta que estemos allí —insiste—. Por favor, Elías.

—No me puedes hacer esto, Enzo —protesto, aunque sonrío.

—En realidad, sí puedo. —Automáticamente me tapa los ojos con ese pañuelo oscuro y, no contento con eso, también me pone unos auriculares con música a tope.

Camino agarrado de su mano y con mucho miedo de caerme o chocarme con algo. De vez en cuando él me quita los cascos y me dice que esté tranquilo y que me relaje. Sé que estábamos en el tren porque por fin puedo sentarme y no sentir que me voy a matar en cualquier momento. A veces me quito un auricular y escucho a Enzo reírse y mandarles audios y fotos a sus compañeros de equipo. Todos han venido estos días a verlo y me han agradecido el que cuide tanto de él. Y aunque tenía miedo de su reacción o de si lo echarían del equipo al enterarse de que le gustaban los chicos, ha sido al contrario. Algunos hasta me han pedido perdón por aquel altercado en la fiesta de Fiorella Pedretti y quieren organizar una comida todos juntos.

El tren se detiene y pienso que ya hemos llegado al lugar que Enzo quiere enseñarme. Salimos del tren. Yo camino despacio por miedo a caerme o golpearme. Entonces, Enzo me quita los auriculares.

—¿Cómo vas, guapo? —me dice.

—Harto. No aguanto más esa playlist, no hay ni una sola canción de Taylor Swift o Adele, es todo ruido.

—No íbamos a ser compatibles en todo —se ríe él—. Escúchame, nos queda el último trayecto para llegar.

—Cómo que el último trayecto, Enzo —digo sin poder creérmelo—. No me jodas.

Él se ríe a carcajadas.

—Valdrá la pena, te lo aseguro. Así que nos montamos en un coche, que lo más probable es que sea un taxi, para llegar a un lugar en el que noto mucha humedad. No tengo ni idea de dónde estoy. Pienso en Venecia, por la humedad y porque cuando una canción termina y empieza otra creo escuchar gaviotas. Enzo me hace subir unas escaleras estrechas, muy estrechas, en las que casi me mato de no ser porque voy agarrado a una barandilla. Entre otra persona y él me ayudan a subir a donde diantres vayamos.

Camino de la mano de Enzo, que vuelve a sentarme en un asiento. Parece un autobús. Espero que dentro de poco me quite el pañuelo para ver las vistas de alguna ciudad italiana.

Noto cómo nos empezamos a mover. Sí, es un autobús. El balanceo es continúo y Enzo me dice al oído que queda muy poco y que por favor aguante. Suspiro e intento tener más paciencia, pero me queda muy poca, llevo casi cinco horas a ciegas y me estoy agobiando por momentos.

Me apoyo en su hombro, para al menos sentir que está a mi lado a pesar de no poder verlo. Me acaricia la mano y me da besos por la cabeza mientras yo rozo el anillo que me regaló con la onda de audio de su corazón. Nunca imaginé que alguien pudiese ser tan especial y hacérmelo sentir a mí también. Pienso en la suerte que hemos tenido los dos al encontrarnos en el momento más difícil pero, a la vez, en el instante perfecto. Le cojo fuerte de la mano y se la beso para que entienda que voy a aprovechar al máximo el tiempo que me quede en este país para estar junto a él.

Quiero seguir escribiendo estos meses, volcar en el papel esa sensación tan inmensa que siento en mi interior; necesito que los personajes lleguen a hacerse realidad para que, si en algún momento, algún Elías perdido en cualquier parte del mundo lee esa historia, sepa que todos nos merecemos una historia de amor.

—¿Preparado? —me dice él entonces quitándome los auriculares.

—Espera, ¿ya? —respondo nervioso.

—Sí. Vamos.

Enzo me levanta del asiento y me guía junto a él. Camino hasta que de repente siento que estamos flotando; nos movemos, pero no se oye nada. Me lleva de su mano y caminamos por algún lugar estrecho. Él me agarra todavía más fuerte para que no me caiga. Me conduce junto a él y se coloca detrás de mí. Noto que sus manos van a la parte de atrás de mi cabeza y comienza a desanudar el pañuelo que me cubre los ojos. Ha llegado el momento, este es el final de la historia. La oscuridad que llevo viendo desde hace al menos cuatro horas se convierte en luz. Mantengo los ojos cerrados durante unos pocos segundos más. Luego los abro y me quedo sin palabras.

—Bienvenido a mi lugar secreto.

Una isla con casas de colores nos da la bienvenida a medida que el pequeño barco en el que vamos montados se acerca al puerto. Hay gente que camina por la orilla, algunas motos que suben las estrechas calles empedradas y varios niños que ríen sobre sus bicicletas. En el cielo, las gaviotas acompañan nuestra llegada.

—Aquí es donde…

—Sí —me corta—, este es el lugar al que vengo cuando necesito encontrar respuestas.

Es el sitio más bonito que he visto en mi vida. Procida, una pequeña isla con casas de colores que se acumulaban unas entre otras construyendo un puzle arcoíris que deja a cualquiera sin aliento. Sus pocos habitantes y la costumbre de guardar el secreto a quien la descubriese hacen que no haya turistas.

Bajamos del barco y Enzo me da la mano. Me lleva por este lugar que conoce tan bien. Muchos de los vecinos que están sentados a la puerta de su casa le dan la enhorabuena, ya que seguramente no muchas veces un campeón del mundo habrá paseado por las calles de la isla. Todos le tienen un cariño especial porque le conocen desde que era pequeño. Nos encontramos con una chica que lo abraza nada más verlo y a la que reconozco de inmediato. Se llama Sara y es artesana. Tiene una tienda diminuta de joyas hechas a mano. Ella me coge la mano y mira mi anillo. Sonríe a Enzo y después a mí. Es la chica de las fotos, con la que decían que tenía una aventura.

Paseamos por las calles de este pequeño pueblo costero hasta llegar a una playa preciosa donde no hay absolutamente nadie. El agua es cristalina y hace un formidable día de sol. Caminamos sobre la arena hasta una esquina de la playa. Bajo el saliente de un acantilado veo una pequeña cabaña de madera de color azul.

—Ya hemos llegado —anuncia.

Yo no entiendo nada, hasta que saca una llave de la mochila y veo cómo abre la puerta. El interior es precioso, todo blanco y con decoración naval. Hay un colchón con sábanas en el suelo y una mesita en la que veo un libro. En la portada aparece una niña.

—¿*Marina?* —pregunto.

—Ah, sí. Lo terminé de leer la última vez que vine aquí. Me encantó.

—Es mi libro favorito, Enzo —confieso.

—¿De verdad?

Entonces comprendo que, a veces, el destino hace que te cruces con personas que posiblemente cambiarán tu vida para siempre. Tú eres quien decide si verlas o no. Puedes estar cruzando un paso de peatones o mirando el móvil y que nunca te des cuenta de que acaba de pasar esa persona que podría cambiarlo todo, pero si levantas la mirada y os encontráis, quizá tengas la gran suerte de poder empezar una historia. Yo lo vi a él y él también me vio a mí entre la multitud aquella noche de fiesta. Pero nos vimos, y aquello nos ha traído hasta aquí.

—Es un sitio precioso, Enzo —digo.

—Era de mi abuelo, me dejó esta llave escondida para que pudiera venir aquí a relajarme, pensar y desconectar. Fue su regalo antes de marcharse —me cuenta.

—Sin duda es un tesoro —afirmo mientras miro a mi alrededor—. ¿Y eso? —pregunto señalando a una esquina de la cabaña. Hay algo grande tapado con una lona.

—Eso... bueno, eso es a lo que dediqué mi día libre antes del campeonato del mundo. ¿Quieres verlo?

—Por supuesto —respondo al instante, y me acerco junto a él.

—Aquella noche en mi casa, dijiste que tu mayor deseo antes de morir era ver un atardecer en el mar montado en una pequeña barca. Y lo que hice fue venir aquí, porque aunque fuese a morir quería dejarte este regalo para ti, para que pudieses cumplir tu deseo.

Enzo tira de la lona y una barca de color blanco ilumina la cabaña y también toda la isla. Una línea azul atraviesa la embarcación, que tiene dibujadas varias gaviotas alrededor. Mis ojos se llenan de lágrimas, no puedo creerlo. Había hecho eso por mí. Me giro y lo abrazo con todas mis fuerzas, lo beso muchas veces mientras las lágrimas caen por mis mejillas.

—Te quiero muchísimo, Enzo —le digo.

—Y yo te quiero más a ti, Elías. Mira, acércate a ver esto.

En uno de los laterales de la barca, escrito a mano alzada con un pincel, leo: Byron & Arión. Lo miro y recuerdo toda nuestra historia, corta y fugaz, pero que ha marcado un antes y un después en mi vida.

—¡Vamos, hay que hacer tu sueño realidad!

Juntos, empujamos la barca por la arena mientras el sol comienza a descender. Llegamos al agua, subimos y empezamos a remar. El atardecer llega poco a poco. Yo le miro a él y siento que en cualquier momento me voy a despertar. Despertaré en mi pueblo y todo esto habrá sido un sueño, habré imaginado toda mi historia junto a él y nada habrá ocurrido. En ese momento, como si estuviera escuchando mis pensamientos, deja de remar y me coge, pone sus manos junto a las mías mientras el sol está a punto de rozar el agua, coge aire y me dice algo que nunca olvidaré.

—El mayor regalo que me ha hecho la vida es permitir que viva esto a tu lado —susurra con su nariz rozando la mía—. No te vayas nunca, Elías.

Estoy llorando, y el naranja del atardecer se refleja en sus lágrimas.

—Tengo miedo a que llegue el día que tenga que marcharme, Enzo —le confieso—. No quiero volver a despedirme de ti, no quiero que el final de nuestra historia sea un adiós.

—El final de nuestra historia será el que nosotros queramos escribir, Elías. Escríbelo junto a mí, escribe a mi lado, cuéntame cada línea y cuando pongas el punto y final, léemelo una y otra vez, pero, por favor, no te vayas.

El sol roza el mar y los dos giramos la cara para ver cómo se esconde poco a poco. El cielo y nosotros somos los únicos testigos de aquel horizonte mágico. Cuando el sol está a punto de desaparecer y su luz se refleja en nuestros ojos, sé que por más lejos que estuviera, siempre lo encontraría.

—Siempre te veré en el cielo.

Enzo

Un tiempo después

La luz inunda la pequeña iglesia de aquel pueblo costero. Poco a poco comienzan a entrar todos los asistentes que se han dado cita en el lugar; sus rostros reflejan una gran tristeza. Nadie puede creerlo todavía, pero allí están. Ha venido todo el mundo. Sus compañeros de universidad, sus amigos íntimos, todos sus seres queridos. Los bancos de madera de la iglesia se llenan en medio de un silencio absoluto. Todos esperan y se miran entre ellos sabiendo que falta alguien: la persona que más ha llorado esta pérdida y para la que a partir de ahora todo será distinto. El cura, amigo de la familia, aguarda atento cerca del altar. Ha oficiado muchas misas, pero sin duda esta será de las más duras. Todos están preparados para despedirle y es, en ese preciso momento, cuando llega aquel al que esperaban. Se queda parado junto al largo pasillo. La gente lo mira con compasión. Él avanza, paso a paso, aplastado por el dolor, mientras las miradas lo siguen hasta la primera fila. Sus ojos están enrojecidos de tanto llorar. Le tiemblan las manos. No estaba preparado para perderle, aunque desde el principio sabía que llegaría este momento. Coge aire y mira al altar a la vez que se rompe por completo. Una corona llena de flores descansa cerca del ataúd. Al lado, una fotografía en la que aparece con esa sonrisa inconfundible y con sus ojos rebosantes de vida. Al observar su rostro, se desmorona. Sabe lo mucho que echará en falta poder mirarlo como solo él lo miraba. Va a extrañar cada segundo a su lado. Cada momento, cada beso y cada despertar junto a él. Y se pregunta por qué se ha tenido que ir tan pronto. El sacerdote rompe ese silencio aterrador y pide a todos que se pongan en pie. Los familiares y amigos saben que ha llegado el momento. Tras unas palabras en su memoria, pide por favor a la persona que más lo ha querido que suba a pronunciar un discurso en su honor. La corta distancia que separa la primera fila del atril se le hace inmensa. Tras subir los escalones, observa de cerca la fotografía. Roza con sus dedos la imagen como si tocara su piel y, al cerrar los ojos, siente como si de verdad pasara la mano por su cuerpo. Está a punto de echarse a llorar, pero tiene que ser fuerte. Se lo prometió. Dirige su mirada hacia el atril y piensa en lo triste y solo que se siente. Piensa en cómo se sigue caminando después de perder a quien te enseñó a andar. Busca en el bolsillo de su chaqueta lo que ha estado escribiendo durante estos días. La gente lo observa con lágrimas en los ojos. Al fin y al cabo, todos conocen su historia. Coge aire y, justo cuando va a empezar a hablar, la luz del sol atraviesa la vidriera circular que preside el altar. Los rayos iluminan algunas de las flores que hay a su lado y también la mano que sostiene el papel. Y entonces sabe que siempre podrá verlo en el cielo, aun cuando el día esté nublado. Dirige su mirada hacia la luz y sonríe. Pero cuando vuelve a la realidad y baja la vista hacia las palabras que tanto le va a costar pronunciar, se dice a sí mismo que tiene que hacerlo. Se lo prometió, recuerda una y otra vez. Y ahí está él, diciéndole adiós a la persona que más ha querido y querrá, en ese lugar tan importante para ambos. Temblando, desdobla el papel y comienza a leer.

—Nunca pensé que este momento pudiera llegar, pero como bien sabes, cada novela, cada historia, necesita un final. La nuestra, no obstante, no lo tendrá, amor. El mayor regalo que me hiciste fue quedarte a mi lado, me cogiste de la mano hace sesenta y cinco años y todavía siento que no me la has soltado. Hemos tenido una vida llena de felicidad, de buenos momentos; algunos duros, otros necesarios para aprender y avanzar. Hemos vivido alegrías y atesorado recuerdos inolvidables. Me viene uno ahora a la cabeza, cuando publicaste tu primera novela después de un Erasmus que nos cambió la vida a los dos. Un libro con esa portada preciosa, azul y llena de estrellas, y con un título que era también un mensaje para mí. Ahora, cuando vuelva a casa y no te encuentre allí esperando, buscaré tu libro en la estantería y te sentiré en cada página, en todas las palabras que salieron de tus dedos. Echaré de menos cada paseo a tu lado las mañanas de domingo, o ver una película en los cines cerca de casa, pero también recordaré con alegría y una gran sonrisa todo lo que me has dado. Una vida llena de amor, un hogar que ha sido nuestro refugio y momentos inolvidables en la cabaña de la playa. Siempre te estaré agradecido y encontraré la manera de no estar triste, te lo prometo. Porque tú y yo siempre seremos tú y yo, y que escogieras esta isla para que descanse tu cuerpo me hace saber que no podías haber elegido un lugar más bonito para que te traiga flores. Porque te las traeré, amor. Hasta mi último aliento. Te veré, siempre, en el cielo, Elías. Te quiero mucho. Descansa y sigue escribiéndonos historias desde allí.

La iglesia prorrumpe en aplausos. Allí no falta nadie, incluso están nuestras amigas inseparables, Silvia y Giorgia, que han venido con sus maridos e hijos. De mis compañeros de equipo, los que todavía viven, están Pietro, Leo y Fabio, y también los hijos del doctor Pellegrini, con los que teníamos muy buena relación. En un banco del fondo está David, el hermano de Elías, que se seca las lágrimas. Elías murió hace dos días, a los noventa años. Se quedó dormido y no despertó. Los médicos dijeron que no sufrió y ese es el único consuelo que me queda.

Hace muchos años, después de ver aquel atardecer en nuestra barca, pasamos unos meses maravillosos. Salíamos a comer y cenar a menudo, me presentó a sus amigas y mis compañeros de equipo lo trataron como a uno más, incluso lo ayudaban a entrenar para coger más peso. Vivimos momentos increíbles. En verano íbamos a casa de mis padres a bañarnos en la piscina junto con Luca, y mi padre preparaba sus riquísimas lasañas, pero cuando llegó el mes de junio, el tiempo de Elías en Roma se agotó y tenía que volver a casa. Debía regresar a su pueblo, con su padre, que lo había amenazado con pegarle una paliza. No lo dudé. Busqué el teléfono de su madre en su móvil mientras se duchaba y la llamé. Vino a Roma por sorpresa antes de que él tuviera que marcharse. Pasamos con ella todo un fin de semana. Vino también a casa a conocer a mis padres y, de alguna manera, vio todo lo bueno que rodeaba a su hijo. Lo vio tan feliz junto a nosotros en contraste con lo apagado que lo recordaba cuando vivía en el pueblo que le dijo que, si él quería, no hacía falta que volviese. Acababa de terminar sus estudios y ya no tenía nada más que hacer en España. Y eso fue lo que ocurrió.

Elías buscó trabajo y pronto lo llamaron de una de las librerías más bonitas de Roma, en pleno centro, al lado de la Fontana di Trevi. Por las noches, cuando volvía a casa, aprovechaba para escribir en la terraza. Era su lugar favorito, porque desde ahí podía ver las estrellas. De vez en cuando íbamos a la isla de Procida y se llevaba el ordenador; lo veía teclear sin parar, como si la historia cayese como una cascada dentro de él. No lo entendí hasta que leí la novela, la historia de dos jóvenes en la que en cada capítulo es uno de ellos quien cuenta su realidad y puedes conocer los miedos que los invaden y también su mayor deseo: volver a encontrarse.

Vuelvo ahora a Roma y camino en dirección a nuestra casa. Todo es silencio de nuevo, es septiembre y los turistas ya se han marchado de la ciudad. Voy hasta aquel callejón, necesito sentirlo de nuevo aquí, a mi lado. Camino despacio, ya que las calles empedradas me han jugado varias malas pasadas en la cadera, y llego hasta aquel arco. Todo sigue igual, setenta años después. Hay un gran cartel con su nombre en el lateral: Arco dei Banchi. Y su cielo azul, lleno de estrellas.

Acaricio la pared donde le besé por primera vez y cierro los ojos. Por un momento es como si el tiempo no hubiera pasado y él me estuviera cogiendo de la mano. Camino a lo largo del arco y tengo la sensación de que él está conmigo, a mi lado, empujándome hacia algún lugar. Al fondo del callejón, siento que tengo que ir a la derecha, y camino torpemente hasta el fondo de una calle. Reconozco el lugar. El viento me empuja y llego hasta ella, la cúpula de la iglesia de Santa Maria della Pace. En su interior se encuentra el patrón de los nadadores, los marineros y los ahogados. La puerta está abierta y un silencio sepulcral retumba dentro. No sé muy bien qué hago aquí ni tampoco lo que espero encontrar, pero miro a mi izquierda y veo una vela encendida a los pies de la escultura. Me acerco y las páginas del libro que hay al lado se mueven mecidas por el viento. Mucha gente ha escrito en él estos últimos años.

—Disculpe. —Una voz grave me sobresalta. Es el sacristán de la iglesia.

—Perdone, no sabía si podía entrar.

—Sí, por supuesto. No cerramos hasta dentro de media hora. ¿Ha venido a dejar un mensaje? —pregunta señalando el libro que hay en el altar de la escultura.

—No… Venía a leer de nuevo un mensaje que dejé aquí escrito hace muchos años. Pero imagino que ya se habrán deshecho de él.

—No, caballero, aquí guardamos cada libro completo. Si me dice en qué año fue puedo buscarlo en la sacristía.

Recuerdo nuestra fecha, nuestro mes y nuestro año sin esfuerzo. Hay muchas cosas que he olvidado por la edad, pero todo lo relacionado con Elías sigue vivo en mi memoria como si no hubiera pasado el tiempo.

—Vine aquí en septiembre del año 2022.

—Deme un momento —me pide el sacristán retirándose.

La iglesia sigue igual, con sus vidrieras y la madera envejecida de los bancos. En el centro descansa un gran ramo de flores y observo alrededor de los grandes muros, como cuando era un crío, lo bonitos que me parecían los frescos renacentistas. El sacristán regresa enseguida con un gran libro en las manos.

—Aquí lo tengo —dice, y lo abre sobre el altar—. Han pasado muchos años, pero todavía se lee sin problema.

El sacristán se retira y solo escucho el latir de mi corazón. Abro el gran libro con cuidado y voy pasando páginas mientras me fijo en cada una de ellas. Los diferentes tipos de letra, las fechas… Llego a julio, no tardo en ver las entradas de agosto y poco después encuentro mi mensaje, aquel en el que pedí un deseo para Elías. Entonces, un escalofrío recorre mi cuerpo. Reconozco la letra de Elías justo después que la mía. Es del día que vino aquí a escribir, cuando me preguntó por un lugar especial. Lo recuerdo perfectamente.

28 de septiembre de 2022

Querido san Adiutor:

Mi nombre es Elías, he acabado aquí porque alguien especial para mí me ha dado unas coordenadas y he conseguido llegar hasta este lugar. No conocía la existencia de esta pequeña iglesia y tampoco la de este libro sagrado donde se recogen tantos mensajes emotivos. Si le soy sincero, he leído la mayoría de ellos con lágrimas en los ojos; algunos llevan escritos muchos meses y supongo que dejar aquí un mensaje hace que, de alguna manera, la gente pueda desahogarse sobre lo que le ha ocurrido. Algunos le piden cosas y otros simplemente pasan por aquí para dejar constancia de algo que ocurrió. Tengo que decirle que, aunque me gusta nadar, no puedo considerarme un nadador, pero quizá estar enamorado de uno me permita pedirle un deseo, y por ello, espero de corazón que me lo conceda.

Me gusta escribir, aunque no sé si seré escritor, pero lo que sí sé es que me gustaría tener una vida al lado de Enzo Magnini. Me encantaría saber cuáles son sus manías, conocer sus miedos y abrazar sus defectos. Le prometo que daría lo poco que tengo en mi vida por despertar un día más a su lado, y otro, y otro más. Y ver todos los amaneceres que pueda darme, porque gracias a él, me encontré a mí. Y nunca le estaré lo suficientemente agradecido por eso. Y por haberme enseñado que el cielo no es solo azul, sino que también hay una cantidad infinita de colores detrás de él. Por todo esto, le pido que le encuentre un corazón a tiempo y que por favor haga que nuestra historia sea eterna y pueda quedarse en ese cielo lleno de estrellas que veo cuando estoy a su lado. Déjeme amarle un poco más de tiempo, por favor.

De corazón,

ELÍAS

Salgo de allí conmocionado y con lágrimas en los ojos. Él había pedido amarme un poco más de tiempo, ese era su verdadero deseo, pero nunca me lo contó. Camino de vuelta a casa y lo primero que hago nada más entrar es ir a la terraza. Subo con cuidado, cada escalón me cuesta como si fuera un mundo. Pero consigo llegar y me tumbo despacio a observar el cielo. Está lleno de estrellas. Sonrío y lloro a la vez, mi boca tiembla y las lágrimas caen rápidas. Lo echo mucho de menos. Pero entiendo entonces, mirando hacia arriba, que nuestra historia siempre seguirá viva, incluso después de que nosotros nos marchemos. Seguirá mientras haya estrellas que brillen en mitad del universo.

Agradecimientos

Hola, querido lector o lectora. Ojalá ahora mismo sigas emocionado. Al menos eso espero, ya que mi intención siempre ha sido la misma: emocionarte con cada una de las historias que escribo. Por eso, no quería despedirme sin contarte algunos detalles, secretos y personas que me han acompañado durante todo el tiempo en el que he estado escribiendo esta novela. He disfrutado tantísimo que llegar aquí, a esta parte del libro, también me hace tener lágrimas en los ojos, ya que en cierta manera es una despedida.

Este viaje comenzó el verano del año pasado, cuando fui en busca del lugar que sería el corazón de esta historia. Y lo encontré. Una isla minúscula y escondida muy cerca de Nápoles. Llegué a Procida en agosto con mi libreta, mi mochila y una ilusión inmensa por comenzar a escribir los primeros capítulos de la historia de amor de Elías y Enzo. Estuve allí una semana. La amabilidad de sus pocos vecinos me fascinó. María, la dueña de la casita donde me quedé, y Carmelina, la señora que abría y cerraba la pequeña iglesia de la isla, me enseñaron los secretos que guardaban sus estrechas calles. Os prometí que estaríais en estos agradecimientos y aquí cumplo mi promesa.

Después llegué a mi ciudad favorita en el mundo: Roma. Era la sexta vez que estaba allí, pero posiblemente esta fue la más emocionante. Siempre quise escribir en esta ciudad, era uno de mis sueños, como lo fue para Elías, y lo pude cumplir. Cada día que pasé allí fue inolvidable. Tanto que hasta acabé colándome en la piscina olímpica de la ciudad mientras se disputaban los Juegos Europeos de Natación. Sabéis que siempre quiero ser fiel a los escenarios y necesitaba ver ese lugar en persona.

También tuve ayuda. Desde aquí le doy las gracias a Flavia, la chica de la Universidad Sapienza de Roma que me acompañó en un recorrido completo por la universidad, enseñándome sus clases, pasillos y hablándome de sus fiestas tan divertidas.

Me perdí por las infinitas calles de Roma, encontré la casa de Enzo y también la de Elías, me quedé encerrado en el Jardín de los Naranjos y disfruté de ese atardecer inolvidable. La última noche observé las estrellas desde el apartamento que alquilé, muy cerca del Vaticano y comencé a escribir los primeros capítulos de *Te veo en el cielo*.

Gracias a mis padres, David y Encarni. No sería nada sin vosotros. Gracias por apoyarme hace muchos años, cuando os dije que quería escribir historias. Sin vuestra ayuda no habría podido conseguirlo. Os quiero mucho.

Gracias a mis abuelos, Miguel y Encarna. Mi abuelo se emociona en cada presentación y yo me emociono por seguir viéndolo ahí, orgulloso de mí. A mi abuela ya la conocéis. Por ella nació *El vuelo de la mariposa*, pero también está en estas páginas. Gracias por cada conversación por teléfono y por tu infinito cariño. Espero que esta novela también te haya hecho llorar, ya que esas son las que más te gustan.

Gracias a mi hermana, María Pilar, que me enseña cada día que la vida es una infinita colección de momentos, instantes y personas con las que disfrutar del camino. Ojalá te tuviera más cerca.

Gracias a mis amigos, Anaís, Eduardo, Luis, Marta, Paloma, María, Paula, Gio, Nuria, Bryan y Tamara. Y a los que tengo un poco más lejos: Andrea, Sara, Emilio, Jorgi, Blanca y mi otra Paula. Todos vosotros, cada uno a vuestra manera, me dais las fuerzas necesarias para que cada viaje que emprendo con mis personajes sea más emocionante todavía y por esa razón, posiblemente hay mucho de vosotros en ellos.

Gracias a Laura, mi compañera de piso. Llegaste de casualidad y veo tanto de mí en ti que creo que siempre te he estado esperando. Gracias por emocionarte con mis historias y haber aguantado sin leer este manuscrito que tantas veces has visto por casa. Espero que haya merecido la pena.

Gracias también al equipo que forman mis agentes editoriales, Palmira y Laura. Y, por supuesto, a Flor, Miguel, Álex y Olga. No hay nada más bonito que cumplir sueños a vuestro lado.

Gracias a mi editor, Alberto Marcos. Te hablé de esta novela después de una firma en la Feria del Libro de Madrid y desde el primer minuto te emocionó. Gracias por ser tan tú y darme las fuerzas necesarias para comenzar cada historia y también para poner su punto y final.

Gracias a todo el equipo que forman Penguin Random House: Gonzalo, Angy, Ana, Paloma, Rita, Ainhoa, Leticia y David Trías. Sois los pingüinos más cálidos y profesionales del mundo.

Gracias a Elísabet, por esos Aperol tan ilusionantes y por los que vendrán. Y a Miguel Gane, por enseñarme que Madrid por la noche guarda increíbles historias. A Laura Pedro y Mikel Rueda, por ser lo más bonito que el cine me ha dado.

Gracias a los doctores Miguel y Gian, quien me hicieron entender mucho mejor el funcionamiento del corazón.

Y no me quiero despedir sin dar las gracias a una persona. Es quien me ha visto empezar esta historia y también terminarla entre lágrimas. Quien me ha abrazado por las noches y quien me ha llevado hasta su sur para ver faros y atardeceres especiales que me sirvieran de inspiración. Y lo consiguió. Gracias, Kilian, por tu inmensa bondad, por tu corazón gigante, cuyos latidos están guardados en mi anillo y por hacer, desde que llegaste, que todo brille un poco más. Amor, me has dado un cielo infinito por el que volar a tu lado. Llámame cuando leas esto. Te quiero.